鲁迅文学奖获奖散文典藏书系

路上的祖先

熊育群 著

长江出版传媒 长江文艺出版社

目　录

第一辑　路上的祖先

迁徙的跫音 …………………………………… 003
客都 …………………………………………… 011
广府人的南方 ………………………………… 024
水上来的祖先 ………………………………… 032
路上的祖先 …………………………………… 039

第二辑　古老屋檐下

奢华的乡土 …………………………………… 057
京西土炕 ……………………………………… 069
边镇茶峒 ……………………………………… 073
张谷英的村庄 ………………………………… 075
荒野城村 ……………………………………… 081

第三辑　灵视的世界

生命打开的村庄 ……………………………… 089

神秘而日常的事物 …………………………………… 098
怒江的方式 …………………………………………… 104
死亡预习 ……………………………………………… 127
灵魂高地 ……………………………………………… 131

第四辑　文明的脸

脸 ……………………………………………………… 137
复活的词语 …………………………………………… 147
湘西的言说者 ………………………………………… 156
山脚趾上的布依 ……………………………………… 161
背对夕光而飞 ………………………………………… 168
森林边上的巴比松 …………………………………… 177

第五辑　漂洋的思绪

激情溅活的石头 ……………………………………… 185
永远的梵高 …………………………………………… 196
香艳的欧洲 …………………………………………… 206
多瑙河的蓝色旋律 …………………………………… 211
东方的气息 …………………………………………… 218
寻找乡村 ……………………………………………… 223
海滨墓园 ……………………………………………… 228
被虚拟的行程 ………………………………………… 234
荒凉的盛宴 …………………………………………… 240
会吼叫的烟雾 ………………………………………… 247

重塑散文的文学品质
　　——熊育群答张国龙博士 ………………………… 255

第一辑　路上的祖先

迁徙的跫音

一

踏足永定的公路，一些路段正在修补，红泥与石头经雨一淋，软硬分明，突出的石头刮到了小车底盘。几次下车，土楼其实早已在视线里。挨路边的一栋土楼塌得只余一角，什么年代的呢？

去年到龙川，今年到永定，一个粤东，一个闽西，不知是有意还是无意，走的都是纯客家人的地盘。自己很明白的一点是，客家人的迁徙一直是记挂着的。粤东，客家人从中原长达一千多年的大规模迁徙，最终于这片土地上止步；永定，是它的土楼——一个外来民系以一种独特的栖居方式在陌生土地上立下足来。

一路上我心里默诵着中原，心里的那条路线渐渐地清晰起来。就像一条路，我踏上了它的路基，立刻，那个端点，那个原来是遥不可及的年代，变得不再只是一个抽象的时间术语，它有了某种气息。那是一千六百多年前的东晋。一群人走在西北的土地上，那是怎样的沙尘滚滚，怎样的弃下老弱病残，怎样的喧哗声中上路？

一条不归之路！"五胡乱华"，被赶下台的权贵官宦，惧怕株连的魏晋世家大族，还有躲避战乱的升斗小民和流窜图存的赤贫游民，他们结伴而行，出潼关，过新安，一路向着洛阳而来。陪伴他们的是烈日、大雪、泥泞路滑的雨天？他们肩挑手扛，千辛万苦到了洛阳，来不及喘息,就又匆忙南下,沿着黄河向东,抵达巩县、河阴,又转入汴河……

只要脑子里一出现那群疲于奔命的队伍,就觉得自己走在这样的柏油公路上十分奢侈。秋天,南方的山岭依然绿得葱茏,阳光让漫山草木闪烁出无数的碧色。他们看不到这样的近乎肥硕的绿,他们的子孙抵达这片土地已是大迁徙后几百年。在这几百年的岁月里,他们找不到家园的感觉,他们随时准备着向南方逃去。

二

木梯吱吱声中走上四楼的卧室,时间已是半夜。望一眼深墙外的洪川溪,只有风摇古木声。白昼的阳光,阳光下的土楼,只在想象中了。静,让耳朵本能地寻找声音。不一会,鼾声升起来了,同行者已经入梦。心里叫苦,长时间的辗转反侧,不禁发出一声长叹,只得爬起床来。

土楼第一晚就失眠了。多年来,在南方的山水里行走,还从未曾失眠过。

虚掩木门。院内奇静。圆形的内环走廊在下面画出一个个同心圆。月光似有似无。但深的屋檐和挑廊的阴影却浓得化不开。觉得暗影里有一种久远的目光。视线从青瓦的屋脊望出去,一堵山崖,只有顶端的一小截呈现在土楼后,在望见它的刹那,发现它也在痴痴地望我,灰白相间的岩石突然间有了含糊的表情。心里一惊,低了头,暗影一样浓的静里,眼前的一切像是假寐,暗影里有一种知觉,觉得几千年的岁月醒了,像飘忽的念头被我看见。非现实的感觉,奇异又安详。害怕弄出一点声响,害怕有什么事情发生。

最早生活在这里的土著是那些山都、木客。他们身材矮小,皮肤黝黑多毛,披发裸身而行。"见人辄闭眼,张口如笑。好在深涧中翻石觅蟹唻之。"幻觉般的影像，灵魂似的在暗影里倏忽一闪，就不知去了哪里。

振成楼，围起一个巨大的空间，把自己身处的一片崇山峻岭圈在了外面，荒山野岭与匪盗、异族都在炊烟起居之外。院内，依然是耕读人家的生活，是仁义礼教的儒家信条。一百多年，林氏家族就在这封闭的空间繁衍生息。

月光先前是明亮的，也许疲惫了，像一个人失去了精神，它所普照的山川大地也跟着黯淡。村长，一个热血汉子，客家酿酒敬过一碗又一碗。半醒半醉间，手舞足蹈，找来村里的艺人助兴。那个手脚并用，同时演奏扬琴、鼓钹和口琴的艺人，身板那样瘦，像风中苇秆。他在院子中央把阿炳的《二泉映月》拉得异样得凄美。唱客家山歌的老人，一开口，金牙就露在唇外，唱起情歌仍是那样冲动。他们在月华中来，又在月华中去。人一走，月华下的老屋，静得耳鼓生痛。

10年前也是这样的一个晚上，在湘西德夯那片木楼前，我喝醉了酒，躺在吊脚楼里。月光下，一群苗族女子跳着接龙舞，木叶、二胡声里，队伍像波浪一样起伏。只有我一人扶着木椅靠，呆呆地望……人想往事，总是感怀最深之时。月光像退潮的海，黎明前的黑暗覆盖过了千山万壑，像时间那么深、那么神秘。

三

来土楼的意愿少有的坚决。相约的同伴，一个一个打了退堂鼓，犹豫只有片刻，我就不再动摇了。从厦门出发，渐渐靠近武夷山脉，云雨濡湿了山岭，阴郁的光线里，丛林绿得愈加鲜翠。空中气温节节降落……走遍长江以南的土地，似乎就只剩下这片山水了。从年少时开始，就不知自己为何一次又一次地上路。是在找寻故乡的气息？童年的记忆？那个从前温馨、宁静和淳朴的乡村，不经意间就变了，觉得它势利，还有点冷漠。我进入一个又一个古老村庄，又觉得打动自己的远远不止这些，仅仅是桂黔边境那个侗家村寨呈现于夕阳中的暧昧意味，就让自己觉得人生奇异。

进入永定洪坑村时已是正午时分，洪川溪在绿树下流淌，带着山中泥色。秋天的阳光让山川草木耀目生辉。一个两千多人的山村，隐匿在一座山谷中，三十余座土楼沿溪而筑，大大小小，方方圆圆，随山势高低错落。这里是永定土楼最密集的地区了。客家的先民从宁化石壁逐渐南迁，到这里已靠近福佬人生活的南靖、平和。两大民系间的缓冲地带没有了。抢夺地盘的械斗时常发生。客家不得不聚族而居，于是，修建既可抵御外敌侵扰，又可起居的土楼成为最紧迫的事情。

与洪坑相邻的是高北村，开阔的谷地，上百座或方或圆的土楼散落于山坡与平畴交错处。爬上山顶俯瞰，圆形的土楼在山麓画出一组组黑圈，阳光下的土墙闪着杏黄色的光。它们是客家在大地上画出的一个句号，漫漫迁徙路到此终止？但是，还是有人迫于生存的重压，仍然没能停止迁徙的脚步，他们继续南行，甚至漂洋过海下了南洋。南溪边的振福楼就只有一个老人，她守着一座近百间房的空楼。老人坐在大门口给来人泡茶，她望人的眼神是空洞的，她的眼望到的是遥远的南洋——当年那一群远走他乡的亲人。

近处的承启楼是最大最古老的建筑，建于康熙四十八年，高四层，直径达78米。它外墙的杏黄与里面环形木质走廊的深褐形成强烈对比。如同天外飞碟，它静静卧于绿树丛中，恍然间已是300年。江姓人修建它的时候，把底层的土夯了一点五米之厚，下面一半的墙身看不到窗口。在那个年月，喊杀声不时掠过山谷，强人山贼相扰于村。但只要大门一闭，就能安稳地入梦，任他外人想怎样也攻不进如此坚固的堡垒。南溪的衍香楼为防火攻，甚至大门之上还装了水喉水箱。

下山，大门里老人们正在闲聊，一位佝偻着腰的老人见有人来参观,很是为自己的祖屋和祖屋里走出去的人才骄傲,他主动带路,热心讲解,还领进自己的膳房,泡上茶。临别,不忘找出油印的介绍资料,签上自己的大名——江维辉,并在名字下写上年龄:72岁。

站在院中的祖堂,可以看到每一户人家的木门,头上的天圆得像一口井。院子里,由里向外,一环套一环,建有三环平房,房里灶台、橱柜和餐桌收拾得整整齐齐。二楼大都上了锁,里面堆放的是谷物杂物;三楼四楼是卧室;楼内四个楼梯上下,串起了全楼400间房屋。院内还掘有水井两口。在这栋楼内,江氏人共繁衍了十七代。

绕着承启楼走,几个挑担的妇女迎面走来,箩筐里装满了刚采的红柿子。门口一群孩子向我夸赞,一个男孩用拳头捣一处裂开的墙,说,你看它多紧固,里面还有竹筋。

随便问了一句:会不会唱客家山歌?男孩张口就唱了起来:"客家祖地在中原,战乱何堪四处迁。开辟荆榛谋创业,后人可晓几辛艰。"曲调里有一分挥之不去的忧郁,淡淡的,像林中夹杂的风。那条路、那群在漫无边际土地上跋涉的人又让人思想起来了——他们到了汴河后,过陈留、雍丘、宋州、埇桥,在淮河北岸重镇泗州作短暂停留后,进入淮河,一路顺流直下扬州,一路则从埇桥走陆地,经和州,渡过大江到宣州,再由宣州西行,眼里出现的就是江州、饶州的地界了。鄂豫南部、皖赣长江两岸和以筷子巷为中心的鄱阳湖区,都是人烟稠密之地,大队人马抵达后,本想在这一带立足,但人多地少,一些人又不得不溯赣江而上,一程一程,抵达虔赣。大多数人在这里停下脚步,开始安营扎寨,仍有人不知缘由继续南下,直到进入了闽粤。

我问男孩,知道祖居地在哪里吗?他答:"石壁"。石壁的祖先呢?"中原。"

四

  那条路我是见过的，洛阳、皖赣长江两岸、鄱阳湖、赣州，很多年前，因为种种原因我都到过。最后岭南的一道山脉，也在 4 年前爬了上去——沿着宋朝的黑卵石铺筑的古道，从广东这边走上高处的梅关。古梅关，张九龄唐开元四年开凿，一条自秦汉以来就为南北通衢的水路打通了。赣州因此吸引了大批开拓八荒的"北客"。山隘之上，一道石头的拱门，生满青苔杂树，一副已斑驳的对联："梅止行人渴，关防暴客来。"关北是江西的大庾，关南是广东的南雄，延绵而高耸的岭南山脉，这里是连通南北的唯一通道。我站在江西境内的关道上眺望，章江北去远入赣江。一条古老而漫长的水路，从这里北上，进入鄱阳湖，入长江，由扬州再转京杭大运河，一路抵达京城。

  古道上，红蜻蜓四处飞舞，路边草丛里，蚱蜢一次次弹起，射入空中。秋风吹过山岭，坡上万竿摇空，无尽的山头与谷地在阳光下呈现一派幽蓝。黑卵石的路上，没有行人，只有稀疏的游客走走停停。

  唐僖宗乾符五年，黄巢起义，攻陷洪州，接着吉、虔等州陷落，数代居住虔赣的客家先民，又不得不溯章江、贡江而上，跨南岭，入武夷，进入闽粤。他们多数从武夷山南段的低平隘口东进，首先到达宁化石壁，以后再从宁化迁往汀江流域直至闽粤边区。此后，无论是北宋"靖康之乱"南迁的中原人，还是元明清因战乱南迁的汉人，都是沿着这条古代南北大动脉的水道南迁。当年客家人文天祥从梅关道走过，留下诗句"梅花南北路，风雨湿征衣。出岭同谁出，归乡如不归……"他被元兵从这条水路押解进京。跟随他抗元的八千客家子弟走过这道关后就再也没有回过头。

  下山，楚进路边的珠玑巷，一条老街，赖、胡、周等姓氏的宗祠一栋紧挨一栋。宋代，客家人翻过梅关迁居到了这里，他们成了珠江流域许多广府系人的祖先。南雄修复了客家人的祖屋，不少来自珠三角的后人来这里祭祖认宗。鞭炮声不时响起，炸碎了天地间的宁静。

五

又是一个晴天，山中的太阳像溪水泻地。鸟儿啁啾，唱着山之野趣。一夜恍惚，起床时，振成楼仍人影寥寥。大门口只有一个卖猪肉的小贩，两三个老人与一个壮年人在剁肉。想起昨天游街的情景：一群人赶着一头猪，从湖坑镇一户户门前走过，吹唢呐的、拉二胡的、敲锣拍钹的，一边吹打，一边跟着猪走，就这样走了五天。一问，才知是镇里李姓作大福的日子，三年一遇。五天的斋戒，今天是开斋的日子。家家户户请来客人正准备大摆宴席。

截住一辆摩托车，就去湖坑镇看热闹。

车沿着洪川溪飞跑，连绵青山两侧徐徐旋转，显得柔媚无比。风声呼呼，话语断断续续，嗓门比平常高了几倍，要贴近驾车人的肩，才能听明白：这一带人大多是靠卖烟丝发的财，然后砌土楼。客家男人有到外面闯世界的传统，最没本事的男人，即便在外游手好闲也不能待在家里，那样会被人看不起。女人承担了家里、田头的一切活计。所以客家女从没缠过足。

湖坑镇的十字街头已经人山人海，通往大福场的路口用树木松枝扎了高高的彩门，沿街飘扬着彩旗。十几个剽悍的男人，小跑穿过人群，在一片空地上对着天空放起了火铳，"轰——""轰——"，地动山摇。

一队人马走过来了——

大旗阵，碗口粗的旗杆，硕大无比的彩旗，几个人扛一面；乡间乐队，吹吹打打，呜呜咽咽；光鲜的童男童女，穿着戏装，个个浓妆涂抹，被高高绑在纸扎的车、船、马上，一个村一台车，装着这一堆艳丽缤纷的东西，在人群间缓缓往前开；抬神轿、匾牌的，舞狮的，提香篮的……全着古装；一群扮作乞丐、神仙鬼怪的，边走边做各种滑稽动作……

一队旗帜由一群学生高举着，一面旗上写一个李姓历史上著名的人物：诗仙李白、女词人李清照、唐明皇李隆基、大将军李广……最后，公王的神位一出现，早已摊开在地上的鞭炮一家接着一家炸响。

这一刻，那个远去的中原又被连接起来了。是在模拟当年的迁徙？作大福的仪式是一种有意的纪念还是无意的巧合呢？那群行走在漫漫长路上的人，他们哀愁的脸、茫然的眼，在时间的烟雾中似乎越来越清晰，又似乎是越来越模糊了。

有半个足球场大的大福场，挤满了各家各户的方桌，桌上全鸡、全鸭、柚子、米糕、糖果……密密麻麻。嗡嗡的祷告声、缭绕的香火，云层一样笼罩在人群之上。四面青山，晴朗的天穹，一片静默。祭奠先人——思念的情愫再次穿越岁月，罡风一样，悄然飘过了渺渺时空。

永定，这片客家扎根了数百年之久的土地，依然发出了历史的悠远回声。

客　都

一

三年前，念叨着定南这个地名时，正是冬天，我在龙川的山岭间漫无目的地走着。因为定南紧挨龙川，龙川有岭南时间最漫长的古镇，我想象定南也一定是古老岁月里的一个名字。不曾想自己会犯下错。

我注意它，完全是由于古代的一支军队。我在龙川的山坡地里想象着这支长途跋涉的北方军队。在龙川的佗城，我看到了这支军队挖出的深井，一对有几分像麒麟的石狮弃之于镇政府大门外，残缺的下颚被人用水泥拙劣地修补过，据说这也是两千余年前的东西。这支由任嚣、赵佗率领的军队驻扎到这个鸟语啁啾之地（鸟语当然是指百越方言），并建立起一个土墙围筑的城——佗城。

定南是江西南疆的一段，它像一把斧头一样砍进岭南的版图，把一条东西横贯的南岭山脉折得如同九曲黄河。秦朝的军队就像一股朔风从斧刃处刮到了岭南山地。龙川虽为广东北疆，因为山脉的南移，它已深入岭南腹地，与现今的梅州紧紧连成一片——都是客家人居住的地方——我在客家人的地盘上步履匆匆，却完全是由着一种情绪左右，我对这片土地上发生的千年迁徙的历史无法释怀。它从南蛮渐渐走向与北方的融合，这一次军事行动无疑作用巨大。行动的前夜，定南那个拔帐发兵的地方当然令人遐想。

中华版图南移，让迁徙有了更广大的空间。数千年来，移民大多向着南方迈开脚步。即便西南，譬如云南，山坡上的少数民族也大多从甘青南迁，羌氐人的血液沿横断山脉的峡谷洒向了大江大河的下游。漫长的岁月，我注意着烟雨迷蒙的时间序数里成群结队而行的一群——客家人，他们求生图存，慎终追远，生动的面孔一直呈现至今。在闽西、粤东、赣南，客家广布，是怎样的一种延传和融合，一个被中原人视为荒蛮湿溽的地方，甚至数百年前仍是流放之地，而今变作了一个富庶的江南，诗词歌赋的江南？

一部以黄河文明为起点的中华编年史，同时确立的也是一个以中原文明为中心的视角。广阔的、在北方人看来是没有边际的南方，客家人远未曾到来之前，又是怎样的呢？它呈现出的面目之模糊，如无边黑暗。历史的神秘正由这种被忽视的部分纠集。显然，这片土地并不缺少人的生存，南迁者这才被称为客家。土著们不在这部编年史的视野之中，他们湮没于同样广阔的岁月。那是另一种生存，另一类的文明。这种文明也许并不逊色于北方，这从广东新出土的石器、花纹细密造型轻巧的陶器等文物得到证明。这些埋没于地底文物的主人，他们的血液依然还在南方人的身上流淌着，像文化的交融，血液也随时间进行了悄无声息的大融合。面对一个个充满生命活力的岭南人，你能想象身体里潜流着的血液，但是你无从分辨。

有十年多的时间，我生活于这块土地，二十世纪末开始，我见证了南方中国历史上从没有出现过的经济奇迹。无数孤独又精彩的庸常日子流逝过后，我再也不能把这里当作自己的客居之地了，与许多南下者一样，我成了一个岭南人。但我深深怀念自己的故土，与客家人一样从忙碌的生存动作里偶尔抬起头来，眺望一眼北方，那种进入骨血的深沉和忧郁，猛然间我有了切身的体验。关注客家，也许与我这样的身份有关。

踏足定南县时，我已走过了闽西，看过了永定客家人的土楼，到了潮汕地区，然后是被称为客都的梅州——自觉或不自觉地几乎是环绕着她在走。在绿树葱茏远山如烟的丘陵山地，在客家人豪爽热情的语气与行为里，我浓浓郁结着的乡愁——这是我回故乡也不曾消失的落寞心绪，散得像一股轻烟。客家的山水与情怀，是根深叶茂的古树，让我灵魂皈依，客家人对人信任、热情的天性，他们坚持至今的观念、准则，一种鲜活又古老的文化传统，与流淌在我血液中的精神深深契合。我们精神的源头都能在那个遥远的中原找到汇合点。

二

在定南新修的宽敞水泥大街上走，空气中飘着这个纬度上春天特有的浓烈的植物芬芳。我向路人打听县名的来由。不同的面孔表情各异，他们都是回答不了问题的表情。他们或是走在上班的路上，或是刚从菜市场买回一堆肉和青菜，或是在街上横穿马路，不知道要去干些什么。我像故意考一道题似的，觉得有趣。一大早赶来，本想找到答案即走，没想到这成为一个难题。

找到新华书店，像个街头闲人，我一个人站在大门外等着门开，去寻一本有关定南历史的书籍。

跨进书店，灯还来不及开，两眼已一路扫射。密密麻麻陈列于架上的书，内容大多是如何成为富人，如何调情取乐。它启悟——消遣与发财是人生的两大基本主题。有关历史的书却一本也没有。

我的问题离现实是不是过于遥远了？把历史与现实混合在一起，不是大多数人的行为，我什么时候成了少数派？发现自己一直行走在时间的迷雾中，我感到了太阳光下的街景浓郁的梦幻色彩。历史的蛛丝马迹与个人的想象建立起海市蜃楼，它们与现实的生活交织得骨肉难分。感觉有一双手是能相握的，尽管隔着时间的帷幕。这帷幕对我是那样薄，似乎闻得到那边的神秘气息，一切只需轻轻一揭。揭去时间的包裹，其实我们都在同一个舞台上。

既然对百越之国用兵，军队必聚集于南岭山脉北麓，定南自然是取平定南方之意。两千多年前那场战争的前沿阵地，定南丘陵沟壑间，帐篷遍地，刀光闪烁，人喧马啸……我一路观察定南的地貌，都是些不高的丘陵，红泥绿草，松枝幽幽，散落山坡平畴的民居都爱挑出一个阳台。五十万大军驻扎，炊烟起处，连绵相映。谁也不知道这支军队是不是同时从这片山地南进。有一阵，我站在一条水沟边，流水声引得视线待在蓝得发黑的水波上。看惯石屎森林的眼睛正在发痛。

消逝的历史有时只留下一个地名而已，譬如佗城。相信定南也是同样的产物。

为着印证，我曾上网搜索定南名称的来历，没有收获。偶尔的机缘，到了定南九曲溪，同样是为了印证，临走还是往北折回了县城。

回到广州，才知道自己的错。定南宣传部受我之托，终于找到县名的来由，女部长打来长途，电话里大声说话，泼出一腔激情，她的话证明，定南明朝隆庆三年才建县，起因是客家人赖清规的一次起义。朝廷平叛后，就将这个信丰、安远和龙南三县交界的地方单独划出来，取名定南。

愕然间，历史像一支箭穿过了想象的边缘，它容不得人半点猜测。古老的土地，短暂的县史，全因一个客家人的作为，而非一支远征军。

同样的错误还发生在定南的地理上。三年前，我一路北上，想从龙川的土地上穿越南岭山脉，体验一下任嚣、赵佗的部队如何翻越重重屏障，进入岭南。同行的龙川人知道我的意图，告诉我，那道南岭山脉与我车窗外看到的山坡没有什么两样。内心一时震荡，双眼圆睁。事实令人不可置信。那些山间劳作的农人，竟也幻化成定南农民的样子。也许，他们本来就没有什么大的区别。

我曾多次从韶关翻越南岭山脉，那些钢青色的巨大山峰，能阻挡住北方的滚滚寒流，甚至是中原的文化，儒家的文化就被这道山脉阻隔得面目全非。赵佗如何就找到了漫长山脉的这个低落处？这片地域广大溽热之地，秦人对它之陌生，把百越国语言当作鸟语，但他们却能找到地理的关键！上千里的漫长山脉，几十万人的军队就这样轻易地穿过去了。

从定南回广州，走与龙川相邻的和平，翻越南岭山脉时，仍然山体巨大，沟壑深切。和平更西的连平是去时的路线，因为错路，我误入这条南岭山脉上的公路，路旁高岩孤悬，峡谷幽闭，更见险恶。这两个相邻的县都在那把斧头的利刃之下。当年的百越降归，也许与龙川这个地理上的变化不无关系。（现在，京九铁路通过这里，高速公路也从龙川修过去了。）

赵佗的军队入粤后，一路从龙川打到番禺（广州），最终在此建立王庭。

驻扎在龙川的部队，秦始皇为了让他们落地生根，从中原送来了一万多女人，给士兵做"衣补"，也就是做老婆。这大概是粤东山区最早的移民之一了。与他们一同到达的还有那些被当作囚犯的六国贵族的后裔。那时，梅州、闽西一带依然是真正的土著山都、木客的天下。或者，一支更神秘的移民已经悄悄抵达或正在路途上，他们是如今人数变得极少的畲族人。

畲族人的迁徙开始于商朝末年。他们翻越桐柏山，渡过汉水、长江，直奔洞庭湖南岸，从这里，他们分成两拨，一路逆沅江而上，进入四川酉阳，走出武陵山脉后，沿着南岭山脉一路东行，一直到广东的潮州定居；另一路入江西，直奔赣闽粤三省交界处，在梅州定居下来。向东的一路，与后来客家人走的路线极其相似。

客家的迁徙开始于东晋，他们从潼关出发，过新安到洛阳，沿着黄河向东，经巩县、河阴，转入汴河，走陈留、雍丘、宋州、埇桥，在泗州进入淮河，一路水上下扬州，一路从埇桥走陆地，经和州、宣州、江州、饶州，溯赣江而上，抵达虔赣。少数人绕过南岭山脉，从武夷山南段的低平隘口东进，进入闽西石壁，再西迁至梅州。

唐僖宗乾符五年，居住吉州、虔州的客家为避战乱（黄巢起义），又不得不溯章江、贡江而上，沿同样的路线进入闽粤。随着北宋、元、明、清南迁的人越来越多，一批又一批的客家来到了闽粤赣交界的山地。历经三次大迁徙，梅州渐渐成为客都，龙川也成了客家人的龙川，南岭山脉变作了客家人躲避战乱的一道天然屏障。背离故土的客家人不无悲伤地唱起山歌，忧伤的眼睛总是眺望到山脉深处的北方。

早到的畲人，在此与客家人、潮人遭遇，岁月幽暗的深处，不知掩藏了多少不寻常的苦难。

三

潮州像是我抵达梅州的一次预演。去年秋天，我站在韩江远眺它烟雨朦胧中的上游——梅江，那里是我向往已久却仍未曾到达的客都梅州。我几乎走遍它的周遭，只有这个客家人的中心成了我不曾踏足的地方。想不到一个多月后，当南岭之北飘下第一场纷纷扬扬的雪花，我在最寒冷的冬季走到了梅江边。同一条江，因居住了不同的民系而被赋予两个名字，让外人略感讶异。在潮州，我的目光从韩江碧波轻漾的江面收回时，我看到了客家的生命之水，并获得了一个客家人的眼光——后来我才意识到我一直在拿客家人与潮人相比，在以一个梅州人的眼光观察潮州。是这条江水让我把他们连在一起。

在潮人谨慎的谈话里面，我感觉到了他们血液里的孤独情怀。他们在世界各地彼此间称呼自己人时，佶屈聱牙的潮州话就像一个相互对接的暗号，那一定是一种内心孤立的表现，也是不肯认同外人自我封闭的一份倨傲。他们南迁至这个远离内陆、面对茫茫大海的平原，那些升起炊烟的闽越人、畲人，那些在东方架锅起屋的福佬人，与新来者有过怎样的血肉碰撞？他们陷入一种难以自拔的情绪，是因为前者,还是由于背井离乡的孤独在他们来得特别强烈,以至连绵千年而不绝?那是一次怎样的启程?

潮人是岭南山地的一个异数。同样迁自北方,但他们甚少关心自己的来历。他们占据了岭南最好最肥沃的土地——潮汕平原,作为强者,他们除了表现出孤傲,却从骨子里透出一种凄惶。他们把被贬官的大文豪韩愈当作神灵来祭拜,以至江山易姓为韩。韩愈在潮州只有八个月时间,其作为并非特别显著,其影响却横穿历史时空波及至今。韩愈拨动了一群怎样的心灵?是潮人内心深处的渴求在韩愈身上找到了文化的井喷?是他们惺惺相惜?是同样的文化与遭际引发了共鸣?大颠和尚与韩愈谈佛论世,据说改变了韩愈的一些观念,彼此引为知己。这个流传的故事,也许象征了潮人与韩愈是文化触动了彼此的心、彼此的深深认同。

潮州文化,表现最极致的是其精细的审美趣味,精工细作的潮州菜,讲究素养品位的工夫茶,散淡闲致的潮乐,抽纱刺绣、青白瓷器、镂空木雕,甚至是耕田种地,也把绣花的功夫用到耕作上了,样样都极尽细腻与精致之能事,就像他们害怕丢失这样一种趣味,不敢变易,代代相传而从不言倦。

潮乐保留了汉乐的原味——它是中原古音的演变,沿用二十四谱的弦丝。潮州菜也是古老的口味,有名的"豆酱焗鸡"是宋代就有的菜。潮州话相当多地保留了古汉语语法、词汇,甚至发音:走路——"行路",吃饭——"食饭",吃饭了没有——"食未",喝粥——"食糜",要——"欲",菜——"羹",房子——"厝"。潮人说"一人,一桌,一椅",仍如古文一样省略量词。在建筑上,潮人说"潮汕厝,皇宫起",他们建房子就像建皇宫一样讲究,从风水到格局都有不少的形式,最著名的有:驷马拖车、下山虎等。祠堂是最奢华的建筑,每个姓氏都有自己的宗祠,它是潮州建筑的代表。潮人还用红瓦表示一种特别的荣誉——标志一个村落曾经出过皇后。大凡造型艺术，都表现出一种东方式的洛可可风格，这种繁复的趣味在如今简约化的现代社会中仍旧在潮汕平原流传。

这些几乎成了他们的根——文化的依赖——他们视之最高贵的品格。这文化把他们凝聚到了一起，使他们成了"胶己人"（自己人），也使他们可以乜视周遭。

只是一次地道的潮州菜，它的器具之多，调料之丰，味道之淡，做法之精，吃法之讲究，绝非民间饮食气息，而像宫廷之享用。再犯一次错，我也想下一个结论——这个民系一定出自贵族。他们隐瞒了自己的历史，他们的祖先隐名埋姓，只把自己过去的生活习惯与文化保持，向后传递。譬如潮州鄞姓，有人说是由靳姓改过来的。楚国大臣靳尚是鄞姓人的祖先。也许是陷害屈原的原因，后人耻于用这个姓氏。

求证是困难的，只当是诗人的一次狂想吧，一束光投向了时间的深处。黑暗太深，像潮人的沉默与遗忘，无法看清那个走在时间深处的人。

这天深夜，在潮州古城骑楼下走得累了，坐在韩江古城墙上，看出现于客家歌谣里的湘子桥，那些孤立江中的巨石桥墩激起阵阵水声。想起一条绵延几百里的江，两个名字，两种文化，两个民系，他们上游下游分隔开来，鸡犬之声相闻，老死不相往来。只有那些梅江漂下来的竹木，那些赤条条立于木排竹排上的放排人，那些泊在城墙下的货船，穿梭在客家人的山地、潮州人的平原……几十年前还历历在目的情景，已随流水而去。上游的梅江只有清水流下来，把韩江流淌得一派妩媚。善于经商的潮人，可会对这清澈柔顺之水发出怎样的感叹？

水，经年不息触摸八百年的石桥墩，提示着一种生生不息的生命哲学。

现实的时空在由一城璀璨灯光撑开。空气不因时间的叠压而霉变，江河却因水流的冲刷、沉淀，日积月累得以改观。韩愈眼里的江不是今夜收窄的岸渚，从前清水流过的地方，夜色里跑着甲壳虫的小车。

对岸山坡，月光下更见黑暗。山坡上千年韩文公之祠，被潮人屋脊上贴满刺绣一样精细的瓷片拼花，盖上积木一样小巧的青泥瓦片，山墙、屋脊，曲线高耸，被夸张到极致。溶溶月光里，它正流水一样超越模糊时空。

黑暗中若有若无的水雾降落。一时领悟——韩祠只是这片土地上的一座建筑，是潮人需要的一座文化圣殿，依靠它，可以凝聚并张扬自己的文化。它就像一股心灵的不绝水流，滋养一方水土蔚然充沛的精神。

四

说梅州是客都，她曾经是一个迁徙的终结之地，也是一个再度出发的地方。成群结队的客家人来到这里，幽蓝而空灵的山水，令人心灵抚慰。一片江南的云雾飘来，那是一种如梦如幻的牵系。青葱山岭波浪一样涌过麻木的脚板后，眼里出现的这片盆地，就是梦中的家园。

客家沿着汀江一路西行，逼仄的红土山地渐行渐阔，待到一江两岸升起炊烟，汀江下游半军事化的土楼已经不再需要了，大大减弱了防御性的围龙屋出现在梅江。那种渗透骨髓的儒家文化又有了表现的空间。那种对于文化的信仰，到了这片土地，又以诗书耕读的形式延传。

比定南客家民居看重阳台更具匠心，梅州围龙屋在封闭的建筑里表现了空间上的伦理。梅城有116年历史的承德楼，天方地圆，椭圆形平面，圆的是正门外禾坪、风水塘，是后院的花头，粉白的围墙照壁圈出前庭，半圆形廊屋环抱出花头。金、木、水、火、土五行，北方先人们认为构成世界的五大元素（两千多年前，西方雅典的先哲们也用四种差不多的元素土、气、火、水来解说世界），神灵一样被供在花头的上门。中间方正的房屋以正堂为中心轴线相对而出，由内向外层层展开，方格纸一样形成了八厅八井十八堂，表现出极强的向心观。其秩序由上堂、中堂、下堂按长幼尊卑依次展开，五代同堂的大家族起居变得井然有序。山墙瓦脊，讲究线条的曲直对比，黑白块面相生相克，如一幅宁静淡雅的空间水墨。

而梅城西郊的南华又庐是另一种风格的客家民居，十厅九井，注重庭园，大厅开放，井置虎廊、亭台、花池，组团之间以巷道分隔。抛物线造型的山墙一字排开，以之构筑立面，青山起伏间，平整的稻田，深处的溪流，粉白的墙面，灼人的阳光，沁肺的凉风，晴空里的树冠，一方天人合一的至境，表露的是主人淡然安逸的生活情调，宁静致远的心境，隐然的人生态度，一种生活品质的热爱与追求。一首凝固在空间里的田园诗，深藏着东晋南北朝遗韵至今的古诗意趣。

客家人对于根的追问，构成了客都的一处独特风景，甚至一种新民俗。恳亲大会定期开，世界各地的客家云集。客家菜也表现了同样的情结：客家酿豆腐——豆腐里包肉馅——客家人乐意解说它为南方的水饺。因为南方没有面粉，客家为了不忘记北方的饮食而刻意模仿。

没有一座城市像梅城一样会与一棵树相联系。这棵大榕树把一座城市比拟成了一座庭院，一个村庄。客家出行，要在这棵大榕树下拜祭。远行人放下行装，点燃香火，稍稍平静一下离愁别绪，甚至回顾一下漫长岁月里含辛茹苦养育自己的故土，内心深处作一次人生的回眸。他（她）双膝跪地，向着这棵与自己一同生长的树，虔诚地叩响额头，向她祈求路途的平安。归来者，进入梅州盆地，远远望见大榕树，她高扬的树冠，就像慈母挥动的臂膀。游子的眼眶因此而时常变得湿润。

树，离家的日子千百次在记忆里出现，她代表的是故乡，是亲情，是心灵的归宿，精神的寄托，灵魂最后的牵挂与抵达，人生最温暖的角落。一棵古树，因为共同的怀念而变得神圣。

树成了梅江边生长着的乡愁。

490万梅州人,三百多万人从这里走向了海外。

客都,一个迁徙之城,脚步声总从这里响起,它打破寂静深夜里的睡梦,踏响黄昏时的苍茫。闯荡世界,成了客家人的一种秉性,一种进入血脉的遗传密码。与守望田园的中原农业文明养成的故土难离心理大异其趣。他们读书,信奉儒家齐家治国平天下的理想。他们进入仕途,无梅不成衙。他们进入文化领地,诗人、画家皆名震一方。一路漂洋过海的,有的成了当地头领、巨贾。客家迈开了脚步,就难以停息,他们永远在路上,所以记得最牢的是自己的血脉自己的根。

远行的客家,梦乡里一定有这样的情景:一层淡淡的云雾飘动在梅江水底,那是绿水里的青山;一座青山一片白云,一条江走在天空里,它像出阁的少女,明眸皓齿,黛眉轻卧,柔美的弧线画出大盆地的灵动;身后青山,翁翁郁郁紧守一个个青春的秘密。

寒冷的腊月,江边徜徉,倚着石砌的栏杆眺望、怀想,不瘦的江水,展开蓝墨水的江面,风吹涟漪,银光一滩,如粼光晃荡。江岸划出半圆,弯月一轮框住一城清淳民风。天光水色间,往来人群,无半点匆迫。水的潺湲漾到了岸上,在人的脸上释放潋滟波光。

我从江南跨过大桥走到江北,踏过闹市的一地灯光,梅江拐过弯后与我重逢,我又在江南了。"一路谁栽十里梅,下临溪水恰齐开"。"谁向江头羯鼓挝,水边疏影未横斜"。浪漫的情怀,滋生在这个晚上:客家女孩耳边喁喁私语;十里梅香,不闻已齿颊生香;岸上人影,垂柳依依,人面桃花曾相识;一湾碧透,抽动夜色如带……

一个喜爱自然、雅好山水、热爱家族的民系,把一生一世的眷念系挂到了这一片烟蓝的土地。

一个游子把人生最美好的回忆留在了梅江两岸。

五

南方的土地充满了灵性，也许因为纵横交错的水。南方的历史如此奥妙，因为有民系的大迁徙。用不着刻意去一个地方，用不着刻意寻找一群人，在南方的山水间行走，你能随时发现历史。南方起伏的山岭构成一个个封闭的空间，保存下了古老的文化，那些消失的语言、服饰、习俗……呈现出来时就像一个异族。历史并非只是过去的事物，它在大地上仍以各种方式产生影响，呈现出茂然的脉络之势。

深圳鹏城村，明朝北方一支军队形成的村庄，至今仍被一座六百年的城墙围绕。当年军队开赴南海为了消除倭患。这些海边安家的士兵，鹏城村还供着他们的牌位，后人遵从其训，为国效力，青石板巷的民宅里，至今有十余座将军府第隐身其间。抗英名将赖恩爵出生于此。他曾作为林则徐的副将，参加了抗英的"九龙海战"。香港回归在鹏城村引起的反响，并非只是燃放爆竹，还有向祖宗上香，告之乃翁香港收回的音讯。家国之忧的传统一脉相承。

凤凰山，离鹏城村不远的一座山，客家人文天祥侄孙文应鳞逃到了这里，一代一代悄悄繁衍生息，至今已发展成一个文家村庄。

南方的土地，几乎可以找到另一部中华历史——每一个重大的历史事件几乎都能在这里找到回应，参与者总是以失败或失势或弱势一方的南迁躲避、流放而波浪一样消逝，余波在南方的山水间归于平静，隐于无声。

个人在大地上的行走，是一些瞬间的事，像激流卷起的一个漩涡。在这样一个匆忙的年代，高速公路全面铺筑，就连行走也几乎变质——许多地方只有一个路名——高速路出口处的名称而已，几乎是一闪而过，它们在现代化的速度面前都被一一抽象掉了，成为目的地之间可以忽略的地带。

那些迂回的省道显示了亲切质朴的模样。特别是山岭相峙或者绿树当冠的道路，行车走过，让人生出迷恋。这些瞬间是珍贵的，它就像匆匆人生，朝如青丝暮成雪，每分每秒都是自己的生命自己的人生历程。

每走过一地，总是想看清之前走过的人，或者是我一样的过客，或者是扎根下来成为炊烟起处的土著，或者某一个特殊时段，历史有惊人的表现。这表现总能从眼前的事情里找出线索。那些被时间收走的历史，感觉在靠近。孩提时遥想二十岁是多么遥远的事，人到中年，感觉两千年也不过弹指一挥间。不同年龄不同时间的感觉，让我把目光朝历史的深处伸展，道路一样延伸，直到许多的脚步踏上来了。

我不再孤独。

广府人的南方

脑海里跳出"南蛮"一词，自觉有些荒唐。眼前的景象无关"南蛮"，反倒是繁华得喧嚣，灯红酒绿得纷纭。十几年的时间，佛山、东莞、中山已经用水泥的楼房与水泥的道路与广州连接成了一体。不容眼睛瞧见一片田野。而我，眼睛从这剧烈梦幻的变化中看出一丝荒凉——一座城池，一个年代，无论它怎样辉煌，转眼之间，遗迹就可以覆盖所有的显赫！

"南蛮"这个词汇所代表的含义离得并不遥远，一百多年前它仍然刺痛着人心。中原人对于南方的蔑视，正如今天的岭南人把他们地域之外的人都称为北方人一样，普遍的偏见从来不曾缺席，它乃人性之一种。

面对高楼大厦，遥想荒蛮似乎可以得到一种心理释放。它现出变幻的现实暗含的一种力量，让繁华呈现只在瞬息之间！让荒凉呈现，更如人之转念。这种沧海桑田的力量，让曾经桑田鱼塘的珠江三角洲转眼间变成了车流滚滚的街市。古老村庄在湮没，荒山野岭美容美发一样遭遇改造，全球化浪潮席卷时空。历史的痕迹在潮水般退去……

置身岭南，城市群川流不息的人，像一夜之间涌现。尽管着装上他们趋于一种流行，然而，口音泄露了他们作为北方人的身份。他们是来自北方的移民。在粤语通行的珠江三角洲地区，新移民带着的语言就像无法交换的货币，而一颗离乡的心，在体会飘萍的孤寂。他们奔忙，不同的乡音被强力改造后仍顽强地在各个角落响起。

岭南土地之上，承载新世纪的一个梦境，穿梭其中，感觉洁净、喧哗、速度、刷新……

而一种古老，一种与南蛮时代相联系的声音——客家话、潮汕话、粤语，于天南地北的乡音里独自灿烂，它们在嘈杂的超市、街道、车站成为一道景观，让陌生的外来者不得不伸直了舌尖，发出一两声"鸟语"，发音标准者无不为自己拥有这通行的"货币"而兴奋、而虚荣。而舌根顽固者感受到的是独在他乡为异客的滋味。在这岭南的"鸟语"声中，我感受到了它与历史的联系——三种方言都带着古老中原人的发音，声音证实曾经的荒凉并非虚幻。

在城市化与土语间寻觅历史发展的玄机，不会让人浮云遮望眼。从客家话、潮汕话、粤语可以发现岭南的三大土著民系客家人、潮汕人、广府人的来龙去脉。多少年前，他们的祖先如今天的移民一样翻越了南岭山脉，进入这片荒凉的未被开化的土地。那时的荒凉，实在是更葱郁而沛然的自然景观，南方密布的河流，一片片原始丛林的苍翠与繁茂，散发自然最粗犷狂放的诗意。无人记得，潮汕人是如何最早发现粤东平原，客家人是怎样迁徙到了梅州山区，广府人为何选择了珠江三角洲。壮阔而悲伤的迁徙史，没有有心人，像智者观察并记述历史。甚至边远地区弱小民族的祭师，尽管他们没有文字，但依靠原始宗教，依靠一代代人的吟唱，也能传承自己的历史。南方的历史却走成了一片荒漠，岁月的江河奔腾而去，只泻下一地泥沙。多少苦难被这样的泥沙埋葬，多少挣扎过的生命听不到了一丝喘息，吟唱的歌谣不能传世，哀伤的文字不复重现。因为这迁徙者是弱者的迁徙，是灾祸的迁徙。

今天的移民，意义已大不同前，他们南下为了寻求自己的发展，为圆个人的梦想。广府人像被激流冲散的沙土，在新的汹涌而来的移民潮中散于一地。我在寻觅过客家、潮汕人的迁徙之后，再看广府人迁徙的历史背影，却无寻觅处。在新的崛起的城市群中，他们似一盘散沙，无从描绘。

中华民族聚族而居的传统在岭南并没有丢失。一本本发黄的族谱并没有丢失。历史的根系在这薄薄的纸页间悄悄潜伏下来，那些怀念祖先的人暗中藏匿起自己生命的来路。当寻根的情结拨动了灵魂，人们循着自己的来路开始了历史的追溯。

越是发展迅猛的地方越是要寻根，越是现代化人们越要回到古典。这是心灵的需要，是灵魂的渴望。十几年前，在南岭山脉一个小小集镇，一千七百多人聚集到了这里，他们自十六个国家而来。小镇名不见经传，但它在珠江三角洲几乎所有氏族的族谱上出现。他们的祖先都在这个小镇落脚。那是他们一个共同的祖居地。这个小镇名叫珠玑巷，多少个世纪，一代又一代人在自己的族谱上默默地书写着它。这个位于南雄的小巷可以把广府人归结到一起。

在汹涌的人潮中，一个被淹没的民系，从大都市抽身而出，回到自己的祖居地，以求认清自己的面目，以求与众不同。历史并没有成为过去，它像血液融入，在每个人身上遗传。

珠玑巷，已不是繁华街市，它像乡村集镇一样平凡、破旧，却散发着家的气息。平凡破旧却隐含不同凡俗的气质，闲散，悠远，宁静，像隐秘的大家闺秀。狭窄的街道，在夕阳的余晖里，金光点点闪烁于檐顶墙角，万物在暧昧的辉映里都在生出人生的幻觉。

北面梅岭拱于檐脊，浓霭一样的山色似迫人的乡愁，不待仰望，已摄心魄。

这一年，穿过胡氏、周氏、陈氏……一家家的祖屋，古巷开枝散叶的能力震惊人心，珠江三角洲如此庞大的人口从这一个村庄发端！？生命繁殖之迅猛令人讶异。这个依靠北运铜币、食盐而兴起的驿道小镇，从前，三里长的街道，两旁列肆如栉，茶楼酒肆、客栈饭馆达两三百家。宋代黑色鹅卵石铺筑的路面竟如新砌，一路攀向梅岭，千年叠印下来的足迹，可以感受逃难者惶惶的脚步。

这是梅岭长坡结束的地方，下山一天的行程，走到这里天就黑了，或许翻过了大庾岭觉得安全了，已经很累了，要寻找住的地方；或许觉得这道南岭山脉过后，从此关山阻隔，再往前走，将彻底告别故土，他们要回望一下自己的来路，适应一下这块陌生的土地。那是生命最苍茫的时分。失神的眼睛，茫然的目光，不安的询问，嘈杂的脚步，交织于黄昏。

珠玑巷正如客家人的石壁，他们的祖先也在这个南岭山脉的东面、武夷山的南端进入福建，并停留下来。也许这些是苦难中移民的共同心结。他们在同一个地方停下脚板，彼此交流信息，彼此取暖，忐忑中寻找自己的同路人……

岭南是遥远荒僻的。迁徙者并非一开始就直奔岭南，只有那些官宦人家，为躲避灭顶之灾，才远走岭南，他们是最早到达这片土地上的人。升斗小民，则一程一程朝着南方迁徙，他们走过黄河以南、长江以南的州县，走过一个一个朝代，一代一代人之后，才从江西靠近这个南方的最后屏障穿越而来。迁徙好像是他们前仆后继的事业，大灾难在他们身后紧跟着，如同寒流。

唐开元四年，张九龄凿通了一条南北水路大通道，它就是梅关古道。梅关古道以陆路连接了南岭分隔的两大水系，它是最早的京广线——沿运河、长江、赣江而来的北客，从这关隘进入珠江水系的北江。天下太平，岭南的铜币、盐从这里北运，驮兽挑夫、骑马乘轿的旅人络绎于途。天下纷乱，它就成了一条难民通道。

而常被忽视的是，它更是一条北方军队的通道，穿厚重铁甲的北方兵士，翻越南岭山脉，铁蹄一次又一次跨过梅关。秦朝的军队第一次翻过梅岭，统一了南越。汉朝的军队从梅岭踏过，将南越王国再次降服。北方的皇帝来到岭南，是因为他们把自己的江山弄丢了，宋朝的皇帝、明朝的皇太子都像难民一样南逃，直逃到国土最南端的海边。追赶而来的蒙古人、满人都带着北方的冷兵器和异族的口音，呼着，喊着，眼睛里裸露着对于遍野绿色的惊奇，从梅关道踏了过来，剑指岭南。剿灭宋朝皇帝的战争打到了海上，二十多万将士血染新会崖门，丞相背着少帝，悲壮地跳入了大海。

梅岭之南，田地错落起伏，阡陌纵横，极富韵致，跳跃的丘陵上是松树、樟树和凤尾竹的青黛和碧绿。村庄散落，炊烟几处。烟火点燃的是明、清两朝移民定居的日子。岁月在迷蒙中漫漶。之前栖居在这块土地上的人，已经在这炊烟升起之前南迁了。迁徙高峰时，北宋中后期至元代初两百年间，从珠玑巷规模较大的南迁就有一百三十多次，南迁者一百零三姓、一百九十七族。

梅关，如水的阳光濯亮满目的荒草，徘徊的游客，三三两两，踏不倒强劲的草丛。秋风从关口吹来，摇动漫山树木。放眼南望，山脉在目光所及处变作一抹浓烈的幽蓝。幽蓝上的云雾，缭绕着最南方的陌生的江。

我站在山顶远眺，遥想，可曾有一双审美的眼光诗意地注视过南方？多少人踏过了梅关，却没有一首关于梅关的诗留下来，让我今日吟哦。那些惶惶的目光里，山河尽是凄风苦雨。大河浩荡，流进大陆架，直汇入海洋，那只是烟波浩瀚的乡愁，是比乡愁更浩荡的心绪。多少苍茫的心绪随人流渗透到了南方的土地。珠江，多少年后人们才知道它的名字。

珠江流入三角洲，不再是一条江，它的大的入海口有八个，小的更多。到处是水，浩浩荡荡。山陪着水向南流，眼看着南海在望了，它也不愿走到大陆架的尽头，犹犹豫豫，在广阔的平原上，偶有一些小山头，像山脉抛出的省略号。视野突然辽阔无垠，疯长的草木绿得张狂肆意，抛掉了季节的束缚，它们不再枯荣变化。这景象超出了人们的想象。南蛮名下，人们可以想象它的溽热、潮湿，想象它的病毒、蛇虫、瘴气，但没有人想象这里不再有四季。来自北方的寒流被南岭山脉阻挡，冬天不再降临岭南大地。

一批批南迁者，一批批向着南方烟瘴之地逃亡的人，最后在这里落地生根，充满着自然情趣与勃然生机的南方生活，在山水间自自然然以符合人性的方式展开。强者似乎永远是北方，他们一次次问鼎中原，要建立起自己君臣父子的秩序。而南方永远是弱者的避难所，从没有向北方发过难，只是沉迷于自己鬼魅的幻想。他们带着灾难的记忆，带着满腔的委屈，一旦进入南方的烟瘴之地，便变得悄无声息。是因为湿润的气候、疯长的植被、连绵的群山、大海上的贸易，还是南方散漫自由隐蔽的生活，让他们迅速遗忘了从前，失去了仇恨之心、觊觎之心？

广府人、客家人、潮汕人在岭南渐渐形成自己的民系，他们越来越鲜明地区分开来。客家人有强烈的根在中原的意识，他们了解北方，从不以贬义的口吻称呼外来者为"北方人"；广府人却变得淡漠，他们渐渐失去了对北方的兴趣，在越来越发达的今天，拥有了越来越强烈的优越感。同是南迁广东，地域不同，语言不同了，彼此再也无法沟通。客家人、潮汕人凭借一句相通的语言，就可认作乡党，倾力相助。广府人语言只是交流的工具，不具有族群相认的符码功能。他们建立起一条海上丝绸之路，最早踏入商业。珠江三角洲的商业文化，珠江三角洲河流纵横之阻隔，珠江三角洲的富足，彼此不相依赖，独立的过程，也许伴随了人与人的疏离。遇到欺压，客家人会奋起反抗，广府人想到的也许只是改良。他们是重实际的族群。而这片土地的土著古越人，却在人种的大融合中消失得无影无踪。

岁月某个幽暗的深处，什么神秘的东西像河流一样让来自中原的人开始分道？

河流之上的文明，韩江、梅江、东江、西江、北江、潭江……这些岭南大地上流淌的江河，孕育出了千差万别的文化。

大陆架的文明在向着南方偏移，从黄河文明，到长江文明，再到珠江文明，依时间的序列孕育、崛起。

珠江文明，是因为那个懦弱的宋朝的南渡？是因为中原人向着南方迁徙的脚步一点点的累积？是因为西方的坚船利炮轰开的那个血腥日子？文明寻找到了新生的土壤——面向海洋的商业文明。一条海上丝绸之路不被朝廷的奏章提及，不被皇帝的目光关注，不被大臣们的朝议所言，却在南方历史悠久而生动地展开。

因为海洋，岭南与世界现代史靠拢了，西方的航海地理大发现，澳门第一个进入世界视野。东西方的交流从这个半岛登陆。

一场鸦片战争，中国现代史的序幕在南方揭开。二十世纪初，南方终于不满了，愤怒了，向北方的皇帝发出了最有力的挑战，岭南成了革命的策源地。南方要推翻的是中国几千年的君主专制统治，走向民主共和。一场亘古未有的北伐，从南海之滨出发，扛着长枪火炮的南方军队，第一次从南向北翻过了南岭，枪口指向京都。

广府人洪秀全、康有为、梁启超、孙中山在珠江三角洲出现，成为朝廷最害怕、最痛恨的人。

历史，不能再遗忘南方了。历史的偏见终结于皇帝的消亡。"南蛮"走进历史的辞典。

南方迎来了新的世纪。珠江三角洲，厂房林立，万商来朝。北方新移民乘着钢铁的火车、飞机，从南岭山脉的地下、天空而来，在春节，又形成人潮北涌的奇观。他们不再是苦难的化身，不再是中原的失败者，不再是历史灾难的牺牲品，而是一个追求改变自身、寻求出路的人群。

岭南，中国移民最多的地方，一个又一个城市崛起的地方，一个各种语言交会的地方，如今，它时时刻刻与一个国家的各个地方气息相通、人脉相连。每个族群有着自己清晰的来路，彼此却交融一体。

在琳琅满目的物质里，在时装包裹的身体里，体验着南方的富裕，一种优游的心态，偶尔怀想一下南方的荒凉——被历史广为鄙薄、宣扬，被祖先们集体想象了数千年的荒凉，那已是想象中的风景，是围城中的人心灵渴盼的一种自然生态。

"荒凉"变作了魔法师的伎俩,瞬息之间消失,仿佛它只是一个时间的概念而非地理的概念。

水上来的祖先

一座日新月异的城市，穿过它，我去寻找一个破旧的快被城市吞没的古村落。情形就像去寻找世界之外的东西，被谁遗漏了的东西。

新世纪，新与旧不再较量，输赢早已天定。新桃换旧符是这个时代的风尚与铁律。

江门的街道，鲜见旧街，在高入云天的钢筋混凝土世界，我不能想象古老的概念如何存在。

混凝土包围的公园，水边的一丛三角梅，红艳得像一声呐喊。它从车窗一闪而过时，让人醒悟春天的到来。

阳光是被花簇唤醒的，它在郊外的树木和菜地上呈现春天的鹅黄嫩绿，呈现季节的变迁，天地间的节律隐然间被人领悟。

几年来，一直想寻觅珠玑巷人南迁的落脚地，了解他们从迁徙的那一天起，生命的传承、延续直到今天，经历了怎样的历程。尽管珠江三角洲广府人迁自珠玑巷，但要达成这样的愿望却不容易。古老村庄从大地消失，田野上的人群走向了城市，钢筋混凝土在伸向每一个角落。历史从没如此风云巨变。旧的事物因此令人无限渴慕。

良溪激起我的欲望，它从珠玑巷迁来，一住就是八百年。生命的来路在岁月中呈现出河流一样明晰的流向。历史并非只是虚幻，它在现实中留存了自己的体温。

南岭山脉下的珠玑巷，一个广府人祖先的来路之地，中原人南迁，曾在这里落脚、居住。又陆续从这里启程，继续他们的大迁徙。一个崇拜祖先的民族，珠玑巷几乎成为祭祀圣地。

良溪与珠玑巷的关系是从一天清晨开始的。

那天清晨，浈江沙水江面，薄雾笼罩。岸上一道道缆绳被一双双有力的大手迅疾解开，成片的竹排在流水冲击下，一条一条离岸，在江水的托举下，向着下游漂去。竹排上的人抬头朝岸上悄悄望了一望，只有几个早起送行的人在沙滩上向他们抱拳、挥手。这天是正月十六日，元宵节的烟花爆竹刚刚响过。

这一天距离现在 876 年。

南雄珠玑巷九十七户人家的迁徙，穿过了这 876 年，子孙后代保留下来的迁徙记录，把那个时刻的情景呈现在眼前。岁月在某个瞬间有接通的感觉。

族谱上的祖先从珠玑巷动身。他们抵达，我抵达。良溪村同样的抵达，却有天壤之别。他们抵达留下生命的血脉，留住时间，我抵达只留下匆匆一瞥的目光和风一样飘过的时间。

竹排在随水漂行，大地向着南方倾斜，河水浩浩荡荡朝南奔流，从浈江到北江，随大地起伏急缓有致。云朵在南方暖流的吹拂下向北缓缓飘移。高大的乔木遮天蔽日。猿啼两岸。

在河流就是道路的年代，人们敬畏河流，依赖河流，河流是连接远方与想象最有效的方式。结竹为筏的人，以河流的走向为迁徙的方向。一条河流把他们带到了陌生的良溪。

在抛弃河流的时代，轻轻一点油门，我驾驶汽车从桥上飞过河床。在现代，河流是人走向远方的障碍，是现代人生活的下水道。

江面，突然而起的飓风，掀起惊涛骇浪，刚才还是晴朗的天气，转眼就是另一重天。正在行走的竹排，在风浪里挣扎、撕扯，有的被浪打散了，人落入江中。惊叫声、哭喊声一片。有人慌忙抱着竹竿，有人双手在浪中徒劳地挣扎，不识水性的渐渐沉入江底……悲剧在九十七户人家中发生。

岸上不见人家，目击悲剧的只有一个孩子。逃上岸的人慌忙问他，为何狂风大作。小孩说，附近葬有一个忠勇将军，时时显灵。于是，人们纷纷去土庙拜祭。

南方河流之凶险，雨季滚滚洪流，波涌天际。崇山峻岭间，突然汇入的河水，水流相互激荡，形成乱流。一天半夜，星月如钩，迁徙者到达连州江口，潦水凶猛，竹排再次冲散……

一千余号人马，男男女女，老老少少，在河床裸露的阳光里走走停停，越来越黧黑的脸庞，写满了焦虑、欣喜、忧愁、疲惫。他们吃自己带的糍粑、炒米饼，上岸架锅烧一点水，直到一天，盘缠耗尽，老人气喘吁吁、目光空茫……

三月十六日，两个月过去，季节已从穿棉袄的严寒，到了着单衣的热天。路上的炎热，令人感觉在向着火炉靠近。冈州到了。这才是真正的南方！清明时节就热得人流汗。绿油油的植被铺天盖地而来，而冬天则是另一个世界的事情，这片土地从没有过冬季，永远是夏的葱郁，永远花红柳绿。风从南方遥远的大海上吹来，湿热、清新，让人疲惫的身心变得爽朗。

文字记载，宋绍兴元年，南雄珠玑巷九十七户人家结伴南迁。他们在一起商议，南方烟瘴之地，地广人稀，田野宽平，没有恶人。九十七户人家寻觅一处地方，开辟基址，可以朝夕相处，共结婚姻。他们推举一个南雄府学廪生、授世袭锦衣卫之职的人作为他们的首领。这个人叫罗贵，他的远祖由河南详符县迁入广东南雄保昌县牛田坊沙水村珠玑里。他们盟誓："今日之行，非贵公之力，无以逃生，吾等何修而至哉？今日之德，如戴天日，后见公子孙，如瞻日月。九十七人即相誓曰：吾等五十八村，居民亿万之众，而予等独藉公之恩，得赖逃生，何以为报？异日倘获公之得，得沃壤之土地，分居安插之后，各姓子孙富贫不一，富者建祠奉祀，贫者同堂共飨，各沾贵公之泽，万代永不相忘也，世世相好，无相害也……"

迁徙没有开始，就以誓约感恩戴德。那年南岭山脉下的珠玑巷一定遇到了大麻烦。而这个叫罗贵的人，一个还未入仕的贡生，危难关头，仗义扶危，挺身而出，在大灾难来临之前，带着他们往南方的三角洲迁徙，那里是他们唯一可以憧憬的地方。

是什么大麻烦？灾难似乎来自一个浪漫故事。族谱记载的都与一个皇妃有关。

《豫章罗氏族谱源流考》载："宋高宗建炎三年己酉岁，帝妃苏氏，一时不慎，失调雅乐，致触帝怒，斥居冷宫。旋获宫女之助，逃脱出宫。至关口，遇黄贮万运粮至京，船泊关口，苏妃哀求黄收留，匿于粮船。黄见美艳，允契南下回籍，匿藏家中。后为家奴刘壮宣泄其事，传扬至京都。宋帝大怒，乃命兵部尚书张英贵严办。张尚书拟先将牛田坊（珠玑巷）所属夷为平地，然后建立兴良平寇寨。幸得我贵祖姊丈梁乔辉时任职兵部，先悉此事，急遣家人星夜赶至珠玑巷，密报我贵祖。贵祖以大祸骤降，密商于乡里，立即向县衙申请迁徙，以免遭受无辜杀戮。宋绍兴元年辛亥岁正月十日，奉准南徙，于十六日晨齐集亲族戚友三十八姓共九十七户，由我贵祖统领，各携妻挈子，分水陆并进。"

这个缘由，在珠江三角洲新会、顺德、东莞、南海许多氏族的族谱中都有记述。但史书并无苏妃的记载。

宋高宗建炎三年六月，金兵已进军汴京，苏妃之事不可能发生。此时，隆祐太后率六宫自建康往洪州避难，金人急追，途中，有160名宫人失散。也许，其中一个妃子往南流落到了两百公里外的珠玑巷。这完全是可能的。大批跟随隆祐太后的官僚后来没有随太后回临安，他们继续向南逃难到了珠玑巷。

另一说是皇妃胡菊珍。胡妃，史上确有其人，《宋史·贾似道传》有胡妃的记载。咸淳八年，因明堂成礼，祀景灵宫，遇大雨。胡妃之父身为大礼使没做好准备，致使皇帝却辂乘逍遥辇还宫。胡妃之父因失职被罢黜。胡妃也因此事被贬出后宫，削发为尼。《小榄麦氏族谱》

记述的胡妃故事与苏妃如出一辙。到张贵英欲血洗珠玑巷时，胡妃为解珠玑巷人灾难，自己出来表明身份，要官兵不要伤害百姓，然后，投井自杀，以示反抗。

珠玑巷有一座"贵妃塔"，是元代珠玑巷人修建的，据说是为了纪念这位危难时刻拯救百姓的皇妃。但胡妃之事却发生在罗贵南迁141年之后，时间对接不上。

也有说是金兵南侵，南宋官兵进驻珠玑巷筑寨屯田，大批中原人越过南岭梅关道进入珠玑巷，珠玑巷人不得不另谋生路。

与所有的迁徙一样，这也是一次前程未卜的远行。

迁徙者最后停下的地方是珠江的一条支流西江。他们看到远处的炊烟，那是比他们更早的移民。沼泽中蓢草遍布。他们称这里为蓢底。

走近茅屋，一户人家姓谢，一户人家姓龚，主人热情出门相迎，于是，九十七户人家纷纷寻找自己落脚的地方……

这是南方一则真实的神话，一部没有庸常色彩的史诗。在良溪春天的虫鸣蛙鼓声中，在满眼苍翠树木与杂乱房屋面前，在我走过的溪边小径上，在荷锄老农悠闲的步子里，这神话覆盖，如透明烟岚，让现实不能真切。

一座大城市在罗贵当年上岸的地方矗立起来，如同另一个星球降落的庞然大物。在庞然大物的背景里，一座小山丘显得愈加细小，愈加窘迫、荒废。这山丘便是罗贵的安息之地。

上山的路砌了粗糙的石级，粗粝的霸王花，剑麻一样肥大的叶片交相覆盖，密密麻麻披满路边。山腰上的坟墓，花岗岩围砌，一块黑石上刻着墓志。这是罗贵的墓地。

这个北宋开国功臣罗彦瓌的七代孙，隐没到了这个无名山丘，面临着被城市吞没的危机。当年他的祖先系一代开国功臣，立下赫赫战功，宋太祖赵匡胤杯酒释兵权，他不满皇帝猜忌功臣，弃职远徙，南行三千里，隐居珠玑巷。他的七代孙罗贵又带着一家19口人再度南迁，抵达这座山丘下的阡陌之间，以不断退让的姿态，重续田园牧歌生活。

墓前，潮湿的泥土上布满了密密麻麻的脚印。这些脚印是清明节从广州、香港、澳门和东南亚各地赶来的罗氏后裔留下的。地坪外一堆红泥，是烟花爆竹放过后遗下的沉寂。罗贵的后人，又一次从良溪出发，远的迁徙去了海外。

山丘之下，溪水环绕，稻田错落。丘陵间村落散布，池塘绿树掩映，鸡犬之声相闻。村中的青砖石脚古民居，都已破损不堪，长满青苔的门额上饰砖雕、灰塑，山墙描草龙，梁下水墨绘画风雨侵蚀下已浓淡不一。古屋旁，有根深叶茂的古榕、参天的木棉，有一座建于乾隆元年的"旌表节妇罗门吴氏"贞节牌坊……

蓢底变良溪，因为蓢草已尽，只有溪水依旧绕村。

良溪人口五百多户，一千六百多人，罗氏后人是村里人口最多的一姓。随便问路边一个蹦蹦跳跳的小男孩的姓氏，他说姓罗。他身穿蓝色校服，刚从学校放学回家。

村道旁，用木板做的旧店铺已经塌陷。溪边，空无一人，却有一座罗氏大宗祠。这是村里唯一保存完好的建筑。宗祠占地二千四百多平方米，硬山式建筑，灰白的石柱，山墙搁檩，船脊布瓦，琉璃剪边。面宽三间，三进三厅，架构疏朗开阔，气宇轩昂。宗祠形制与中原建筑一脉相承。

我在石柱前仰头读着对联，读着读着声音越来越大，一副是："珠玑留厚泽，蓢底肇鸿基"。另一副是："发迹珠玑，首领冯、黄、陈、麦、陆诸姓九十七人，历险济艰尝独任；开基蓢底，分居广、肇、惠、韶、潮各郡万千百世，支流别派尽同源"。两副对联道出了村庄的历史。

宗祠供奉的正是良溪始祖罗贵。八百多年前的那一纸誓言，九十七户人家的后裔并没有违背。这是中原儒家文化忠孝节义进入岭南的一个见证。

一个有根脉的村落，安安静静在此繁衍八百余年。一个流传的故事守着与之对应的村庄，守成一种恒定，一种远离背井离乡的恒定，一种超越岁月与朝代的恒定，美好、温馨氤氲而生。良溪人一代一代牢记自己祖先哪一天从哪里开始向这个地方走来，甚至途中的艰险、迁徙的原因，记忆都不在岁月中褪色。纸上的记录与大地上的生活这样密切联系着，像两支向时间深处挺进的纵队，彼此呼应，不曾迷失。

然而，城市在逼近，一切面临着瓦解。他们将像所有城市人一样，不再带着祖先的时间和历史生活，不再记忆个人生命的历程，不再明白自己血液的河流怎样在时间中流布。古老将交还给时间，正如老建筑归于尘土，一切都是新的，新得像钢片，砍入时间的嘀嗒声中，冲刺到时间的前面闪闪发光。

沐着暮色，走进江门灿若海洋的灯光，进餐的大厦人潮如鲫。人群中与我一样来自乡村的人，村庄在眼里已经沉入了黑暗，看不见了。推杯换盏间，有人说起一座石头村，那是另一个迁徙的故事。良皮河边，六百年前，一个叫黎文思的人过河，河水上涨，水流把他冲倒，一块巨石救了他一命。上岸后，他就用漫山遍野的石头砌起了第一栋石屋。他也是从珠玑巷出发的。

石头村是恩平市云礼村。村里人都是黎文思的后人，都用石头砌屋。现在，石头村的人都进城了，人去楼空。一间石头房里陈列了木桌竹凳、蓑衣斗笠、犁耙簸箕等农具，供人怀念。

窗外，下起了小雨，雨滴轻叩弧形窗玻璃，路上人流行色匆匆。视野里一张张打开的五颜六色的伞，伞下一双双走动的脚，都是暗哑的，雨声、脚步声和汽车驶过的唰唰声都暗哑了。我望着灯火迷离的地方，也许，那涌动的人群中有一个石头村的人，他保留了自己的黎姓，熙熙攘攘的街市，却找不到熟悉的面孔，熟悉的声音，人群中的孤独在向着他的内心深处生长。走在石头的街上，同样的石头，在乡村它那么亲切，在城市却如此陌生。城市的新景观对很多人来说，也许，一生都会是陌生的；用尽一生，都在抵达之中。

路上的祖先

在岭南与西部边地，无数的山脉与河流，它们是那样高耸、密集，只有靠近海洋的地方才出现了大的平原，山谷中的河流向天空敞开了胸膛，在大地上交错在一起。多少年来，我在这片巨大的土地上行走，葱茏与清澈中，心如乡村之夜一般静谧。岭南的三大民系，客家人、潮汕人和广府人，在与他们长期生活中，总要谈到中原的话题。那是有关遥远历史的话题。而在西南的大山深处，众多民族的聚集地，在我的出发与归来之间，偶尔遇到的一个村庄会提及中原，这些至今仍与外界隔绝的村庄，有的说不清自己是汉人还是边地的少数民族。但在云南的怒江、澜沧江下游，说着生硬普通话的山民提起的却是蒙古高原。

一次次，中国地图在我的膝盖上或是书桌上打开，我寻觅他们祖先当年出发的地方，感觉脚下土地在岁月深处的荒凉气息；感受两千年以来向着这个地方不停迈动的脚步，他们那些血肉之躯上的脚板，踩踏到这些边远的土地时，发出的颤抖与犹疑；想象岁月中一股生命之流像浮云一样在鸡形版图上，从中原漫漫飘散，向着边缘、向着荒凉，生命的氤氲之气正漫延过来——一幅流徙的生存图是如此迫近，令眼前的线条与色块蠢动！

中国地图，北方草原生活着游牧民族，他们是马背之上的民族，从事农耕的汉人不愿选择北移。东面是浩瀚海洋，发源黄土地的汉民族从没有与海洋打交道的经验。于是，古老中国的人口流向就像一道道经脉，从陕西、河南、山西等中原地带向着南方、西北、西南流布。一次次大移民拉开了生命迁徙的帷幕，它与历史的大动荡相互对应——东晋的五胡乱华，唐朝的安史之乱、黄巢起义，北宋的"靖康之乱"，就像心脏的剧烈搏动与血液的喷射一样，灾难，让血脉喷射到了边缘地带。广袤的荒凉边地开始染上层层人间烟火。迁徙，成了历史的另一种书写，它写出了什么才是真正的历史大灾难——不是宫廷的政变，不是皇宫的恩怨情仇，而是动乱！大灾难首先是黎民百姓的灾难。

岭南是南蛮之南。两千年的岁月，迁徙者总是一批批上路，向着荒山野岭走来，成群成族的迁徙，前仆后继，他们身后，大灾难的阴影，如同寒流。

与岭南大规模的氏族迁徙不同，西南，更多的是个体的迁徙。似乎是脱离大历史的个人悲剧的终结地。岭南的迁徙可以寻找到最初的历史缘由，可以追寻到时间与脚步的踪迹。而西部的个人迁徙却像传说，一个有关生命的神秘传奇，缘由被遮蔽得如同岁月一样难以回溯。我在面对大西南山地时，总是想到，大西南的存在，也许，它使获罪者有了一种生存的可能，当权者可以靠抹去他从前的生活而保全他的性命，可以把威胁者流放而不是处死。受迫害者有了一个藏匿的地方。害人者有一个自我处置、悔过自新的机会。文化人有一个思想可以自由呼吸的空间，不被儒家的文化窒息。多少文人吟叹与向往过的归隐，在这片崇山峻岭随处可见。这里提供了另一种生活的可能。这是历史苦难在大地边缘发出的小小痉挛。从此，生活与这苍山野岭一样变得单纯、朴实、敦厚。

我深深关注这种神秘的个人迁徙，这种不为人知的历史秘密，就像与岁月的邂逅，它是我在西部山水之中行走所遭遇到的，它激起了我对于人生灾难的感怀，对于生命别样图景的想象。

隐蔽峡谷

听说过遥远而神秘的夜郎国，它与外界的隔绝，仅凭"夜郎自大"这个至今流行的词语就可以相见。贵州石阡县，就曾经是古夜郎国的土地，土著是仡佬人，他们的先民最早被称作濮人。在仡佬人生活的群山中走，山峰横陈竖插，蜂拥、澎湃、冲撞，只见满眼的绿在一面面山坡上鲜亮得晃眼。巨大的群山中，木楼的村庄藏在深谷，只有像烽火台的炊烟偶尔升空，才泄露村庄的踪迹。

正是这片土地，这一天，一个名叫周伯泉的人，走到了石阡，走到了一条叫廖贤河的峡谷。沿着河流爬到山腰上，峡谷里从没有升起过炊烟，山下清澈的河水，只偶尔漂过落叶，一大堆奇形怪状的云朵浮满了那些深潭，峡谷被喧哗声装满，像装着他的寂寞，无边，无助。

一座龟形山突然出现，向它踩出一条路时，鸟兽们惊吓得纷纷逃往密林深处。

抬头，峡谷对面一堵刀削般的岩壁，裸露着，不挂一枝一木。一幅让人惊叹又绝望的风景，但这个汉人周伯泉却喜欢了。长时间暴走的双脚停了下来。

他停下来的地方奇迹般向峡谷伸展开来，像一个巨型舞台伸出，一块坪地出现了。这坪地，在森林之下、河流之上，隐没于峡谷之中。这就是他的村庄，也是他人生寻觅的最后栖息地。

这是 1494 年，明朝弘治六年。这一年没有什么特别值得一提的大事。但历史对于个体，譬如这个迁徙的汉人，这一年却是石破天惊的一年，仅仅这一年在他一个人脚下所进行的艰苦卓绝的长途跋涉，就是我这样坐着小车长途奔波的人所不能想象的。但这只是他自己的历史，他走到了任谁怎样呼喊也不会喊醒历史的黑暗地带。深深的遗忘就像误入了另一个星球。这一年周伯泉为发生在自己身上的事件给了一个很抽象的命名——"避难图存"。至于"难"是什么，他深埋在自己的心里。这只是一个人的灾难，这灾难让他从南昌丰城出发，穿过三湘四水的湖南，其中崇山峻岭的湘西也没有让他停下脚步，他像劲风吹起的一片树叶，一路飘摇，人世间的烟火几近绝灭。

他悄悄停伏下来，在言语不通的仡佬人的土地收起了那双走得肿痛甚至血肉模糊的脚板。在那些孤独的夜晚，一个人抚摸着脚背，看着自己熟悉的生活变作了遥远的往事。那巨大的灾难于是在群山外匿去了它深重的背影。他像一个原始人一样，带着自己的家人，在这个无人峡谷里开荒拓地，伐木筑屋。廖贤河峡谷第一次有了人发出的响声。

我沿着周伯泉当年走进峡谷的方向走到了廖贤河，山腰上已经有了一条路，汽车在泥土路上向山坡下开，大峡谷就在一块玉米地下送来河流的声音。拐过一道道弯，古寨突然出现在眼前。地坪上一座残破的戏楼，戏楼下却站满了人，衣服也大多是破烂的。一张张被阳光暴晒的脸，黧黑、开朗，绽开了阳光一样的笑。他们是周伯泉的后人，已传到了十九代。正是因为他们，生命有了传承，历史某一刻一个微不足道的小事件得以留存了下来。

村口栽满了古柏，参天的树，翁郁苍翠。树冠上栖满了白鹭。白鹭在树的绿色与天的蓝色之间起起落落，并不聒噪。坐落在山坡上的寨子，触目的石头铺满了曲折的街巷与欹斜的阶梯，黄褐一片，参差一片。木条、木板穿织交错，竖立起粗犷的木屋。

通向寨内的鹅卵石铺砌的小径，太极、八卦和白鹤图案用白色石子拼出，极其醒目。它是中原汉人的世界观与吉祥观念的刻意铺陈。而村口树木搭建的宫殿、观音阁、戏楼、寺庙、宗祠、龙门，保存的罗汉、飞檐翘角、古匾、楹联，则是周伯泉教育后代传承文化的结果，儒家文化于荒岭僻地的张扬，在仡佬人的世界里显得特别的孤独，它们自顾自地展现、延伸、生长，文化之孤立，更放任了它释放的能量。

村庄的面貌就是周伯泉脑海里意志、记忆、想象的客观对应物，一代又一代人沿着同一个梦想持续努力，逼近梦想。

一种孤独的力量，一种梦境般的世外桃源景象。周伯泉远离了故土，却决不离弃自己的文化，他吐纳的气息里就孕育着儒家文化的顽强生殖力。汉人漂洋过海了，也要在异邦造出一条中国式的唐人街，这是文化的生殖力量！

周伯泉不会是一介布衣，他饱读诗书，那些四书五经，他在童年就熟读了。古寨造型精致的雕花木门窗，图案为花鸟、走兽、鱼虫，雕刻刀法娴熟，线条流畅，富含寓意，它表达了主人求福安居的心态，尽管这是他后人雕的，但思想的源头在他那里。

古寨遵从着勤、俭、忍、让、孝、礼、义、耕、读的家训，家家善书写，民风古朴，礼仪有加。而家门口粗犷狰狞的傩面具，是对荒旷峡谷神鬼世界的恐惧联想，是苗族、仡佬族对他们启示的结果。

只有一户人家改变了寨子木楼建筑的格局，他们用砖和石头砌了楼房。楼下窗口挂着几串红艳艳的辣椒，两位老人在门口打量着来人。他们坐的矮凳用稻草绳编织。水泥地坪上，两只鸡正在追逐。老人站起来招呼人进去坐。一位中年妇女闻声从猪栏里出来，朝人笑了笑，她正在喂一头野猪。一个多月前，她的男人从山上捉了它，不忍心杀掉就圈养了起来。野猪哼哼的声音比家猪凶狠得多。

山坡下一眼山泉，泉边建有一个凉亭，这是山寨人接水喝的地方。当年周伯泉也许是在捧喝了这眼山泉时收住了心，要把自己的生命之根扎于此地。在炎热的夏天，捧一捧山泉水，一股凉意沁入肺腑，甘洌、清香。

离泉边不远是一座连体坟墓，葬着一对夫妻，关于他们有一个凄美的爱情故事在山寨流传。而在离这不远的一处峭壁上，周伯泉整日面对着空荡荡的大峡谷，听风吹松叶声、流水声，虚无的空想早如这空气一样散去，只有坚硬的墓碑从那个远逝的时空站到了今天。

吃午饭的时候，来了寨子里的几个姑娘，她们来敬酒，围着桌子对着客人唱歌，双手举杯，直视着来客，眼里隐隐柔情闪烁。她们的敬酒歌不同于仡佬人，是改造后的古典诗歌。古代诗歌由口头传诵的韵味让人唏嘘，那意境、情思比泉水还纯，令人回味。歌声在古柏间缭绕时，竟涌起了一阵阵薄雾。

喝过周伯泉当年喝过的水，听过了他后人的歌唱，再在他的墓地前良久驻足，眼前的大峡谷，就像他当年的灾难被岁月隔断了，让我向前一步也绝无可能，他的后人没有一个知道那"难"是什么"难"，我只能对着一座空荡荡的峡谷凝思潜想……

神秘墓碑

这是一个夏天，是哀牢山、无量山的夏季。那些蒙古高原沿横断山脉高山峡谷向南迁徙的羌氏后裔，历经千年的迁徙，不知哪个年月，来到了这里。这是有别于汉人中原大迁徙的另一路迁徙，蒙古高原是这些散落成南方各个弱小民族的出发地。

汽车在群山中翻越，我的脑海在以镇沅的偏远来想象哀牢山、无量山，也在以哀牢山、无量山的荒旷雄奇来想象镇沅的偏僻。原始部落苦聪人祖祖辈辈就居住于此。简陋的木杈闪片房或竹笆茅草房由树木与茅草竹片搭建，立在陡峭的山腰上，像一个个鸟巢，多少世纪，它们向着狭窄的天空伸展，偶尔有人从茅屋下抬起鹰一样的眼睛，看到的永远只有面前的黑色山峰。他们不知道山之外世界的模样。祖先来到了这片深山老林，深山就像魔王一样锁住了后人飞翔的翅膀。生活，几千年都像大山一样静默、恒常。

又是一条大峡谷，汽车群山中疯转，白天到夜晚，没有止境。峡谷山脉之上，一个叫九甲的地方，山低云亦低。海拔三千多米的大雪锅山，云中青一片绿一片，深不见底的峡谷在脚底被一块石头遮挡，又被一条牛遮挡。移动一步有一个不同的景致。

在九甲的第二天，随着赶集的苦聪人走进大峡谷中的一条山径，浓密的树林中只听得到人说话的声音、脚踩踏泥土的声音，却看不到近在眼前的人。站在石头上，放眼峡谷，那空旷的幽蓝与天空相接。远处的寨子却清晰可见。那里有木瓦做的楼房。一位背背篓的老人说，那里是寨子山、领干、凹子几处山寨，住了一百二十多户熊姓人家。很久以前，他们的祖先一个人从江西迁来。

又是一个汉人来到一个原始而遥远的世界，在今天，乘飞机、坐汽车，也得几天几夜，它至今仍与现代社会隔绝。

在一座大山又一座大山出现在他脚下又从他脚下消失的时候，他为什么没有想到停留？寒来暑往，多少年的行走，只要从睡梦中醒来，他的脚步就迈动了，那是一种怎样的心境？他也许相信自己的脚步再也停不下来了。是什么缘由，他在九甲这样的地方停下来了？是原始部落人让他感觉安全，还是哀牢山大峡谷如同天外一般的仙境，再也闻不到人间的气息？或者是闻不到了汉人的气息，汉文化的气息？他是要背叛？行走如此之远，若不是非同寻常的大灾难，他不会离自己的文化如此遥远。当文化也远如云烟，那是安全的最大保障。也许，他是一个不屈者，人性中出走的情结，反叛的情结，离经叛道的情结，让他只想走到天之尽头。

在寨子山的高山之上，守着自己的后人，一块神秘的石碑立于一座坟边。这座坟留下了他人生的秘密。

石碑鲜为外人所知，几乎没有人进去过。九甲有镇政府的人去了，面对深奥难懂的古文，什么也读不懂，只认出了他的名字——熊梦奇。

突兀的寨子取名文岗。悬倾于峡谷的木楼高两层宽三间。长而宽的峡谷，只有它兀立于森林与陡坡之上，一种决绝的气息，从大峡谷中凸显，强烈，分明。

想走近它。也许，石碑刻下了一个寨子的秘密。

走过一段路，天色暗下来了，无奈之中，只得在密林中的小道返回。无边森林的飞禽走兽在暮色中发出了阵阵奇怪的叫声。

晚上看苦聪人表演苦聪"杀戏"。早早地，地坪上搬来了大刀、花灯、红旗和粗糙简陋的头饰。纸扎的头饰造型奇特，尖角很多，有的帽顶上插了三角旗，有的还在后面做了花翎。纸做的各种不规则的几何形灯箱，写上毛笔字，用长杆立在坪地四角，做了演出场地的装饰物。一群苦聪青年男女在地坪换戏装，女的穿上了红裙、戴了花帽，男的穿花的长袍、有的围白毛巾。他们寡言少语，脸上表情僵硬。

铜的钹、铜的小锣敲起来了，杀戏开演。只有喊叫，偶尔的唱腔也像在喊，没有弦乐伴奏，拿刀枪的男人穿着碎花长袍或拖着两条长布，在锣钹声中跳跃着，锐声说上一段话，就拿着刀枪，左手高举，双脚高高起跳，表演起来像道士在做道场。乐器只有锣和钹，用来敲打节奏，节奏并不狂野，也不紧迫，像西南少数民族生活那样不急不缓，永远让心在一边闲着。快节奏的时候，有人吹响了牛角号，还有西藏喇嘛吹的一种拖地长号，放在地上呜呜地响。他们不断重复跳跃、打斗。我终于看出来了，他们表演的不是自己的生活，而是三国里的人物。

汉文化还是传播到了哀牢山中。这也许与熊家寨不无关系。这么山高水远的逃避之路，不会是一个大字不识的平民百姓所为。为生计或者躲避平民百姓所遭遇的灾祸是用不着跑这么远的。也许，是他内心深处已经嗅不得一丁点汉文化的气息？这熟悉的气息不消失，他就会感到威胁。他只有走到一个连汉文化气息一丝一毫也没有的远方，心灵才会真正安宁下来。只是，他自己身上散布出去的汉文化气息是可以例外的，他不会感到不安和威胁。他不自觉地把汉人的历史汉人的文化带到这个原始部落。也许，他的身后有一个重要的事件，也许，他是倾国家之力追捕的要犯？正是他给历史留下了一个千古悬念？

然而，他最终还是不得不回到汉文化，用汉文字写下自己的墓志铭。一个讳莫如深的人，当他走到生命的尽头，他愿意讲点人生的秘密，他害怕自己被历史埋没得无声无息没有半点踪影，生命结束得如同草寇，一抔黄土掩埋于荒野之地，生命就永远消失于荒芜时空了。但他必须用莽莽群山来隐藏，他仍然害怕，他也许想到了后人，他不希望被自己累及。他于是用古文字，以汉文字最隐蔽的表意功能，写下了谜一样的墓志铭。他只想等待朝代更替后遇到高人，可以来破解他的秘密，墓碑上的铭文至少给自己的身世留下了一份希冀。

晚上，月亮从峡谷升了上来，又大又亮，把天空云彩照得如同大地上的冰雪。大山却沉入更深的黑暗。

大西南偏僻之地，自古的化外之地，直到明代建文四年镇沅才有文字记录历史。据县志载，乾隆三十四年，镇沅发大水、地震，上空有星大如车轮或自北飞南、或自南飞北数次。又载，乾隆五十四年十二月，恩乐天鼓鸣，黑雾弥空，有巨星自东陨于西北。民国十一年，有人从北京带回一架脚踏风琴，事情记入县志大事记，成为1922年唯一的一桩事件……

雨后的山风吹来，人轻得像飘浮起来了，一种奇异的感觉，山拱伏于足下，呼吸透明，心亦空明一片。头上硕大的月亮，好像在飞，而幽黑峡谷中的熊家寨好像沉入了永恒的时间之海。

在山脊的水泥路上徘徊，直到一阵越来越密集的雨在树林里落出了声音。走进房子里的时候，我在想，一个人的决定，有时影响的不只是他的一生，是世世代代。他在作出人生的决定时，经过冷静思考吗？一个人走向西部，这是一条多么荒凉的路！它一闪念出现在想象中，心里就像爬过一条冰冷的蛇。我想，这不是一时冲动的结果。他们一定认为自己对社会与人的深切体悟与认识，是最接近真理的。因而，在漫长岁月的考验中，他们绝少反悔后退。他们在异地僻壤获得了心灵的安宁。

一个人，数百年前迈开的一双脚，多么微不足道，多么杳无音信，何况飘散在时间的烟雾中，早已泯去了痕迹。然而，西部的山水，偏僻而森然的风景，却将岁月的一缕悠远气息飘来，如时间深处的风拂过，带来了那些微小的却与人生之痛紧紧联结的瞬间。

在南方的一些古老村落，正如祖先预料的那样，世世代代，事情一直沿着他们的想象前进，直到今天。在隔绝的环境里，时间的魔法把一个人变成一个连绵的家族，如同一棵南方的榕树在大地上独木成林。譬如湖南岳阳的张谷英村，张谷英就是六百年前从江西翻山越岭而来的人，他憎恨官宦生涯，辞官归隐，寻找到一个四面山岭围绕的地方，过起与世隔绝的生活。这个以他名字命名的村庄，两千多人全都是他的子孙。当年日本鬼子也没有找到他的村庄。

又譬如，贵州贞丰县北盘江陡峭的悬崖下，隐蔽的小花江村，当年一户梁姓人家从江西迁徙到了这里，他的石头屋前是湍急的江水在咆哮，屋后静默着屏幕一样的山峰，鸟翅也难以飞越。当年红军找到这个隐藏的险地，在峭壁间架设悬索，从这里渡过了北盘江。他们都是一个人的决定，却影响了一个氏族的去向与生存。这不能不说是生命的一个奇迹！

天刚放亮我就起床了，峡谷里被云填满，像一个雪原晶莹透亮，这天我去千家寨看一棵两千年的老茶树。几千米的大山都在原始密林下攀登，这不只是在挑战人的体力也是在挑战人的毅力，一切都达到了极限的状态。晚上回到九甲，腿脚连迈过门槛的力气也没有了，小腿、大腿都酸痛得抬不起来。去熊家寨的愿望再也没有可能了。

熊梦奇，留下一座墓碑给了历史。在苍茫的岁月中，它的神秘将一直穿越时空。

一户汉人

西部，让我陷入一个人的幻想——

他正坐下来休息，他太累了。在时间的深处，你看不到他。但他的确在休息，摸出一张小纸片，再从袋里捏出烟丝，把它裹了，吐吐唾沫黏合好，一根喇叭状的烟就卷好了。随着长长的一叹，一口乳白色的烟如雾一样飘向空中，瞬息之间就没了踪影。

这是一种象征，很多事物就是这样只在瞬息。无踪无影的事物遍及广袤时空。好在上帝给了人想象的能力，虚无缥缈之想其实具有现实的依据。他的出现就是这样，如同一个微不足道的事件，烟一样消散，但后人可以想象他，塑造他。这可以是迁徙路上的一个瞬间。他或许是流民，或许是避难者，或许是流放的人，或许还是一个有梦想的人……但毫无疑义，他是一个村庄、一群人的祖先。

他的后人卷起那支烟时，那烟已经叫莫合烟了。

莫合烟只有西部的青海、新疆才有，他要去的方向就是那里。这是一次向着西北的迁徙。

他来自陕甘，他有西安出土的兵马俑一样的模样。

往西北，天越走越低，树越走越少，草也藏起来了，石头和沙刺痛眼睛。他走过一片沙地，出现了一小块绿洲，但是没有水。他只是在一袋烟的工夫就穿过了这片绿洲。更广大的沙地，他走了一天才把它走完。

绿洲再次出现的时候，这里已经有了先到者。他在渐渐变得无常和巨大的风里睡过一夜，再次上路。

他走了三天才遇到一块绿洲。绿洲已经有一座村庄，这是一座废弃的村庄，被风沙埋了一半。他用村庄里的锈锄头扒开封住门的沙土，住进了别人的村庄。他一住半年，这个村庄里的人又回来了。这情景西部常有。

他又遇到一片绿洲的时候，已经走了七天。晚上住在一堵土林下，听到有人在喊他，又听到了哭声，他也喊，他的喊声无人答理。哭声越来越大，拂晓时变成了哭号。

太阳出来时，一切平静如常，广阔的荒野什么也见不到，一片苍凉。夜幕降临后，喊声、哭声又起，天天如此。他想到了自己村庄被剿杀的人，想到了这些灵魂也许跟着他一起到了逃亡的路上。他害怕。他不知道大漠上的魔鬼城，风沙是能哭泣的。他不得不再次上路。

他得与风打交道了，有时是顺着它们，有时是横穿过它们，有时是逆着它们，风中的沙石越来越多，打在脸上有点痒。他被一团风裹进去，里面只有微弱的光，他再也无法看到远方，看到方向。他不知道沙尘暴，第一次与它打交道，他以为自己从此进入了另一个世界。以前，变化是一点一点的，他还可以联想到远去的世界，现在，沙尘暴像一股洪水冲断了这样的联系，他以为再也回不到从前的世界了。他开始惊恐。

几天之后，太阳出现了，远方的地平线也出现了，他才知道这是一阵风，一阵长长的比梦境还长的风，不同于以往任何时候见到过的风。他从此要与这样的风打交道了。

沙漠是怎样出现的，他又是怎样走到了沙漠的深处，是怎样又找到沙漠深处的一片绿洲，这样的信息在他的后代传递着生命的过程中消失了。

大西北沙漠中那些把一个满天石头或沙子的地方取名叫作汉家寨、宋砦或是别的标明自己汉人身份的地名，至今住的不过几户、十几户人家，干打垒的房子，都是泥土与红柳条筑起的土房。这是来自陕甘的迁徙者最终落脚的地方。他们的生命在与严酷的自然环境搏斗中，一个接一个殒没了。但生命依然在继续。

千年历史中，他们陆续迁徙到了这里。与南方一个人的迁徙繁衍出一个大家族不同，塔克拉玛干沙漠严酷的环境抑制了生命的繁殖力量。他们在大漠深处的生存如同茇茇草，在适应与抗争的过程里生命的火种不能燎原，却持续不灭。

他们与北方的走西口、闯关东不同，那种迁徙大多与灾荒和生存有关，而他们长途迁徙与战争和围剿相关，与异族、宗教相关。血腥的历史浸染了这块土地。常常是一个民族或一批人居住，之后，杀戮到来，这里又变成了另一个民族另一批人的居住地。甚至，佛教与伊斯兰教也在这里更替。

这几乎就是那条丝绸之路，也是当年玄奘西去取经的路。我在昆仑山下塔克拉玛干南面行走，我看到了公路上踽踽独行的人。就在这个人从我车窗一闪而过的瞬间，我看到了他迈出的脚——一双粗布鞋包裹的脚。在这样广大的沙漠世界，这迈步的动作多么微不足道。但这个与我相遇的人仍然立场坚定，交替举步。百里外的村庄，得靠人的意志和毅力抵达。

沙漠里生活的人，都得有这样顽强的意志。

一阵风沙袭击，沙暴像白色云雾飘过黑色路面，紧随后面的黑暗如墙移动，只在片刻吞灭了一切。车子急刹中差点翻下公路。这是车灯也射不穿的黑暗之墙。车外的世界不见了，那个踽踽独行的人也被风沙吞没。车窗关死，我还是闻到了浓厚而呛人的沙土腥味。嘴唇紧闭，牙齿里仍然有沙粒嚓嚓磨响。

沙暴过后，千里戈壁是现实的洪荒时代，阳光下的沙石，泛出虚白的光，灼伤人的目光。抬头看见一片片的绝望，不敢相信这片地球上灼伤的皮肤，会有穷尽的一刻。它被天穹之上狂暴的太阳烤干了、烧毁了。黄色、褐色、白色，一条条伤痕从昆仑山斜挂着泻了下来，大地向着沙漠腹地倾斜，石头的洪流，大海一样宽阔，没有边际。

云朵，躲在地平线之下，与戈壁一样从地平线上冒出来。它们紧挨大地的边缘，没有胆量向辽阔而靛蓝的苍穹攀升。迁徙者也许曾朝着天边的云朵迈步，相信云朵之下的雨水和绿洲。

地平线是一条魔线，把布匹一样的戈壁抖搂出来。太阳的火烈鸟向着地平线归巢。车朝向浑圆的太阳鸟跑，弯曲的地球微微转动。太阳被追得落不了山，悬在前面，将落未落。

一座水泥桥，桥下石头汹涌，在人的咽喉里涌起一阵焦渴。桥在干渴里等待昆仑山冰雪融化的季节。它在沙里已经有些歪斜，像渴望到无望的人萎靡了精神。一年一度，夏季浊黄的雪水裹带着山坡上的沙石，从这里冲进沙漠，一直盲目地冲进塔克拉玛干沙漠腹地，这是沙漠绿洲生存的唯一原因。

前方出现了沙枣、杨树。这是于田的地盘，一个村庄出现。

进村里，去寻找水源。一排杨树后，一口篮球场大小的水塘，塘里的水发黄。于田人叫它涝坝水。它是昆仑山冲下来的雪水贮存起来的，一年的人畜饮用就靠这塘水了。

走进一户人家，男的是这个维吾尔村唯一的汉人，姓刘，许多年前他从一个汉人的村庄迁来。正是维吾尔人的古尔邦节，他们一家人围坐在土炕上，吃着炖羊肉。女主人下了炕，把地窖里藏着的冰取出来，放上糖，端给我。这是天然的冷饮。它那杏黄的沙土颜色，让我感到不安。茫茫戈壁，黄色是让人陷于绝望的颜色。绿色，只是幻觉。白色是飘渺梦想——那是昆仑山上的积雪、天空中的云朵。在黄色泥土的平房里，如同走进了泥土的内部。泥里的光幽冥、暗晦。黑暗中发亮的黑眼睛，汉人的黑眼睛，是两个怯生生的孩子朝我打量。

男人不吭声，一个奇怪的人，几乎不会说话。不知出于什么禁忌，他家院门经常落着一把挂锁，到节日才打开一下，平常出入须翻一人高的围墙。停在院内的自行车也从围墙上扛进扛出。院内的一棵杏树是用洗手水养活的。树下两个铁皮箱，用来取水，由毛驴把装满水的铁皮箱运回家。水，也从围墙上抬过来。

吃过饭，男人去看他种在沙地上的哈密瓜。一根拇指大的塑料管，相隔十几公分伸出一节草根大的短叉管，从水塘抽上来的水，从这短管里滴落几滴，哈密瓜就能发芽了。生存的智慧用在了对水的精确计量上。

这个祖先从陕甘迁来的人，已经忘记了还有一条日夜奔腾的黄河，忘记了那土地上灌溉的水渠。他融进了沙漠,不再知道沙漠外的事情。不知道这里的土地是大地上最干渴的土地。祖先的迁徙,已海市蜃楼一般飘远。

他坐下来休息,摸出一张小纸片,再从袋里捏出烟丝,把它裹了,吐吐唾沫黏合好,一根喇叭状的莫合烟就卷好了。相同的动作,多少世纪在一双双男人的手上传递。他递烟给我,我摇了摇头。他自己点着了火,随着长长的一叹,一口乳白色的烟如雾一样飘向空中,瞬息之间就没了踪影。

姓刘的男人在我起身告辞的时候,问到了西海固,那是他祖先居住的地方。他问那个黄土高原上水是不是也很金贵。

午后,一场风暴从北方的沙漠深处刮来,空气从灼热开始转凉,沙尘如同云雾在远处的地面上浮动,很快将吞没这个只有十几户人家的村庄。这个叫托格日尕孜的地方,曾经有一个叫库尔班·吐鲁木的老人骑着一头毛驴去了北京。他走到策勒县时被家人追了回来。后来他又上路了,到了北京,见到了毛主席。

我抬眼作最后的打量,高高的杨树就像梦境里的事物一样不能真切。我在逃离风暴的车里,看到它瞬息间卷进了风沙中,像梦一样消失。

大地上又变得空空荡荡,而村庄没有一个人逃离。汽车在沙尘暴前面狂奔,这个在沙漠像南方雾天一样习见而平常的事物,在南方人眼里却像沙漠怪物。其实,在它的面前,我无处可逃。它就像时间的烟雾,把世间的一切抹去。

第二辑 古老屋檐下

奢华的乡土

一

一段奇异的生活，八十年岁月的遮蔽，早已越出视界。但它顽强存在，确凿无疑。它出现在开平。它用物质的形式不容置疑地证明，这物质既是历史的，也是现实的。一闪念里，一片天空笼罩到了头上。这是一种奇异的感觉，头上的天空仿佛不是现在的，地上的建筑赐予深切的非现实感。

碉楼——一个遗存的庞大建筑群，过去生活的细节，像壁上灰塑，紧随坚硬墙体躲过时间洪流的淘洗，永远如阳光照射现实生活的场景。是错觉吗？二十世纪初场景的呈现，虽离不开想象，但我分明嗅到了它某种梅雨季节一样的气息。

两天时间里，我在二十世纪初建造的碉楼中钻进钻出，爬上爬下。正逢雨季，天空滤下稀薄的光线。碉楼中偷窥一般的我，置身幽冥晦暗中，神思恍惚。

我惊叹将近一个世纪前，广东开平人的生活，曾经与西方靠得那么近。在那个国人穿对襟长袍、裹小脚、戴瓜皮帽的年代，戊戌变法闹得沸沸扬扬；北伐军广州聚集，准备向东、向北进军；袁世凯闹着称帝；甚至来自开平的周文雍，也在这样的历史进程中把自己青春年少的生命和爱情带到刑场上……一个事件接着一个事件上演，历史在翻天覆地的变革中趔趄前行,开平人的生活竟然按照自己的逻辑在展开——这几近一个神话——东西方的交流在南方沿海地区,早已达到甚至超过了如今开放的程度。三十年的闭关锁国,三十年的改革开放,把人带到八十年前的一个状态。

今天,房地产商把"罗马家园""意大利花园""欧洲庭院"等概念在媒体炒得昏天黑地,大江南北那些拙劣模仿的欧式圆柱、拱券,像商标一样成为楼盘的招徕。这片碉楼里来自真正西方手笔的多利克、伊奥尼亚、科林斯式柱,各种弧形拱券,已经在这片土地上沉默了将近一个世纪,并且依然在乡村一角放射着光辉——一种真实的东西方文化交融的生活展示。它不同于上海滩,或者天津卫,那些租界里由西方人自己建造的洋建筑,它是中国的老百姓自己建造的来自民间的一次建筑实践。它们试图融合的是二十世纪初中国乡村的生活经验与西方发达国家的时尚趣味。

面对眼前的南海,我怎样理解海洋呢?沿海的概念对我似乎才刚刚建立,在这之前它纯粹是地理的,为什么把外面的世界称作海外,我猛然间有了觉悟。因为靠近海洋,中国沿海与内地,早在一百多年前,在那场著名的鸦片战争之后,距离就开始拉开了,两种全然不同的生活在中国的版图上展开,渐行渐远。一个海洋在把另一个世界的生活横移过来。中国现代史在南方其实已经发生,历史早已看见了它的端倪。当内地人还在用木制独轮车推着小麦、稻谷,在乡村的小路上吱吱呀呀叫着千年的悱恻,岭南五邑之地已修出了铁路。钢铁巨人一样的火车锐声一吼,奔跑的铁轮把大地震荡得颤抖、倾斜——民间第一条铁路就在这里修建并开通。这一天是1908年5月15日。首段开通的铁路长59公里,有19个车站,终点站设转车盘,可将机车原地不动旋转180度。5年后建成第二段50公里,7年后建成第三段28公里,车站总数达到了46个。

浓雾重锁的天空下,想象上世纪初开平的历史,梦幻感觉虚化了眼前的景物，钢筋混凝土的高速路像是动漫，高楼大厦是一次一次的投影。

那是一场多么迅疾与猛烈的碰撞，两种文明在这一小片天空下交织、摩擦、激变。当时文字记载的日常生活可摸可触："衣服重番装，饮食重西餐"；"婚姻讲自由，拜跪改鞠躬"（民国时期《开平县志·习尚》）。男人们戴礼帽，穿西装，打领带，脚穿进口牛皮鞋；抽雪茄，喝咖啡，饮洋酒，吃牛排；出门骑自行车或摩托车。女人们洒喷法国香水，抹"旁氏"面霜，涂英国口红。薄薄的丝袜即使在20世纪改革开放的80年代初期，也还是城市女人追求的奢侈品，但在19世纪末20世纪初，"玻璃丝袜"已经是开平乡村女人的日常用品了。用具方面，从暖水瓶、座钟、留声机、收音机、柯达相机、三支枪牌单车、风扇、盛佳衣车、打印机，到浴缸、抽水马桶、抽水机，多少年后国人才能见到的东西，那时就成了开平人的日常生活用具。人们见面叫"哈啰"，分手说"拜拜"，称球为"波"，饼干叫"克力架"，奶油叫"忌廉"，夹克叫"机恤"，杂货店叫"士多"，对不起叫"疏哩"……

不可想象，一个军阀割据、列强瓜分、乱象横生的年代，开平人却过起了现代化的奢华生活。"衣食住行无一不资外洋。凡有旧俗，则门户争胜；凡有新装，则邯郸学步。至少宣统间，中人之家虽年获千金，不能自支矣。""无论男女老幼，都罹奢侈之病。昔日多穿麻布棉服者，今则绫罗绸缎矣；昔日多住茅庐陋巷者，今则高楼大厦矣。至于日用一切物品，无不竞用外洋高价之货。就中妇人衣服，尤极华丽，高裤革履，五色彩线，尤为光煌夺目。甚至村中农丁，且有衣服鞋袜俱穿而牵牛耕种者。至每晨早，潭溪市之大鱼大肉，必争先夺买。买得者视为幸事……其余宴会馈赆，更为数倍之奢侈。"

开平人的生活到了如此奢侈的程度！

人们由俭至奢，巨大的转变，原因何在？

八十年，许许多多存在物风尘飘散。尘埃落定，奢华生活遍及各地碉楼的日常用具，却成了今天的巨大疑问，引人去寻觅隐蔽的历史因由，寻找历史在这片土地上发生的惊心动魄的一幕。

二

这一切，由一场悲剧开始。历史躲过了这一幕，没有记载。

非洲黑奴交易举世皆知，成为西方人抹不去的耻辱。中国人被人当"猪仔"卖到西方，却极少被人提及。那也是历史极其悲惨的一幕！

最先，也许是海上的两三条船，船上的渔民突然失踪了。岸上的亲人惊慌、痛哭，以为是海盗干下的伤天害理的勾当。长长的等待，那些海上消失的男人，再也见不到踪影。

接着，沿海乡村的青壮年也被人掳去了。人们这才知道这一切并非海盗所为。渔民是被猪仔头和土匪当奴隶一样赎卖到遥远的美洲大陆去了。

太平洋上，一条孤独的船漂荡着，几十个日出日落，甚至春去了秋来了，船仍在朝着一个大陆的方向张帆远航。路途遥远，令人绝望。容得下300人的船，挤上了600人。船舱内黑暗一片，人挤成了肉堆。空气中腥臭弥漫，船板上饭和咸虾酱都长出了虫子。总是有从舱内抬出的尸体扔进大海。这已经习以为常了。闷死的，病死的，甚至自杀的，抵达美洲大陆，已有近一半的人葬身鱼腹。

当这些被劫被拐被骗的男人，拖着长辫，蓬头垢面，目光呆滞，步履踉跄，踏上一片陌生的大陆时，家乡已经遥不可及了。他们被运到美国、秘鲁、古巴、加拿大、智利等国。巴西的茶工、秘鲁和圭亚那的鸟粪工、古巴的蔗工、美国的筑路工淘金工、哥伦比亚的矿工、巴拿马的运河开挖工、加拿大的筑路工……从此都有了他们的身影。

鸦片战争后三十多年间，美洲的华工达 50 万人，仅美国就有 25 万人之多。

废除"黑奴买卖"后，中国人却成了最廉价的替补。"契约华工"（即"猪仔"）名是"自由"身，因雇佣者无须顾及其衣食与生死，比起资本家庄园主的私有财产黑奴来更为悲惨，他们死不足惜，在工头皮鞭下，一天劳动14个小时到20个小时，报酬却极低。有的地方针对华工订有"十杀令""二十杀令"。秘鲁一地，4000名华工开采鸟粪，10年之后，生存下来的仅一百人。他们死于毒打、疾病、掉落粪坑、自杀……巴拿马运河开掘，又不知有多少华工丧命。加利福尼亚的铁路、古巴的蔗林、檀香山的种植园……都埋下了华工的白骨。

然而，灾难的中国，民不聊生，为求得一条生路，许多人主动踏上了这条不归之路。有的新婚数日即与新娘离别，白发苍苍才回来一聚；有的甚至一去不回。开平有领"螟蛉子"的风气。"螟蛉子"即是空房独守的女人领养子女的叫法。

三

在一个开平人的眼里，"金山箱"的魅力像太阳金光四射！开平人的奢侈生活几乎都从这里而来，从这里开始。

这种大木箱，长三四尺，高、宽各约三尺，箱的边角镶包着铁皮，两侧装着铁环，箱身则打着一排排铆钉，气派非凡。一口箱子要两个人抬，箱子抬到哪一户人家，哪户人家脸上就充满了荣耀的光环！箱子的主人被称作"金山客"。金山客就是当年的猪仔。（华工多集中在美国的旧金山，开平人把美国称作金山。）

告老还乡的"金山客"带着"金山箱"，是那时开平人众口相传的盛事。他穿着"三件头"美式西装，站在帆船上，一路驶过潭江，故乡的风吹动着衣襟,像他飘飞的思绪。进入村庄狭窄的河道,两岸站满的乡亲,盯着船上的金山箱,吆喝、鼓掌、欢笑。金山客这时再也禁不住热泪盈眶,不断向着岸上的乡亲抱拳行礼。中国人所谓的衣锦还乡,这正是最生动的写照。人生的价值和高潮就在这一刻实现。

船靠村边埠头,几十条精壮汉子耀武扬威,抬着几口金山箱,一路吆喝,一路爆竹,走向金山客曾经的家门……

这是多么美好多么令人幻想的事情!一切苦难都在这道华丽的仪式面前化为云烟。人们只把目光与想象投向那一只只巨大的木箱。

但是这样的衣锦还乡者与最早当猪仔的华工几乎绝缘。他们之中甚至连侥幸生还者也恐怕极少。他们隔绝在一个个庄园、一座座矿山、一条条铁路上,早已与家乡断绝了联系。直到十九世纪末二十世纪初,来到美洲的华工生存了下来,逐渐站稳了脚跟,逐渐有了一点积蓄,他们开洗衣店、餐馆、药铺、服装店,于是,开平出现了银信、汇票,金山客纷纷把自己赚来的血汗钱寄回家乡。

侨乡人的生活开始有了改变。于是更多的人涌向海外。开平一半人走出了家园,几十万人的脚步踏过波涛滚滚的南海,一群又一群的人漂洋过海,忍受了常人不可想象的苦难,走到了六十多个国家的土地上。

四

一根高 18 米、直径 30 厘米的钢杆,直插向天空。风把钢杆刮得嗡嗡作响。仰头望向尖端,头有些昏眩。这种纯钢制品定制于德国。突然想象一个空间:从欧洲大陆的德国到开平的乡间。它如何漂洋过海,如何从香港进入开平的河道,如何运抵开平一个偏僻的乡村?这需要怎么的想象力!

为了把钢杆运到正在修建的庭院中,一条宽 10 米、深 3 米的人工河流开挖了。多少人肩挑背扛，用整整一年的时间，挖出了一条一公里长的河道。两条钢杆就从河道运到了院子内。水泥（用叫红毛泥桶的木桶盛装）也从太平洋彼岸一桶一桶运来。这是多么富于激情而冲动的一幕！这是衣锦还乡者最极致的表现。历史在想象中展开。人头涌涌的场面于寂静的河面漂动……

这一幕是立园的主人谢维立返乡修建私家花园时的壮举。立园不仅在江门五邑华侨私人建造的园林中堪称一绝，它保存至今，足可与广东的四大名园媲美。立园正门是座牌楼，门顶两边以精致的木棉花和石榴果浮雕作装饰。入园沿人工运河回廊西行便进入碉楼型别墅区。其西面是座大花园，坐北朝南，园林以"立园""本立道生"两大牌坊为轴线进行布局。牌坊左右两根圆形的打虎鞭即是远涉重洋而来的钢杆。海外发家的金山伯，要在自己的家乡盖世上最壮观的华宇。谢维立实现了人生的宏愿。

带着与谢维立相仿的激情与冲动，海外回来的游子，也纷纷在自己的家乡盖起了一栋栋碉楼。有的村庄则集资盖全村人的碉楼。碉楼内中西合璧的装修风行乡里。有的碉楼甚至就在国外请了建筑师设计图纸，拿回当地建筑。从古希腊、古罗马建筑，到欧洲中世纪拜占庭、哥特式建筑，再到文艺复兴时期的欧洲建筑，都尽情拿来。风格有基督教、伊斯兰教的，有印度次大陆、甚至东南亚的，它们都同一时间出现在开平大地上，像一个万国建筑博览会。各种奇异的组合出现了：廊柱是古罗马式的，燕子窝是英国城堡式的，拱券是伊斯兰教式的，楼顶是拜占庭式的圆顶。罗马式的柱支撑着中式的六角攒尖琉璃瓦亭顶；中式的"喜""福""寿""禄"字形，荷花叶、鸳鸯戏水、龙凤呈祥图案、灰塑，与西洋火船、教堂洋楼的壁画、巴洛克风格的卷草纹壁上争辉；乡间土灶与西式灶具、纯银餐具合为一体……一次国际化的乡土建筑实践在这一小片土地上如火如荼地进行。建筑数量之多，现留存下来的碉楼就达1833座。

开平人的生活一步步由俭至奢转化着。有的人下田耕地,上田听留声机。一个既乡土又全球化的生活现象在地理偏僻、物质文明却先进的开平出现。

碉楼是开平由传统乡村走向现代乡村的一个特殊标志与象征。是一个特定社会和生活的记录与定格。正如一副楹联所写:"风同欧美,盛比唐虞。"世界化的开平,乡土化的世界。这一幕,在当时的中国几乎无人知晓。

在自力村,发生了一桩运尸事件。与谢维立运钢杆不同,自力村铭石楼的主人从美国运回的是尸体。楼主方润文去世,正逢抗日战争爆发。他的三夫人梁氏将尸体作防腐处理后,放在一具黑色的棺材里,上面盖了透明的玻璃罩。尸体保存13年之久后,1948年,她和子女漂洋过海,经三个月的舟车劳顿,将灵柩运到了开平。方润文的灵柩在百合上船(开平人的习惯,百合上船的是死人,活人则在三埠上船),然后经水路运到犁头咀渡头,再抬回自力村。全村人都为方润文隆重下葬。

也许运尸回国的不止铭石楼一家。从死人在百合上船的习惯可以猜想运尸是多么普遍的行为。江门新会黄坑就有一个义冢,两千多个墓穴埋的都是华侨,都是死在海外,因为身边没有亲人,尸体无法运回来。依靠华侨组织,才集中收拾骸骨运回家乡安葬。因此,他们都无名无姓。这种落叶归根的故土意识,与衣锦还乡的人生理想,构成了中国人故土情结的两面,它们互为依托,相互映衬,是国民精神的基本骨架之一。

万里运尸除去夫妻之间的爱与忠诚,那种对于故土的共同认可,那种生死一刻的殷殷期待与郑重嘱咐,那种深入骨髓的乡愁,那种一诺千金的信守,那种千难万难不放弃的毅力和意志,该是多么感人!它可以称得上惊天地,泣鬼神!然而,这又是多么悲壮的精神寄托!

由这样一个一个组合成的庞大集体的回归,在地球上各个角落发生。有的是人的回归，有的是精神的回归，它最终的归宿点只有一个——那就是自己的祖国，自己的故土。人类生存景观中这最独特的迁徙图景只在中华大地上出现。华人有"根"，他们以此与世界上任何一个民族鲜明地区分开来！

五

南方之混乱，在于不断迁徙的人群纷纷落脚于此。为争地盘，械斗常常发生。建筑住宅免不了考虑防御功能。客家人的土楼、围屋，就是最典型的防御性建筑。开平地处珠三角地带，碉楼的功能除了防御，还考虑了防洪。

探究开平碉楼兴起的原因，就像在探究一部开平的近代史。

碉楼兴建离不开金山客源源不断的银信。但采用碉楼的形式，却是由于动乱的社会环境。开平匪患猖獗，他们啸聚山林，杀人越货，进村绑票妇女儿童，甚至占领县城，绑架县长。金山客白天大张旗鼓返乡，到了晚上不得不悄悄躲藏到竹林深沟或亲朋好友家中，像个逃犯。他们明白自己是匪帮口中的肥肉。从一踏入开平地界起，他们的人身安全就受到了威胁。民谣说"一个脚印三个贼"。人们不得不建碉楼自卫。

然而奇怪的是，碉楼兴建的初衷是防匪劫掠，但它却修建得华美张扬，各个不同，都在不遗余力地展示着财富、个性，下面是碉堡一样的防御工事，上面则在高高的塔式楼顶做足了文章，似乎是在招匪上门。奢华用品与枪支弹药同时在碉楼出现。这种相互矛盾，显示的是什么呢？我感觉到的是金山客衣锦还乡的无可抑制的强大心理能量。

金山客想光宗耀祖。乡亲要攀比斗富，讲究排场。朝不保夕动荡不安的生存环境与奢华的生活于是同时出现，一个奇特的社会生态就这样形成了。

开平碉楼大规模出现，建筑者却来自世界各地，他们同时在这里兴建华美的房屋，这样的景观绝无仅有，它是人类社会的一个奇观。中华民族特性在大地上获得了一次生动的表现。华人文化与内在精神投射到了物质上，华人无形的精神之根，变成了有形之根。这是一次大规模集体出走凝固成的永恒风景，一次生命大冒险后的胜利班师。这是反哺，一种生命与土地的神秘联系，一种生命最初情感记忆的铭刻，一种血液一样浓厚的乡愁雕塑。

返乡，以建筑的方式，可守望永远的家园。

六

我想抓住一只手。我像一个侦探，我的视线在这只手掌触摸过的地方停止、摩挲，我知道体温曾在上面温润过这些砖瓦、岩石，但手一松，生命和历史都在同一刻灰飞烟灭。这只先人的手只在意念间一晃而过，碉楼就像一条钢铁的船，向着未来时间的深处沉去。直到与我的视线相碰。我似乎看见那只缩回去的手还在缓缓地划过天空——八十年前岁月收藏的天空，也收藏了那一只手。我总是抬头仰望，那里灰蒙一片，积蓄了南方三月最浓密的雨意。雨，却是想象的虚幻，哗啦啦要下的一刻，却变成头顶上掠过的云层。这是岭南独有的春天景象。

在这片中国最南端的土地上，多少次大迁徙后先民最终到达的地方，面朝黄土背朝天的子民总是把故土难离的情结一次又一次带到新的地方新的土地。他们因战乱与灾难，一次又一次背井离乡，向着南方走。于是，岭南有了客家人、广府人、潮汕人，他们都迁徙自中原。到达了南海边，前面没有土地了，抬头是浩瀚的海洋，再也不能南行了。但他们终究也没能停止自己的脚步，许多人远涉重洋，出外谋生，有的在异国他乡扎下根来。

开平的加拿大村，全村人都移民去了加拿大。一座村庄已经空无一人。当年修建村子，金山客专门请了加拿大建筑师做了整体规划，房屋采用棋盘式的排列方式，在1924年至1935年间，按照主人的喜好这里先后建成了一个既统一编排又各户自成一格的、集欧陆风情及中国古典建筑风格于一体的村庄。

碉楼旁，一栋平房的三角门楣上，一片加拿大枫叶的浮雕图案独自鲜红着。静立的罗马石柱，仍然忠诚地坚守在大门两旁。四面的荒草深深地围困着雕梁画栋的屋群。围着村庄走，踩踏过地坪上厚如棉垫的杂草丛，心里泥土一样深重失落、天际一样苍凉，像历史渗进生活，雾一般虚幻。

你在这样的迷雾中穿越，许多人与你一同前行，但他们在瞬息之间都化成了湿漉漉如雾的感觉。你甚至连呼喊的愿望也消失了。你只是听着自己的足音踏响——唯一的真实的正在发生的事实。这是我在加拿大村的感受。甚至在许多碉楼里，我也只是听到自己的足音，碰响了深处寂静的时间。

开平的奢华生活逝去了。风从原野上刮过。云总在风中远去，又在风中到来。

另一种富足的生活呈现出来。二十一世纪呈现出来。这都是土地上的奇迹。

新与旧，正如钢筋混凝土的楼房与碉楼交织，一种交相纠缠的心情，让人感受生生不息的生命与源源不绝的生存。这源源不绝与海洋深处更辽远的空间联系在了一起，与看不见的滚滚波涛联系在了一起。与我灵魂深处的悸动，与这忙碌奔波的生活，与我脸上的皱纹，甚至手指上小小的指甲尖也联系在了一起。

其实我们只活在历史中。现实是没有的，虚才是实的本质。每时每刻，历史都在我们的脚下生成——你一张嘴、你一迈步就成了历史——它其实是时间，时间一诞生就是历史。另一片天空，另一种生活,遥远而靠近,它一直就与我们相连着,甚至就在我们当下的生活中露出了形影——一个与世界相连通的侨乡,也与从前远涉重洋的历史相连着。

京西土炕

一个不大的愿望，有时却是经久不灭、并愈演愈烈。我的愿望只是看一看土炕而已。

车就在村庄间跑。黑色柏油路在起伏的平原上急剧跳闪着。满眼是裸露的泥土，泥土与天空间是光裸的柿子树；光裸着的柿子，其丹红点点，如被赤色的火炬树点燃的灯。清冷的风，旋起黄昏寒意，像在心底袭过。早已从土地远去的是春华秋实。

北方，让我想象又渴望。几次进入，只是在城市里转。南方北方千篇一律的城市，几乎令想象与渴望窒息。而那大雪压枝、冰河解冻或长河落日的景象，甚至是农家日常的起居情形，一个小小的土炕，都只是在想象中。一种无形的包裹，如同作茧自缚的蚕，面对北方广袤的大地，只能投以匆匆的一瞥，我永远只能在城市间奔走。就是北方读书6年的同事，竟也从没见过土炕。如此广阔的存在，在我们只是一个生存背景——快节奏的生活背景。

夕晖渐成清冷的淡紫，思绪回到了两年前。那一场大雪，我从京都去保定，又从保定去狼牙山不远处的一座西汉古墓。冰雪覆盖着华北平原，就连树上的枝丫都结了冰挂。路上，看不到村落，它们都消失在一片白茫茫里。那时浮出的愿望就是如此强烈坚硬——看看北方农村，特别是看看土炕。一车人，只有我是南方人。从那个阴郁却是温暖的墓穴中出来，天已经暗淡下来了。残阳映在雪原上，明灭着，显出天地间的寒气，更显示着白昼的即逝。我若再次提出要求，就显得太不合时宜了。

如若追问念头的缘起，三年前的一幕是不会被轻易忘记的。那是去青海的火车上，我观察着民居的变化，湖广的青瓦坡屋顶，檐深窗大，到河南，砖瓦坡屋，檐浅窗小，再到窑洞、到单坡屋顶的四合院……那时我专注于小麦与水稻的分界线，揣摩着南北文化的分野与过渡的方式。对土炕的冥想，是因为无法了解土炕开始的地方，它与小麦与封闭的门窗同步吗？它的出现一定是寒冷真正的开始。我在火车哐啷哐啷的伴奏中，想象着炕，想象着这一古老的与人类的梦境贴得最近的泥土；想象一家人甚至还有外人一同躺在一张被火烧得暖洋洋的大炕上，那种亲热与亲近，那种紧紧揽在臂弯里的家的感受，还会有孤独吗？外面北风呜呜，冻僵的树枝嘎嘎作响，高远莽阔的天空扩张成音箱，室内炕上的暖意，因此而深深楔入记忆，楔入未来的远行，以致无论走多远，无论在哪一个角落，只要记忆勾起，身上就会涌起暖洋洋的滋味。

世界之大，有时，人只需要一张床。

野心是因车而起的。想想如果不是它，我们怎敢约人家在北京的餐厅等呢？而我们从十渡出发时，太阳已经偏西。难道又要因此再次放弃？不行！看不到土炕，我真的无法感受真实的北方。我必须从车上下来，必须让自己静一静，像农民一样走进房子，撩开自己的土炕……

我没有犹豫，说："前面村子请停车，我要看看土炕。"

"看土炕？——太晚了吧？"朋友不想耽搁。

"不，还是看一看！"少有的执着。

村庄出现，我不再顾及大家的意愿。

说不上这是哪里，也不需要知道村庄的名字，窗外闪过的村落太多了，多得像是进入一场游戏，像都市里人流之上浮现的面孔。只知道易水河就在附近，风萧萧兮易水寒，刺客决绝的一幕已是高天流云，只有寒冷如故。

村口，穿鲜红罩衣的妇女，站在一堆柿子旁，目光逡巡着来来往往的车。我向她打听土炕，她痴望着我——我重复着土炕的名字，对自己的南方口音产生了疑虑，声音越来越小，而她终于明白我是要看土炕，高声回答："有！"

她的疑惑，让我感到自己举止的荒唐。我们之间的距离不会因为站在一起就缩小。其实，我所追寻的只是一些最普通的东西，但它离我的生活却越来越远了。

我不知道北方农村已大多不用土炕了，只有那些老屋还保留着。一个中年男人凑上来，明白意思后，愿带我去。红衣妇女对他说："要他给钱。"

男人领我往村里走。同伴还在车上犹豫，他们也是北方人。我跟着这个衣衫破旧的小个子男人，踏过摊晒在路上的玉米，进了村庄。

为什么非看土炕不可呢？我还在追问最初的缘由。

走出红砖瓦屋的堆积，视线突然开阔，一块草木杂生的黄泥地。独处荒芜的是一栋老屋，小方石的围墙，大青石的墙身，片石的瓦，一栋全由石头垒砌的房子。只有花格的木窗、木门，烟熏火燎，藏下了两百年的奥秘。

门是虚掩的（锁扣上的铜锁已经锈坏）。长方形的院子，东西两间厢房，坐北朝南的一栋正房，院中一口摇井，几盆花零落着，踏得平实的地只是常常走动的路径。四角及膝杂草，透出主人生活的隐士风格。

蓄满了寂静，静得听得到尘泥落地的声音，静得人产生回家的恍惚。一屁股坐在门前的石级，也许，路走得太多、太远，我感到疲惫了。

老屋住着一对年迈的夫妻，他们串门去了。小个子男人又去找。

我的同伴也进村了，他们似有似无的喊叫声飘荡在风中。

抬头望着北方那些叫不上名来的高大的树木，和大树间那片蓝色的天穹，突然陷入一种莫名的情绪。我怎么到了这里？怎么坐在人家的院落？情形就像是自己的老屋，在等待着一个曾是熟稔而今有点记忆模糊了的人。紧靠身后青石的墙，我在想，一个念头是如何产生、蓄住并变成现实的？人应当受现实的摆布还是受念头的支使？都是这样盲目的前行，生出徒然的烦忧。老屋就在不觉间给了我一个视角——土地的时间的视角，我几乎触到了岁月深处延伸而来的安宁——无目的的安宁，不用眺望远处的田园，田园的诗意古今恒在。

念头像火苗一样熄灭了。路，也不再跳闪，像温顺的绵羊，重又归入大地的宁静。车滑行着。在平原进入黑暗的时刻，我感受着闳阔无比的北方，从灵魂到肉体。

边镇茶峒

像南方普普通通的边寨山镇一样,茶峒也只是那么一种:清清的瓦,春天生满了绿苔;夏天晒得如页岩般发亮。褐色的木板,竖着就成了墙,装一对轴心就是门,横着摆便成了阁楼。风吹雨打,自自然然古色古香,自自然然人们叫它古镇。

但是,茶峒却还是有与其他古镇不一样的地方。它二溪合一,三条河谷却分割了三个省份:湘、川、贵。人们可以一足踏三省:那是河中的沙滩地。夏天,光屁股的孩子爬满了这小沙洲,你分不清他们中哪个是湖南的、哪个是四川或者贵州。边城人并不去分辨省份,这与他们的生活并不重要。只是外来客感到惊奇,总是河这边走走,河那边逛逛。其实,河的两岸都是一样的,山山长满了油桐、松树、枞树和芭茅草,都是大大小小的岩石,一块青一块褐,由那萋萋芳草所被覆。坐在南岸听这河水哗哗流,躺在北岸听这河水哗哗流,都同样的美好动听。因为山空,因为水秀,这水的声音就清香扑鼻,由这山飘到那一山,由山麓一级级响到山头。你就感受到有一条溪水长年流淌在周围是多么多么的好。

一条大木船从南边的小码头驶向北岸的小码头。人多时,南边码头的石级上站了一排排人,北边码头的石级上也站了一排排人。更多的时候,两边石级上都空荡荡的,只一两个人或背着背篓、或叼着旱烟袋、或抱着一头小猪崽,既不招呼渡工,也不忙着过渡,只是坐着或站着,拿悠闲的眼神望对岸的船慢慢漂过来。渡工是一个年过半百的男人，有人来了，他就操着一根木条，样子像擂槌。只是中间有一道斜口，卡着钢缆，轻轻地那么一使劲，船就晃悠悠动起来了。就这么来来往往，春去秋来，从不间断。有这边女子嫁到那一边，有那边小伙子来这边对歌，这一条河，既给两岸的人带来不便，也带来乐趣。划龙舟是要比一比的，赛歌时是要争一争的。你来我往，就有友谊如这水长流；你等我盼，就有情如这山常青。外来客看到这古船，就要来来往往坐上几次，那贪恋的神态，似乎怕快了滋味都难尝到。

我正是这样一来。去年夏天，坐在这条木船上，把渡工的木棒借过来，就这样拉得一头大汗。惹得河中光屁股的孩子围着船划来游去，打起水花，被阳光照得扎眼。正午的古镇却出奇地静。只有蝉鸣与鸟唱，鸬鹚在树荫下浮在水面像一团棉花。花的狗黄的狗黑的狗都伸着大舌头躺在屋檐下懒洋洋地看着你。黑咕隆咚的木屋里，掰玉米的编竹笠的人总慢悠悠，品味着一种什么滋味。看着你忙，这头走到那头，把一条曲曲折折悠长无尽的青石街叩得橐橐而响。与我同行的是一位北京姑娘。她是第二次来茶峒，这么山高水远地赶来，就是因为她读了中文系，中文系里学了那一本沈从文的《边城》，知道了《边城》里的那一个翠翠，于是就来了。带着美丽的幻想，却被这夏季的阳光晒得头晕眼花。于是，我们又爬上那条木船，那木船有一个大大的木篷遮阳。

我忽然悟出沈老为什么会把这里写得这么美，知道了为什么有人来了一次又一次。只要我一闭上眼睛，那照得见鱼尾的水，那绿得如水的山，那悠然自得的生活情调，那古色古香木楼里的炊烟……又都美得使人喘不过气来。世上的东西就是这样怪，美，也是这样的让人捉摸不透。我想，因为沈从文离开了湘西，他才发现了湘西的美。美是距离。茶峒之行，我永远记住了这一个寂寞又偏远的古镇，它那从悠悠岁月里走出来的不同风姿，它那与千万个普通古镇不一般的内蕴，让我长久回味。

张谷英的村庄

一

谁也不知道他是怎样找到这片山谷的。从密密的森林翻上一个山坳，群山环绕的一块低地突然展现在眼前：山风吹来，树叶簌簌，鸟鸣声里，远山幽蓝，阳光下，两条清澈的溪流绕过谷地，闪烁耀眼的斑斑银光。真是一块神仙府地！张谷英被这个优美的地方迷住了。他盯着这片无人的谷地，一生的命运似乎呈现出了它全部的底蕴：他需要一个最后的归宿，过上一种自己的理想生活。

混迹官场多年，已经厌倦宦海生涯，早有归隐田园的想法，这片土地强烈地牵动着他的心。从江西进入湘北，一路上，极少人烟，许多耕种过的土地也荒芜了。那时，天高地阔，大地还是原初的苍苍之野，土地上道路隐没、人烟匿迹，荒山野岭没有称谓，要开垦一块山地，尤其是深山密林中偏僻的土地，是一件天随人意的事情。然而，一个景色如此秀丽的地方——群山围绕、溪水横贯、田畴平展，却还是极难找到的一处世外桃源。

于是，第一缕炊烟在这个寂静的谷地升了起来，一栋青砖灰瓦的大屋在萋萋芳草中耸立，一个人的村庄与一个愿望都在这片陌生的土地上扎下根来。张谷英环视群山，他感受到的不只是寂寞，还有一种平静，一种绚丽归于平凡的宁静，世间万事都在一缕炊烟里升入一片虚空。

多少代后,这个地方被人称作张谷英村。

六百年后,我站在山坳,远眺早已是阡陌纵横的田畴,炊烟袅袅中,自明代一直到今一坡连着一坡如浪的青瓦屋顶,我感受到了那束六百年前从这里望出去的目光,他考虑着子子孙孙与他一样的避世居住。他把身后的子孙像种子一样带到这片土地撒播,作出了传世百代的规划,并拟定可传三十三代子孙的派谱:"文单志有仲,功伏宗兴,其承继祖,世绪昌同,书声永振,福泽敦崇,名芳百代,禄位光隆。"儒家的理想、自己的期望,都渗透到派谱中了;他把自己的一句句警言如"永不做官""不求金玉富,但愿子孙贤""遗子黄金满籯,不如一经""忠孝吾家之宝,经史吾家之田",也在时空里撒播,后代像庄稼一样一茬茬生长、繁衍,警句像一叶扁舟,在他自己血脉的河流里与时间竞渡,在岁月里悬浮成祖训,让后代避过世道险恶的暗礁。于是,世世代代,渔樵之乐,耕读之乐,随着每个早晨升起的袅袅炊烟在村庄氤氲开来。

只要时间延续,设想中的一切必然在今天出现:一个蔚然壮观的村庄在大地上呈现出来,他们都是张谷英的后代,从古到今,是张谷英一个人的村庄。一个留山羊胡、着白色对襟布衣的老人,永远在村庄中心最宽敞明亮的大堂上端坐着,笑对知书识礼的孝子贤孙和每一位走进张谷英村的人。他的智慧告诉他,凭借血缘,还有理想和文化,他将在这块土地上永生。一个并不显赫于世的人,靠智慧进入了世人的眼,并在二十一世纪开始声名远播。

二

张谷英生命的神秘传递不只是子孙的血脉,还有一起穿越时空的张家大屋,这是一个文化的场馆,给人行为带来至深的影响,同样附丽着先祖的灵魂。让建筑来表达个人的意志，并在时间的沼泽上永不陷落，张谷英的图谋同样取得极大成功。

大屋在空间上呈现了中国文化的人伦、礼仪、宗法，三纲五常宋明理学的尊卑秩序观。外人第一眼看到的是长长一条青砖墙；灰瓦平伏于墙、出檐很浅，屋瓦只有窄窄一线；窗却极大，它们全是泥土的杰作，极显简陋、质朴。进大门，第一个天井仍然是收敛的，第二个天井，空间高大起来，房屋两层，高大木柱撑起有两层楼高的大屋檐，上挂楹联，每一进由天井和半开敞的堂屋和两侧封闭的厢房组成，四面屋顶围出一个方形空洞，天空随同阳光透进堂屋中。每进之间隔着一扇活动的屏门、檐廊、巷道，上雕八仙过海、四郎探母等民间传说。始祖大堂五井五进（有的已贯通），最后一进厅堂，张谷英塑像立于屏前，香火缭绕。

堂屋左右两边窄小的正房与厢房是长辈的起居室。紧贴墙身外侧暗巷包绕，从这条通道（也是防火道）可进入附属横向轴线上的房屋。这些房屋与主纵轴房屋组成"丰"字形平面。横轴线上仍然是几进的天井及两侧的正房与厢房，归晚一辈的人起居用。它的堂屋正面全朝向纵轴线上的房屋，向"中"呼应，但尺度小了。房屋空间充分体现了"左为上南为阳"的儒家思想，平面布局则表现了"恭谨顺合"的精神。聚族而居的空间组合强烈凸显了宋明理学的伦理意识，大家族巨大的凝聚力在空间上表现得淋漓尽致，它规范、制约并组织了族人的生活。

迷宫一样连通一体的庞大而封闭的建筑空间，却不给人压抑感，除了大堂高大的空间与接通天地的天井，起作用的还有建筑中匠心独运、充满诗意遐想的木石构件，它们让人产生了家园的温馨。只有进入房内才见得到这些既粗犷又优美的木石材料。打磨过的清水墙，下面垫条石，转角嵌角柱石，条石门框，大门左右置抱鼓石或门枕石，铺满青砖的地面，天井下是长的麻石条围砌的坑，雨水、井水都从石缝渗入地下；木材的加入，门窗、梁柱、栅栏，几乎不加修饰，为原色和栗色，梁柱不是常用的抬梁式、穿透式，而是硬山搁檩，直接搭接在砖墙上，断面为菱形或圆形，与砖石交融于一体，是一种直截了当不事铺垫的融合，有乡土的质朴和经济；搭在墙上的搁楼板出挑搁栅，栅栏是简简单单的直木条，窗却极富匠心，每个窗用工一月有余，精雕细刻，窗花图案直棂为主，以很有节制的圆形半圆形破解，延续了明代家具的简明、纤巧与优美的风格。木石构件上刻着松、竹、梅图案，或是麒麟游宫、鲤鱼跳龙门，或是太极图、民间传说。

在一个并不富裕的村庄，农民们对自己的家园投入了如此精细的心思，在他们的内心多少也渗入了历史的眼光——既然明朝的建筑都保存至今，谁也不敢把今后的祖屋修建得马虎。他们把一种率真的、热爱生活的人生态度带到了起居空间，一种返璞归真、朴素宁静的生活气息在乡土建筑之上洋溢。

田园生活的诗意栖居体现在那些无时不与天地相融的天井中。大屋有天井206个。太阳、星星和山的蓝色剪影在屋中出现，冬天，纷纷扬扬的雪花飘进来；夜里，月洒清辉；漫长的雨季，雨滴落在青石条上，落在泥瓦上，滴滴答答，有如天籁，既可卧听，也可见银丝万缕穿窗而过，让空气飘逸潮湿与清新的大自然气味。

聚居于张谷英大屋的张姓子孙达到了两千六百多人，已传至"崇"字辈，进入了张氏第26代。他们把自己的生活印迹都打磨在这座庞大建筑之上，即便房中泥土也踩踏得油黑发亮，有一种永恒的东西在这个极乡土又极富个性的空间里延续着。它无法言说，却约定俗成，似乎是习惯、观念、方式、人情……似乎只是空气，是你一进大门就能呼吸到的一种气息，无论你带着什么眼光与心情，你在呼吸到它时，就变得心绪宁静、悠远，连阳光也清香澄明起来了。

三

从桃花山进张谷英，东、南、北三面旭峰山、笔架山和大峰山，如花瓣一样开向天空。从东方逶迤而来的幕阜山脉到这里已是余脉。花蕊里渭溪河、玉带河金带环抱，张谷英屋脊相连如同蜂窝一样的坡屋顶是另一种田地在土地上展开。晴空里的谷地仍然寂静无声。

大屋东侧，土堪冲牛形山上，张谷英为自己选好了一块墓地。在林立的墓碑下，他长眠已经六个世纪了。站在墓前，想象这个名字已作地名的人，并没有留下太多个人的情况，后代只是说他选择了风水上的"人丁兴旺"，还有就是毅然解甲归田。

从出生年代推测，张谷英出生于1335年，已是元朝末年，等到明朝建立，他已经33岁。归隐山林前，他在明朝做官，已官至都指挥使（省级最高军队指挥官）。如果不是反元有功，要在军队升至如此高位，是难以想象的。他出生那一年，农民起义就已开始，16岁那年，爆发了红巾军大起义，也许他就是当年一个头系红巾的起义者。十余年的厮杀，眼里都是飞闪的长矛大刀，血染的山河。到明朝建立，已是田地荒芜，人烟渺渺，大批移徙流民被组织去垦荒，垦者"听为己业"。

久经战乱的人最渴望过上平静安定的生活。在寻找自己的归隐之地时，他首先考虑的就是避世的山谷。正是他的这个选择，这个僻静的地方庇护着子子孙孙躲过无数灾难，甚至是20世纪的日本兵也没有侵扰到村子。

张谷英解甲归田是不是真实的呢？官场的倾轧，其得失与沉浮已不可考，但官场险恶他一定有很深体会，不许后代为官就透露出他心中的隐伤与对官僚的透彻认识。明太祖朱元璋进入晚年，分封到各地为王的儿子们对皇位觊觎已久，特别是分封为燕王的四子朱棣势力已经坐大,眼看又一场战祸已经临近。作为都指挥使的张谷英,何去何从是要做出选择的。另一方面,朱元璋对权力的绝对控制,都指挥使成了一个只是专门管理军队的差事,早没有了指挥打仗和调动军队的权力。皇帝设立锦衣卫,又设东厂,耳目爪牙遍及天下,对百官进行监视和残酷镇压,做官者个个如履薄冰。他甚至诏示天下"寰中士夫不为君用"者,抄家诛灭。士大夫连避祸归隐的自由也没有了。张谷英解甲归田又怎敢轻易上奏朝廷?他的归隐要么在朱元璋去世的1398年,那时他已是63岁的老人,要么以告老还乡,或其他不可知的却能骗过皇帝的名义归隐,那时的年龄也不会太小。正是一个老人的心态,才把子孙后代的事想了个遍。

在这样一个只闻蛙鸣鸟唧的地方,对一位年事已高的人,人生就成了无尽的追忆。

于是,他把自己的理想投向了后世。一个普普通通的人,在浩如烟海的历史长河里,因为生命与理想的递延,在大地上树起了一座文化的纪念碑。明清两代的乡土建筑被保持到了今天,一个像族谱一样保存完整的家族就生活在自己的祖屋里,像历史向现实打开的一部传奇,无数生命的秘密就像瓦间暗影,让人窥见一个古老悠远世界的景象时,看到了自己的面容。因为张谷英村,每一个翻过山坳的人,都在进入自己源头的神秘时空。

荒野城村

看到城村的时候，目光有了微妙的改变：面前葱郁而低缓的群山，显得有些异样，似乎很遥远。来时还在山岭中穿行，南方山峦的葱茏与妩媚，阳光一样清新而鲜活。只是城村这样一座古村落就让周围的山岭显示出不同的景况，有一种荒旷、久远弥漫在山川之上，这是哪个年代的山水？就像我的目光是从几百年前看过来一样。

迷迷糊糊，我体会着原始荒芜的山水，它们在没有被人类文明所浸淫前，是被毒虫瘴气所笼的一派蛮荒。果真如此？山水会随着人类的迁移而变吗？怎么想象城村出现之前的山地，也只是古木愈加参天，百草愈加疯长，依然也是青山绿水如南方所见一样的景致。因为什么，它们给人荒蛮原始的感觉？终归是文化的立场对自然陈述的褊狭。相对于干燥的北方，南方的万物只会更加蓬勃地生长，它生长空灵、妩媚的品质。它的"荒蛮"，仅仅是因为它在历史的视野之外，在中原人活动的范围之外。

"荒蛮"的却不只是这片土地，还有一座城池，它的年代更加久远。

在进入城村之前，一块高地拱起于旷野，走近它，突然间山山岭岭与它一起沉入时间、沉入苍古荒蛮。它是庞大历史根系伸向时间莽阔荒原上的一茎触须——闽越王城——城村之外的又一个世界，青草不弃春秋一年一年地绿，只有在掘进黄色泥土时，才触摸得到它卵石铺筑的路、长方形花纹砖铺砌的地面和陶砖的墙基。除此而外，只有虚空。

从废墟上发现历史，历史也就成了自己的废墟。

在新筑的卵石路上走，路中一孔方形窗口，玻璃凝结着水珠，约半米深，闽越王城的卵石路从掘开的泥土中呈现出来。浅土之隔，相同的路，彼此叠压着的却是两千年的岁月！

时间在土地里显现，再深入，越过闽越王城年代，时间伸进窗内卵石路下：一片辽阔土地，像笼着一层浓雾，模糊不清的历史只告诉了一个事实：中原之外、中国广大的南方，生活着百越族群。族群中的闽越族，像所有那些被称之为南蛮的族群一样，他们生活在今武夷山一带，不为人知。他们也与南方山水一样荒蛮，他们远远不能想象自己的土地随后会竖起一座王城，不能想象毗邻的越王勾践正在为失去的江山卧薪尝胆，越国的美女西施，犯心口疼痛的病，蛾眉颦蹙，却可以美丽上千年……他们被隔绝，在历史的"黑暗"地带，没有现代的通讯，一切靠肉身传递的信息可曾到达过这片土地？

公元前334年，勾践又失河山，楚国的铁骑踏遍越国土地。逃亡中的一班人马，穿过自己国家的边界，进入了闽越，踏进这片土地，从此也消失在历史的"黑暗"时空。

一座闽越王城遗址，让那一次逃亡从时间深处浮现——

在王城的黄土堆中，挖出了一座宫殿的地基。一排排陶制的管道露出黄土，它的用途竟是取暖！四顾荒山，黄白色的管道如此地突兀。我走过去又走回来，想明白它与强悍地绿着的山岭是怎样的关系。长久地环视群山，没有人影，连鸟的鸣叫也没一声。

一百余年后，勾践后裔闽越王无诸举兵反秦。秦亡，闽越投入刘邦对项羽的争霸之战。刘邦登上皇位，复立无诸为闽越国王。公元前202年，无诸修建闽越王城。勾践的后人又闯入了历史：《史记》为之立传，称闽越国，无诸成了"开闽始祖"。

好戏不长，至西汉，来自中原的军队焚毁了城池宫殿。汉武帝不能容忍闽越国这支强大的割据势力。他击败北方匈奴后，十万大军四路围攻闽越国，为除后患，又将闽越国人全部迁往江淮内地。

这是一次怎样的迁徙？！刀光血影下的队伍，行走在苍茫群山之间，勾践的后裔踏足了祖先的土地。但这已是一个强大帝国的疆土了，整个中原已经与它连为一体，早在秦朝就已统一了文字与度量衡。他们着"奇装异服"，说南蛮"鸟语"，不明"仁""礼"为何，一路屈辱地行走。身后的土地越来越远，越来越沉寂。

坡下，王城的井完好无损。一只木桶吊下去，晃几晃，从地底深处，又黑又亮的水打到了地面。喝上几口，甘洌清甜，想品出一点什么，却是似有若无。

行走在浙赣闽交界的武夷山脉深处，但见丹霞地貌广布，峭壁陡立，清流迂回。闽越族人的棺木悬于高高的石壁之上，时而云蒸雾绕，时而残阳血染⋯⋯

武夷精舍、紫阳楼、水云寮、朱子巷⋯⋯一处处遗迹在提醒着一个人物的出现：是他又把历史悄悄带回了这片"荒蛮"之地。南宋，中原人口不断南迁，幼年的朱熹迁到了武夷山的五夫里。他著书立说，修成了一代理学大师。朱熹一生都在南方的山水里奔走，他走得最远也只是穿过江西，到颇负盛名的湖南岳麓书院讲学。

文化的目光从北方到了南方。一切似乎都在改变，就像长江与黄河，两条河流所代表的文明此消彼长，文明的中心正在发生着转移。

城村，闻到过一股熟悉的文化气息吗？从遇林亭窑址、建阳水吉窑址发掘出来的宋代黑釉、青釉瓷碗及窑具，到武夷岩茶在宋代开始兴盛，成为皇室贡品，中原的建窑烧窑技艺与茶文化已经传到闽越。

千古城村，歇山飞檐、斗拱雀替、秦砖汉瓦，它周围的木楼草寮，现在的红砖水泥房，与之鲜明地对照着，你可以感受得到什么叫格格不入，什么叫孤独。它坚守了上千年的忠孝仁义，现在让承接了几百年风雨的砖瓦木柱——钦赐的百岁坊、祖宗的祠庙、自己的宅第，蓄住了青青苔藓一样的时间。在凝固的时空，宗谱上的名字不断地增加着。三本宗谱《长林世谱》《李氏重修家谱》和《赵氏宗谱》，是林、李、赵三姓在时间中伸展出的一道道血脉。源头之上，记录着中原望族的开端：林氏为商代名臣比干之后，李氏为唐高祖李渊的后裔，赵氏则是大宋太宗长子赵元佐的子孙。他们从中原为避战乱，先后于东晋、唐末、宋末进入闽越。

站在闽越王城望城村，它有点不速之客的味道：主人走了，悄悄地就在一隅安营扎寨。站在城村望闽越王城，就像望见一座巨大坟茔，一个王国最后隐去的背影，一个让人生疼的伤口。就在陶潜作他的《桃花源记》时，林氏人为避战乱，竟疯了一样背对着家乡，向着南方的潦湿之地而来，走了如此之远，进入如此之深。林中，赤裸的身影一闪，是土著木客。一天，发现一处遗迹，好一阵震惊，于是，傍着河流伐木筑屋。一块荒凉凄清的野地，一个孤独的村庄建起来了。历史，从此远远地抛于身后。

黄昏，不阴不阳的天光，风吹稻穗窸窣作响。村口，一座清代门楼立于大路一侧，拱门之上，砖刻的"古粤"二字，显得古朴劲秀。这是城村的南门，从门楼两侧伸展开去的高墙，早已坍塌，被圈围的村子，不知从何时开始，走近了田野上葱茏的庄稼。

城村井字形石板街，曲折悠长的小巷，可见一处处古井、风雨亭。砖雕的门楼，一扇一扇房门洞开，青色的台阶，灰砖的地面。大堂高挂的横匾、楹联，写的是孝悌忠信、礼义廉耻的儒家信条。梁柱、斗拱、门窗都饰以砖石雕，雕的大都是吉祥祈福图案、历史典故、神话传说和民间故事。它们大多建于明清时期。村边古码头有船靠岸。想象当年闽北通商大埠的繁荣景象："隔溪灯火团相聚，半是渔舟半客船"，恍然已是百年。

两千多人的村子，商铺、饭店极少，有也只是摆了一些非常简单的日用品。街上人影寥寥，对外人，村人的目光带着一份好奇一份笑意，连狗也会停下来，对着来人看上半天。

穿行在南方的青山绿水间，我总是将询问的目光投向那些古老村落。总有僻远的村庄印证、连接起一段难忘的历史。宋朝以后，这样的村庄多起来，它开始孕育出南方的一批批才子学人。他们让南方如同充沛的雨水一样溢满了文化的气息，让人烟稠密的阡陌之上，凡山，但见郁郁葱葱，凡地，则满溢稻花的清香。南方的婉约、纤细和敏感，让荒蛮渐行渐远。

在村庄与遗址间徜徉，听高天流云声，不时恍惚。远处的闽越王城，一瞬间会遥远得只有一些模糊不清的传说。

暮色浓时，客车在乡村弯曲的山路上疾行，车大路小，山高水低，竟如时空穿梭。

第三辑　灵视的世界

生命打开的村庄

一

玻璃深处,晃动着初冬的田野;玻璃之上,面孔、惘然的目光,浮在一个虚拟的空间,任由凶猛的大地穿透身躯,重叠与运动。黄昏,火车轰隆轰隆,时近时远的声音回荡。玻璃中的土地收敛光线,大地的轮廓渐次幽暗,一片枯索,像人的意念在显现。

两个人影走在田埂上,也走在想象中,挑担的身姿,左右摇摆,显得模糊。平常的景象,真实的梦幻。

母亲的脸这一刻清晰了一阵。她在我手中放大的相片上,一会儿显得真实一会儿显得空洞。我轻轻卷起她。有一种疾速的沉陷,我看到母亲在遥远的家乡向着黑暗深处的不知处下沉,整个世界开始失去光明,开始了与她的一起沉沦。

寂静突然降临,只有我这个车厢在奔跑着,不知跑在什么时空,它也许在母亲的视线之外,但一定在母亲的意念之中,是她不肯安息的意念吗?母亲的世界在随着她纷纷走向幻灭——这只是母亲一个人的世界,她带来这个世界,就像打开的魔瓶;她带走一个世界,万事万物都随她而去——世界再也没有了,在她闭上眼睛的时刻,归于永远的黑暗。

但是我还能张开眼睛,看到一个世界的表象,这是谁的世界?是人人的世界吗？它能独立于每一个人而存在吗？对母亲而言这世界再也不存在了。而我从母亲的血脉中分离，开始另一种时间。我感到自己的幻影如泡沫一般从母亲的世界逃逸，这是一种生命的蝉蜕。然而，此时此刻坐在车厢中的我，却像影子，时空显得如此虚幻。面前的景象只是活在我的眼里，而我活在母亲的一滴血里。

也许是母亲的一个梦。是梦复制了一个虚华的世界。我的奔丧也在母亲自己的梦里展开。

二

坐着疾速下沉的电梯走出办公大楼的时候，我就感到了梦魇。我去放大母亲的相片。母亲在我口袋中的底片上很好地隐藏着。我抓着它，母亲像很实在的一种存在。电梯内的人看不到她的面容。我轻抚着把她包裹的白色信封，一张脸在我的眼里不断显影。那一刻，我脑海的念头频闪：也许，母亲与我的关系就只有这薄薄的一片了。如果这一片都失去，我就不知道自己是从何处而来的了。母亲虚幻了，我能真实起来吗？这张最普通的面容对我从没显得这么重要过，我突然感到一条根被拔，我要飘浮于某种坚固的存在。生命的空虚一阵一阵向我袭击。

我是去为她放遗像吗？

接近正午电话打来的时候，弟弟说母亲快不行了，昏迷不醒，呼吸困难。她是三天前倒下的，她在地坪支撑不住，就顺着墙根滑倒在地。这是她第二次脑溢血，八年前已经发生过一次。

我在嘈杂的大街上走，我不知道母亲是在我手里被我捏着，还是在老家，正躺在床上，作生命最后的不知是痛苦还是不怎么痛苦的挣扎。在一家冲印店，服务小姐问什么时候取相，我说下午。她说要算加急费。望着手中的母亲，我犹豫着，我真的急着让母亲变为遗像吗？

就像我此刻要决定她的死活。这样的问题一出现就让人心神不宁，心隐隐作疼。我不知道把她当作过世的人还是把她当作仍然健在的人，我只是小心翼翼不要从自己嘴里说出遗像之类的词。词在这个时候是一种恐怖的魔咒。

我捧着的母亲是六七年前汨罗江边坐着的母亲。汨罗江就在我家门口不到30米的地方，几棵柳树，以一个非常倾斜的角度伸向江中。这是我最熟悉的倾斜角度，对它的熟悉远远胜过柳树本身。母亲病愈，身体恢复得很好，因此，相照得很精神，像围绕她的生机勃勃的夏天，有几棵疯长的草蹿到了她的膝上。

而现在正是春天，那些死后复生的草正在疯长。但母亲倒下了，春天里她变得衰竭。我的兄弟正守在她的身边，就像八年前那个冬天的晚上，我守在母亲身边，她也是昏迷不醒。彻骨的寒风透过医院破旧的木窗，冷得我直打颤。我把着母亲的脉息，把一袋一袋的冰块压在她的头上，祈望那变得微弱的脉搏不要停下来。我感到母亲的命就在这条脉搏上，我捏着，丝毫不敢松懈。我就这样一个人整夜整夜坚守着……母亲就像春天的草经过一个季节的冬眠蛰伏又活过来了，她以玩笑的口吻说是我把她守回来的。

在万物轰轰烈烈生长的阳春天气，我的兄弟能把她守回来吗？

我现在捏到了母亲的一张底片。我捏得住她吗？

母亲就在我捏着底片于照相馆犹豫的时候，抽着气，表情痛苦，她在等待着什么？我捏疼了她吗？父亲对着弥留状态的母亲说，你去吧，你等不到他回来了。于是，她就去了，脸色刹那间变成死灰，像冬日的一场大雪，世界一夜之间改变了模样！有一个瞬间，捏在我手里的母亲露出了遗像的特征。我发现她脸上的色彩白了，她在我的一恍惚间就走了，却把一个世界馈赠给了我。

就在那一天，我感到自己忽然间变得飘浮，像个天外来物，脚踩在水泥的街道上，是虚虚的。我得等那张照片，我想到的只是那场丧事。我觉得我离开了自己，我在看着自己，看这个人怎么办，是不是表现出一个孝子的行为。我给我不断下判断，弄得自己三心二意，心猿意马。我好冷静？我好伤心？一切都是虚幻中的，像那个人生开始记忆的冬天，一睁开眼睛就看到世界一片耀目的白，我走进一个童话的世界。

我是如何与母亲实现分离的？然后在一个个春天的惊雷中渐行渐远。只一刻，我的生命像一叶飘离树木的叶子，像失去了码头与归宿的舟，迷失在海上……

三

村子里的人几乎都在这个晚上集聚，死亡让所有的人变得迷茫，这是母亲生命的力量，还是死亡的力量？他们看着我走近母亲的遗体，等着预想中的号啕大哭转变成实实在在的现实，让与生命相伴的想象不断遭遇蜂拥而至的现实的检验，这是生命在时间中行进时的游戏。但他们看到的是一个不称职不合常规的演员，我走近母亲，我觉得她也是他们中的一员，一起参与了一场精心策划的游戏。我俯下身拍拍她的脸，叫了几声妈，滑稽的感觉在一瞬间产生，它是那么强烈，甚至牵动了我嘴角的肌肉——她怎么就可以这样躺着一动不动呢！这哪有一点像她风风火火的性情。人怎么在一夜之间变得如此安静，装得如此像模像样？我分明看到的是一场死亡的扮演。是一个黑色幽默！我记起母亲是有幽默天分的，只是生活的重负压制了它们的发挥，并把原本属于她天性的生活完全扭曲。

所有人都掩饰不住失望的情绪，我深深刺伤了他们的想象力。有人说真的不孝。说我的人用的是我的乳名。我漠然地看了看她，一张熟悉又陌生的但却在时间中迅疾苍老了的脸。

我挤出人群，挤出这个精心布置的舞台。室外，请来的戏班子正在唱着花鼓戏，县剧团的女演员美得妖艳，却又俗得出格，死亡与欢娱在这里交织。

下半夜的锣声、唢呐声突然惊醒了半寐的我，我的意识在那一刻唰地被照亮了，突然之间我明白了我已经没有母亲了，我的母亲正在乡人的葬礼之中，等待着埋入黄土。一个道士的诵经声夜色一样凄然，他像一个物体一样立于黑暗的包围之中。电流击中我，撕心裂肺的痛，心中大恸，我痛哭失声。我从床上爬起来，直赴母亲，泪如泉涌，多少年的泪水河流一样奔泻。

不用多长时间，母亲就要永远离开我了，永远地只在想象与思念里没有踪影没有声音没有气息，只有虚幻的记忆。我抱着我的母亲，她全身冰冷，她已经在地上躺了两天两夜，两天两夜里，她任人来人往，任哭声吵闹声忙成一团，再无半点声息，她的脸一天黄过一天，那样曾经红润的手苍老得不像是她自己的，我握着它，却不知母亲去了哪里！她是多么不愿离开这个世界，在巨大的痛苦中仍不放弃求生的愿望，以急促的呼吸与时间抗衡，直到亲人不忍，劝她放弃。父亲劝慰的话一停，她就止住了呼吸，两颗泪珠同时滚落她刹那间变黄的脸庞……

四

黑夜沉沉。

火车到长沙已是晚上。在风雨交加中赶路，半夜时分，再也找不到那条进村的路了。母亲躺在冰冷的泥土上，离我已是这样近，但黑暗让我找不到她，连同她那个村庄。雨砸在稀泥上，像人被吞进了黑暗，声音遥远如模糊的往事；雨水倾泻在水面上，哗哗响成一片，像梦中的哭声——母亲哭过，我哭过……童年的一次号啕大哭，直哭到父亲要把我扔到屋外。

我在哭声中慢慢长大。

这一夜，依然是哭声，依然黑暗如磐。

春天以生的气息包裹着世界，又以死的气息张扬生命的腐败。江南满世界的水在流，在地上的河床水沟里流，在天空中流，在人的脸上流，在树的躯干与叶脉上流，在花的开与闭中流，在时间的滴答声里流。梦里梦外全是水的喧响……

黑暗中的道士，黑色的长袍曳地，像拖长的唱腔，抚过人群之上的忧伤。在他冗长的吟诵声中，白天像一道闪电划过。

临时搭起的棚架下，一座木桥已高高耸立，木桥下的木盆里清水如镜，清水上长明的蜡烛闪烁忽明忽暗之光，桥上的水在雨篷上流，哗哗声一片。水下面，黄的烛光，青的夜，红的响器与炮鸣。道士手持长幡与灯，一步一吟唱，一步一台阶，上了木桥。

我手捧灵牌，低头看着道士的布鞋，在这双布鞋与我的皮鞋间，母亲的脚是虚的，她在灵牌上，在我与道士之间，一起过桥。我让出了一个台阶，我期待着那双熟悉的脚在虚无间晃过。

道士唱："渭城朝雨浥轻尘，客舍青青柳色新。劝君更尽一杯酒，西出阳关无故人！"响器有节奏地敲，一千年的时空都被敲动，敲出寺庙的千年清寂。奈何人过奈何桥，家乡从此远了，亲人从此别了，母亲，我送你的灵魂上路。

前头是个什么世界？有厉鬼当道吗？道士的长卷上百鬼狰狞，青面獠牙。"蝮蛇蓁蓁，封狐千里些。雄虺九首，往来倏忽"。有地狱与磨难吗？道士高举香火，案头行礼，念念有词，祈求神灵鬼怪修好行善，放你过关。有险恶和漆黑的道路吗？母亲，今夜娇儿为你举灯。

道士念，不要思念家人，不要牵挂家乡，忘了阳世间吧，前面的路还十分遥遥，"地府茫茫，莫辨东西南北，冥途杳杳，焉知险阻康庄……伏冀尊神照鉴。觉路宏开，息息相关……庶几得所依归。"

我紧紧抱着母亲的灵牌，闪烁的烛光里一个广阔的世界呈现出来——我又看到那两个挑担走动的人影，他们也在母亲的世界中行走吗？一片土地在江滩上舒展开来，变得异样的辽阔，它让人感受到天空，它就像是用来表达天空的。八百里的大湖，荡漾奇异的幻想，浩浩湖风飘浮一股迷醉的清香，那是植物的芳香。在这片茫茫无涯的水域，神秘纠缠着，让人心魂不宁。就像你生命的当初，在那一条大江改道之前，在那一片萋萋芦苇消失之前，那个荒凉的水世界，你的年华如荷绽放。一切似乎又从这儿拉开了序幕……微微的烛光在晃动，道士的吟唱像一炷青烟，是这个世界唯一的声息。死亡像跨过了一道门槛。另一个世界在这个幽深静谧的夜晚呈现，虚实交织，像车厢玻璃映出的影像，像大地穿透了我的脸庞。

汨罗江上有招魂的歌，两千多年前的屈子泽畔行吟："魂兮归来！去君之恒干，何为四方些？舍君之乐处，而离彼不祥些。"道士吟唱："魂兮归来兮，东方不可以托栖，太皓乘震兮旸谷宾，日出鸟兽孳尾兮，青帝曷所依，归来归来兮，东方不可以托栖……"

夜入三更，骤雨初歇，风漾如水，远处的洞庭波澜不惊。众道士绕棺齐齐高歌："春色到人家，满露英华，马蹄芳草夕阳斜，杜宇一声春去了，减却芳华叹人生，少年春色老难赊……"

五

母亲7岁就没有娘，她在洞庭湖的荒草野地上长大。蒹葭苍苍，野苇茫茫，辽阔天宇冲淡了丧母的忧伤，也让她淡忘了这个世界还有深厚的母爱。母亲在简陋的茅棚生下四个孩子，但面对自己的孩子，她却不知道也不习惯去爱。我们像她放牧的群羊，在贫瘠的土地上，她只是担忧我们的温饱。我们每一天都嗷嗷待哺。我们像野草一样疯长，定量供给的粮食远远满足不了身体的需要。饥荒折磨的永远只是母亲一个人。她经常偷偷出去借米，借遍了街坊四邻，多少闲话、冷脸都只对着她。有时,她去晒谷场偷谷;有时穿着全身滴水的湿衣进门,手里提着的是一箩她从湖中采来的菱角。

年轻气盛的父亲与争强好胜的母亲永远有吵不完的架。在他们的吵闹声里,童年的岁月飞一般流逝。直到有一天,我走出家门,去东方一个遥远的大都市求学,母亲忽然沉默,变得温情。

我的一点出息,却让母亲感到害怕,产生一种疏离感,她怕我抛弃这个家。很长一段时间,她不断地向我要钱,钱成了我们之间几乎唯一的联系。

一切慢慢好起来后,她开始觉得自己与别人不一样,长期的压抑,强烈的虚荣,让她要显示自己的与众不同,但她摆起架子来依然是那么不自信,她的信心只是建立在我们对她的态度上。她的姿态总是在自信与不自信间摇摆,在两种角色之间徘徊。

很快,一场疾病,像变魔术一样夺走了她的健康,一个曾是多么强壮健康的身体,一夜之间变得连行走都不方便了。医院治疗只能恢复到生活自理的程度。但天性要强的她,不肯轻易就此罢休,几年时间里,她背着我们四处求医。只要有一点消息,说某个江湖郎中能治,不管多远她也要催着父亲上路。每次父亲早早地把她扶上板车,拖着她走乡串户。

母亲信教是绝望的结果,她从内心深处害怕死亡。但她却认定了不看病不吃药靠祷告康复身体的信条,任人怎么劝说也不再看病吃药了。每天面对墙壁,诵着经文,她的面前出现了上帝的音容——她把门一关,一个神秘莫测的世界开始向她靠近。

第一次,她凄然地说我离家走得太远了,也是最后一次,我在她的泪眼蒙眬里变成一个永远伤痛的黑点,在时间的深处,她也成为我永远伤痛的黑点,在我的回望里,她挥动着的手,再也无法清晰起来,永远凝固成一个模糊的影子!只有她伤心的抽泣不曾在我耳边消失。

熟悉的家园,从此母爱不再。

六

我依然在黑夜里赶路。母亲也曾沿着我走的路,在夜色中向我走来。远方的城市灯火迷离,我在红光一片的天穹下睡眠,钢筋水泥的高楼把我层层包裹。路上的母亲心里满是母子相聚的憧憬。今夜我赶着路,月台上是父亲送别的身影。汽笛一声,影子如同惊跑的记忆,一切悲伤似乎都随站台的退却而恍惚而淡薄,人生的一幕拉上了帷幔。清澈的夜空,只余明月如钩。

我的后面,依然还有赶路人,沿着我同样的路线,在庞大的铁质车厢里,看一路光影重重。也许,多少年后,在谁模糊的记忆里,有我匆匆的面影。

咣啷咣啷,火车飞奔向南,弯月如镰,头上穿扫,窗外田野回旋;忽来忽往的灯光,呈出木窗如眼,亮时是一个家,闭时是一片荒野;灯,看守着家的温馨,不被茫茫黑暗吞噬,灵魂凝视着光晕,不被沉沦,不被阴阳两隔……

母亲,多少年后,我才知道你常常会借我的眼睛打量这个世界。某些瞬间,我真切体验到了你看世界的心情和对人间的感叹。许多我们曾经共同经历过的事情,当它们旧景重现,不论纷纭的时间堆积有多么深厚,从前的时光仍然重现出来!而天际低垂的阴云,总像你别梦依稀的脸。生命的感受是这样奇妙,我的眼里不再只有看到的景象,它还包含了过去、现在和未来。我不过是生命打开的一扇窗口。母亲,是你从尘土中开启了我。

神秘而日常的事物

灵魂睡过去的时候也是醒着的。灵魂在黑夜里与人一样骚动不安，它们同样害怕黑暗。它们弱小、战栗，有时不小心弄出了自己幽深的暗影，它们那样似有若无，飘忽不定，让人类对空间产生幻觉——魑魅魍魉——人们不加细究，就这样粗率地统称它们。

灵魂在白天的时候是快乐无忧的，它们通透、明媚，阳光一样迷人，风一样漫游，水一样温柔。人们抬头张望天空时，感觉天空并不是空着的，宽广但不空旷，似乎有着无穷无尽的内涵。灵魂在与他们耳语，像万物花开，人听不见，只感觉阳光的亲切、温馨，世界神奇、奥秘，让人充满奇异的幻想，每一根草每一颗石头都富有深意。一切都那么美好。

灵魂有自己哀悼的日子。那是它们集体沉湎于过去的历史，它们以这样的方式感知时间。灵魂哀悼的日子就是阴雨天气。它们向着太阳哭泣。

——我用一个上午来想象灵魂，进入一个冥思的时刻。

一个老人用同一个上午来与灵魂对话。他喃喃而语，心无旁骛。

阳光里那些沙砾一样闪现的光斑——神秘的粒子忽闪着。细碎的声音又是什么呢？不可知的事物，拂过村庄的上空，如云影一样捉摸不定。

这是白族人的村庄大理双廊村。早晨，它偶然来到车外。在一个诗人的团体中，我觉得我仍然是独立的。没有任何招呼，我就脱离了团队，独自走进村庄。

洱海在双廊村的南面，波涛轻轻，不停顿地拍打、叹息；而村庄沉静，如无物之物，如神的默想。

从哀牢山脉升起来的太阳，濯亮了洱海上的每一片波涛。

洱海的神灵波涛一样多。这是万物有灵的世界。每个村庄都有各自最崇敬的社神，白族人叫本主。本主可以是远古的英雄、部落的领袖，也可以是自然的神灵，譬如一棵树。

本主前的香火随着太阳的上升袅袅而起，新的一天便又开始了。

人间万物在太阳光里白亮起来：人的衣服、帽子，房屋的墙壁，地上的波浪、雪峰、溪流，天空中的云朵……驱散的黑暗不见踪影了。天底下的白是那样圣洁。它是太阳光的颜色，轻盈、欢快、明朗，如同人的心灵。

白族人对白色充满崇拜的感情。家家户户在自己的院落留住一块永久的"白"——一堵照壁，用它来照亮太阳、照亮日子。太阳驮着时间在上面走，日子在上面成形又失形。一堵墙就像一板蜂巢，太阳在上面聚合了阳光的蜂蜜。大理的太阳是一张没有弄脏的白纸。白族人用它裁了做成自己民族白色的服装，做成风花雪月的帽子，用它做成四合院，坐西朝东，迎迓太阳，辉映华宇。

一个老人在他的村庄出现，或者村庄在老人的祷告中出现，在我的脑子里是不分开的同一个事情。老人从本主庙烧过香后，就来到了庙前的一棵大树下。对着大树，跪下去又爬起来，爬起来又跪下去，双手握拳，不停地上下挥动，不停地低头抬头，口中喃喃自语。

他的周围，有一个中年男人在收拾树荫下的板凳碗盆；有一群麻雀像几片树叶飘过路面；一个老妪，走在马路边的粉墙根下，迈动的步子就像忘记了是自己在走路，我听得到脚步踩痛沙粒的声音。

老人的倾诉在我脑子里成了唯一发生的事情。他的喃喃声成了村庄的声音，每一个墙角、每一条门缝都在相互传递着——他喘息了，他哀伤了，他言语迷糊了，声调拖长了，快要哭出来了——都是双廊村的表情。

正午来到村庄，阳光直射，像静静的瀑布砸向山坡，砸向大树，溅起的光斑雨点一样洒了一地。被岩石围起来的古树，树干也像石头一样没有光亮，在阳光雨点之外，坚硬不朽。

听不懂老人的语言，但听得懂他的悲伤，懂得悲伤里透着的老年不幸——他在向自己逝去的亲人倾诉思念、忧伤、烦恼。老人不孤独，因为一棵树，也因为一座村庄。树是他信赖的神灵——他可以忘情倾诉的亲人。他身后的村庄站立在那里，默默奉陪着他，一如永远的乡土乡情。

一棵树成了另一个世界的对象。古老生命自然生长出了神性。树，历经了多少代人的死和生，看到了灵魂的轮回。它是一个恒定之所在。在它的面前，人的死亡只是一次花谢。

如果人生看不到神灵，就失去了生命的链条，看到的只是生存的巨大虚无——生命只有一阵水流，在时间的容器里注满，然后不断通过，像时间本身在流。

双廊村，像在沉思默想，一片一片的粉墙，一片一片的青瓦，嵌入的一面面雕刻精细的木门木窗，它们全都成了时间的面容。在一个充满崭新的钢筋玻璃建筑的世界，时间都停留到它们的身上了。古老年代，遥远的气息，一晃而过，又连绵不绝。

做工精细的院落，饱含了一种前人对生活的忠诚与恳切之情。我感受到了那个砌筑房屋的人，他看到的时间全是凝固的。他看得见几百年、几十代，现在与过去，一切都是与自己连起来的。子孙们居住在他砌筑的房屋里，一砖一瓦所花费的心思就围绕着他们，让他们慢慢体会那些精细的手艺——伴随着人度过一日又一日，一生又一生。

这是让心灵多么安详的事业，建造一栋祖屋，心里想到的是千秋万代，他们完全不是为了给自己砌筑。兴建房屋对白族人来说非常神圣，每一项步骤都要请动神灵，举行庄严的仪式。建起这样的屋宇，他们在不在这个世界，又有什么关系呢，他们相信自己的灵魂是在的。

相对于现代人，他们建造房屋，房产证给出的时间最长也只有70年。一切奢华的堆砌都是一次性的即时消费，他们为躯体找到了家，却没有给灵魂安家。他们生活的痕迹将随着房屋的拆毁荡然无存。而双廊村的祖祖辈辈，他们与自己的子孙们就一直居住在一起。他们没有心底上的浮躁，没有与时间的冲突，眼里呈现的都是恒定的东西，和谐、祥和。这种沉静的心境，表达在民居的每一个细部，就是哪怕一口砖平放的角度，一片瓦相叠的宽窄，都是那样精心考究，散发着对于生活的挚爱。你就是走马观花，这院落也能让你感受到心灵上的宁静。

时间把他们的面容带到了今天。

灵魂的冥想，占据了我的思维和情感，它们是另一种存在吗？也许可以不被叫做灵魂，可以叫做与精神类似的东西。这些与精神类似的东西不正在这些房屋上呈现吗？它们有着各自不同的性情，不同的心境，不一样的趣味。

双廊的古建筑最看重的是大门，有的凭空而立，如同牌坊，圆形拱门之上，砖砌的斗拱冲天而起，图案繁复夸耀，檐角如飞，两边低落下来的檐脊如同一对鸟翅。其后也许是一条短巷，也许是一个院子。有的与墙相连，门楣上砌出二重门檐，厚厚的青砖墙，门角嵌入圆柱、圆础、镂空的砖雕，门框画有水墨花鸟，饰有浅浮雕如意吉祥物，白色的卷草纹肥硕粗大，饰满了半圆形门楣。斗拱、砌出的画框，华丽的涂上湖蓝、朱红、土黄等颜色，朴素的则全用青砖的凹凸砌出。最简陋的门面也以青砖砌出几何图案，用筒瓦出檐。各种各样的造型，主人不一样的人生态度和喜爱，不一样的心情、心思，都那么明白无误地表现出来了。更明白一些的心迹他们就用楹联表达，黑底金字的木板挂在门的两边，或为"水唯善下能成海，小不争高若极天"，或为"浮舟洱湖水，立马云岭巅"。有的在二重檐间写上"德贤居"一类的门牌，是给自己的房屋命名，也是自己人生品格的自许。

山墙的纯白，是喜好白色的双廊人看重的。四合院里，正房堂屋高、卧室低，山墙自然形成错落的重檐效果。有的在屋脊吻兽处做文章，垂脊做成半圆形的，或者做成六边形的，垂脊下重重黑直线造成厚实之感。山墙上黑白装饰图案集中在屋脊下，画龙点睛。这些图案与蒙古包图案极其相似，当年忽必烈的蒙古军队打下大理国，没想到蒙古包会在白族人的房屋上留下影响。有的屋顶出山墙，他们也不忘给出墙的木枋挡上一块瓦片，用作装饰。而长长的屋脊，被他们做成了两头微微上翘的抛物线，轻盈、灵动。整座房屋，除了门出现局部的五彩色外，全都是一派朴素宁静亲切的黑白世界。

　　热闹是有的，就像是这个静静的空间从天而降的一样东西。但仔细听时，那些响声又像是从这宁静中生长出来并潜伏着的，像墙头突然蹿出来的火红的茶花，这响声也来自时间的深处——铜的唢呐、钹，紫烟里炸响的爆竹。正午过后，一队人马来到了街上，一路吹吹打打，沿街而行。在一个造型华丽的房门前停了下来，供品糖果、油饼、糕点、猪肉摆到了门槛上，几个老人先自跪了下来，向着大门纳头便拜，唢呐依然劲吹，铜钹彻彻，爆竹噼啪脆响，空气中震荡的声波进入一个个花窗、木门。冥钱、高香烧起一股股白烟。一栋房屋也可以当作神灵来祭拜？因为房屋里有祖先的灵魂吧。

　　又是吹吹打打，房屋前面的一棵大树，再次接受一轮朝拜。原来贴着的红纸"佑我家幸福"撕下来了，新的红纸贴在了树干上："保我儿安康""佑保吾孙成长"。大树旁边一个土灶式样的小庙，一位阿婆把供品摆好，高香点燃，便施以叩首三拜之礼，口中喃喃。

　　这是来向神灵报喜的，一个新生命诞生三天了，就在今天，全家族的人要给小孩取名字，他们首先要向神灵求名，获得神灵的准允。家族里的人都放下了手中的活计，为一个新生命的到来送上祝福，一起分享新生的喜悦与幸福。

　　这节日般的喜悦也传递到了我身上——一个阿婆抓起一大把糖果花生往我手上塞，像慈祥的祖母一样对我说：到我家吃饭吧。脸上的笑容像一朵灿然的秋菊。

我也笑了。双手接住大把的甜蜜。

我不明白这么多人忙碌着，它所包含的全部含义。许多意义不明的信息在传递着。一切都阳光一般明朗，一切又都视而不见。这是一个汉人与白族人最明显的区分。局外人的感觉就这样产生、自觉。

我看到的最普通的事情被赋予了深切的含义。那些常用的汉字"盛""寿""丰"，当它们用毛笔工工整整写在一面墙上，大得与人齐高时，文字获得了一种悠悠岁月中才有的温暖与温情。一扇飞檐下的大门，推开它，却推不开它深藏的一些空间。我走进一户大门敞开的人家，一个年过半百的男人正在开敞的堂屋写着对联。在悄悄怒放的鲜花中，他给我念他写的字，热情留我吃饭。爬上他家的木阁楼，亮晃晃的照壁后面，天空与湖水露出茵茵一色，像发光的蓝宝石。我觉得自己是个梦游者。

在一条条短巷穿行，一会遇到的是陡的山坡，一会是碧波万顷的洱海。神灵们是见不到的，但他们又分明在参与双廊人的日常生活。

问日杂店的青年，双廊建村多少年了。他说祖祖辈辈就在这里生活，不知道有多久了。再问他们祖先迁自何方，他依然摇着头，抱起身边的小孩，哄得孩子稍稍安静一下，就过去帮我问他的邻居，那个中年妇女也答不上来。

遥远的年代，他们的祖先翻过重重山脉，看到山下一片无涯的蓝得如同天空的水，以为自己到了大海边，他们惊呼着海、海、海。那个遥远的年代已经到了比风的记忆更久远的地方。一个高原湖泊就这样被白族人叫做了洱海。

从洱海上寻找我脱离的团体，船出双廊码头，我不断回望，双廊仿佛遗世独立，一弯弧线之上，水中民居荡着倒影，在汪洋的水中和蓝色的山脉里，踪影越来越模糊。哀牢山与苍山都低矮了。心中的一缕温情弥漫，像轻笼的烟雾。这时太阳开始西斜。

怒江的方式

早　晨

　　感觉早晨像个物体，是因为一个傈僳族老人。他坐在怒江边，安静、悠然，像北方男人坐在自己的炕头上。他坐在早晨，早晨不再是一个时间，早晨是个物体，他坐在上面，早晨就属于他了，一块苞谷地一样属于他了。从他身上感觉出的早晨，那么宁静，是一个只属于他个人的时光。怒江刚才还那么野性，老人出现了，它就成了一匹匹驯化的野马群，没有了荒滩野地的暴戾。

　　老人身边，一来一往两条溜索，如长蛇爬上一处有七级台阶的岩石，然后箭一样射向了对岸。不到江心它就消失了——因为江面太宽，人的视力不济。

　　怒江很低，山坡公路下，像一条被困的巨龙。老人并不在意它，尽管江水怒吼。

　　我的突然到来，老人给了一个回头。一双深邃苍劲的眼睛露出锐利的光，眼里闪过一丝不易察觉的迷茫。他是一只老了的苍鹰，懒懒地收敛了自己的翅膀。转回头去，他就忽略了我的存在。他身体的各个部位甚至动都没有动。

　　傈僳人不会走到岸边来看怒江。他们彼此靠近，只有轻缓又悠闲的脚步。彼此能从脚步声感觉到各自的心事、性情。从小车里出来，然后站在江边望一望，这是外来者才有的方式。

　　我觉得这一瞬间看见了老人的一生——他在怒江边生活，如同一棵漆树，从出生到衰老，一生被他过得那么漫长，怒江已等同于整个世界了。梵高当年画《吃土豆的人》、罗中立画《父亲》也一定是这个感觉——那一瞥有人一生的命运。

　　对岸一个人影向我飞了过来。那铁制的滑轮在钢缆上"吱——吱——"直响。整个世界都随着他在飞。我和岸上的石头、树木向他扑来。眨眼间他由一个黑色的人影变成了一个穿着红色运动衫上衣、米色裤子的中年男人。快到岸时他的速度慢了下来，甚至停下来了，我们彼此都确定了一个位置。尽管我没有动，因为有人动了，世界都在动荡中。他右手扶住滑轮，左手攀着钢缆，一节一节把自己拉到了岸上。这是钢缆下坠造成的。

　　中年男子不慌不忙一边从钢缆上取下自己带着的滑轮和吊绳，一边笑着问我要不要试一试。这是一种以死亡作背景的游戏，落入江水里人是很难生还的。像人向死而生一样，长期的熟视无睹，死亡的威胁就成了日常生活的部分。我在考虑他这个早晨的举动有什么含义——从一个功利主义社会引申出来的含义。他一个人两手空空，裤脚挽得高高，趿着一双泡沫塑料拖鞋，笑容里露出一副洁白的牙齿，从从容容，像在玩溜索。我不相信他只是好玩才过江的，我想他过江来要么做买卖，办什么重要的事情，要么至少也是来吃个早餐、走个亲戚。他说是看朋友。也就是说没有什么正经事情。一大早就想不出有什么事情可做，生命只是用来享受时间的，还有时间中萌生的情谊。

　　在湍急的流水上，人的生活从容淡定地展开。流水并不能暗示什么。

　　面对怒江，面对怒江上的老人和中年男子，我的心态发生了微妙的变化——上车时，身体仿佛获得了解放，肢体放松了，坐姿改变了。一株温室里的植物，回到了广袤的田野。

回车的路上，一个傈僳少女正在上厕所。她上的厕所就在大路边，对着公路的一面没有任何遮挡。她在我经过的这段时间里拉完尿，站起身来，系好裤子，视我如无物。她同样很平静，在江水喧腾的背景下，甚至只有我感到了害羞。而随后我对着穿民族服装的傈僳人拍照时，他们无一例外全都躲避着镜头，是一种害怕还是一种害羞、一种禁忌？像传言说的害怕灵魂被摄走？厕所是属于城市的（对于贫困的怒江，照相机也是属于城市的），生活在怒江大峡谷里的人，哪里蹲下哪里就是厕所。这种身体的开放，是与自然谐和的。身体的开放对应于对身体的态度与禁忌。怒江人对身体的态度与禁忌质朴、自然、开放，性以及伦理观念都出自人的本性。

早晨的阳光在陡峭的山坡如退潮的洪水，层层进入谷底。飞石滚过公路提示着无限的偶然。生死也在偶然之中。两栋稻草房出现在一个平缓的坡地上，像心情一瞬间的悸动。

这时，一个人背着柴捆爬坡，那木柴捆是那样巨大，从人的臀部到肩部，再升到头顶，直爬到头顶上的天空。人显得那么的小。头顶上正是那两栋稻草房。这是一组非常原始的图景：那稻草房只有树枝支撑着，它被木桩架空在坡地之上；而大根的木条又压在人的背上。没有一样东西是与工业化的现实世界相关联的，没有一样不直接来自于土地。我的兴奋会来自于这种原始吗？或者是因为我渴望见到这样原始的景象？这更应该是一种时间的呈现，古老的时空再现。在人类没有出现现代科技之前的那些原始的世纪，生活没有遭遇到物质的入侵与改造，人只得与自然相依为命，只得对大自然顶礼膜拜。那个人站立喘息，大口呼吸的仍然是植物散发出来的浓烈的芳香、土地在阳光下吐故纳新的地气。我似乎进入了一个不同的时空。

爬上山坡，走近茅草房，那个背柴的人也在我站在地坪时从另一个方向进入地坪。我这才发现她是位少女，白皙的皮肤，文静的性情。她的目光善良、明澈而含蓄。她的黑色衣服是一套运动衫，这是现代工业制成品。稻草房里显然是她的父亲母亲，她父亲戴着一副老花眼镜。这也是现代文明的产物。那张黧黑的脸充满了慈祥，他也是那样平静地看着我，没有一句话，表情亲切却没有笑容。他坐在门口的小板凳上，正在搓着一根草绳，手里的活儿只是稍稍停顿了一下，又继续干起来了。

对这一家人，有什么东西会突然出现又迅即消失呢，是天空中的云朵和站立的我。

他们贫匮，但每个人的面部表情却一派安详、宁静。在他们面前，我感觉到自己病态的猎奇，我并没有现代人的优越感。他们的生活有一种我所见不到的阳光。他们有最自然的不被扭曲不被伤害的感情，他们依人的本能与本性生活，不依赖于理智，一切都在直觉的范围内行动，这样的生存至少在精神上是接近幸福真义的。柏格森说理智是人类的一大不幸。都市人的压抑、迷惘，是不是与他们活得太理智有关呢？工于心计与坦荡自然，真正快乐的永远是后者。怒江人的生活似乎从另一面证明着柏格森这一理论的深意。

神　灵

听人说"尼"这个词时，我正在腊竹底村阿娜家。我坐在一个灶房里，房里有泥石砌的灶和地上的火塘，吃饭的地方就挨着火塘，一根铁杆从房顶吊下来，钩着一口铁锅，下面有一个铁的大三脚架，三脚架下是噼啪烧着的树枝和炭。铁锅里的肉香飘满了大灶房。

很多人家没有泥石砌的灶，阿娜家是村里殷实的人家。她家砌了泥石灶仍然还留着火塘，因为火塘里面居住着达卓庞，它是家里的保护神。火塘里的火是长年不熄的，火塘不能丢进污秽的东西。

下午跟阿娜一起做完礼拜，又去村里看了百岁老人阿雅，然后我们一起回到阿娜家里吃晚饭。地坪里，阿娜的弟弟跟他的朋友打了一天的牌。喝空的啤酒瓶堆了一地。一家人忙着给他们弄吃的，一道道菜上到牌桌旁。他们真诚、快乐、幸福，像亲兄弟。每个礼拜天大家轮流做东，从县城上帕拿回的工资差不多就花在吃喝上了，他们很享受自己劳动的收获。

她的父母用傈僳话交谈着，他们为我杀了一只鸡，用漆树籽榨成的漆油炖了。又从一个大的瓷盆里给我倒上了大碗的杵酒。这种酒是由玉米糁、小米做的甜白酒。酒糟与酒混在一起，酒要用瓢滤出来。阿娜的母亲对着外面渐渐暗下来的天空念到了"尼"，因为她杀了一只鸡，她要为这只鸡的灵魂"尼"说些抚慰的话。傈僳语称神灵为"尼"。

黄昏迷蒙的空气里，似乎有无数的"尼"在飘浮着。这是人眼无法看见的东西。只有村里的尼扒（巫师）尼玛（巫婆）才看得见，他们让人把双手合拢在纸上，念过咒语，对着手和纸喷一口酒，"尼"：在纸上可以显出行迹。

傈僳人敬畏和崇拜的"尼"有三十多种。人和动物、植物都有自己的"尼"，所有生命都是同根生的兄弟，在轮回的时光里，你今生是人，来世也许是蜂是花是树。生命可以死，但灵魂不死，它在不同生命之间轮回转换。因此，傈僳人对自然界所有的生命都充满着敬畏。死对于傈僳人不是十分悲伤的事。有的人称自己是虎的后代，有的人称自己是蜜蜂的后代，也有人称自己是荞的后代、竹的后代，他们的祖先既有动物也有植物。

阿娜的父亲到屋外取水。水是从碧罗雪山流下来的，从一根竹管流到了家门口。他用碗盛了少量杵酒，泼向那股汩汩流淌的山泉，嘴里念着祭水神的话，我听到了他嘴里说着的"尼"，说到这个词他充满了神秘和畏惧的感情。他在感谢水神赐给他水。桶里的水接满了，他的祷词也念完了。水从哗哗的响声又恢复到了它永远汩汩的流淌声。这流淌声在暮色里似乎变得喑哑隐秘了。

这个漫长的下午，我在喃喃的对神的吟诵中度过。我与阿娜去了娃底村扒吉古教堂。两千多年前在耶路撒冷出现的一幕，在福贡县上帕镇娃底村扒吉古教堂重现。傈僳人聚集在一起吟咏《圣经》。一部《圣经》，与希腊、罗马，与二千多年前的公元纪年，一起抵达了这个被高黎贡山和碧罗雪山深锁的峡谷。

在道教、儒教也没能越过的重重山岭，天主教、基督教却通过神父的双脚，在一百年前把上帝的福音传播到了怒江两岸。在这之前，只有藏传佛教在西藏喇嘛们摇动的转经筒下沿着峡谷的茶马古道，传到了这一地区。

两千年来，西方追寻着世界的起源，东方寻求着对于世界的解释。西方有了关于世界本性的理论，东方探索出关于最佳生活方式的伦理学说和政治学说。一神论统一了西方世界。而东方之神却像花草一样繁杂。而今，天主教、基督教抵达了东方，进入了最隐秘的大峡谷。

扒吉古教堂就在怒江岸边的一块平缓的山坡地上。这天下午，看不到太阳，却有稀薄的阳光。三四点钟的光景，太阳就走到了高黎贡山的另一面去了。那边是缅甸。高黎贡山在一片蓝色中变得幽深。而在这并不宽阔的江滩上，田埂上出现了穿着鲜艳服装的人，人数最多的是妇女，也有男人、小孩。他们走在种着水稻、草莓、青菜的土地上，田埂让他们自然地排成了一队，他们放开膀子走着，走得急急忙忙，像赴一个重要的约会。这是每周都要上演的一幕。傈僳人丢开农活和家务，穿上干净的民族服装，打理好一种心情，就走出家门，去与虚空里的神灵对话。

我跟着他们走在田埂上，土地高低错落。踩着繁盛娇嫩的青草，春天的风充盈着水汽，植物的气味在一股股风里清新而厚实。

一栋大坡屋顶的房子出现在田地里，山墙屋脊上立着一个红色的十字架。大门还紧闭着，男男女女在地坪上坐了一片。他们有的在交谈，更多人在默默等待。

我爬上山坡，俯瞰着正在他们背后奔腾的怒江，那些从怒江上诞生的神灵还会让他们感到敬畏吗？

教堂前只有一张台，圆弧形的桌面。一个年轻的牧师上去先念了一段《圣经》，解释完大意后，他带着下面的教徒一起念。他念一句，大家跟一句。除了诵经声，教堂里没有一丝杂音。每个人全神投入，心无异念。

接着唱圣诗。还是那个年轻牧师起了个音，大家随着他手中的节拍唱了起来。男女自然分成左右两边，男人们很多最后才赶到。傈僳语的和声，浑厚、温暖，像阳光穿透了教堂空间。

一个穿灰色碎花上衣的年轻妇女，她背上红色布袋里背着一个小男孩，她歌唱的时候，那张疲乏的脸庞立即焕发出一种神采，她背上的小孩也不动弹了，睁着的大眼睛像在沉思。最后上台领诵的是个老人，他当过福贡县县长。在漫长的诵经声中，我体验了在西方教堂同样的肃穆与神圣。

在上帝来到怒江之前，傈僳人的上帝是天神"加尼"，"加尼"是万物的总主，是它创造了世界；山神"米斯尼"仅次于天神，是天神的使者，主宰着自然万物之神灵，可比天主教的天神"加弥尔"。与西方创世纪相比，傈僳人的天神创造世界用了九十九个昼夜，也同样有一次淹没世界的大洪水，最后只有兄妹俩幸存……

一神论的天主教、基督教是否让大峡谷里树叶一样多的"尼"开始变得面容模糊了呢？天主教、基督教人才具有灵魂，动物只有生魂。

一个泛神论的世界每一棵树都是一个独特的世界，充满灵性的生命如果不能再赋予树木花草，怒江还会神秘吗？

阿娜幽幽地跟我说，信教的人不准年轻人按傈僳人的习俗办婚礼，她很久也听不到动情的对歌、赛歌，很久也难尽情地跳一回锅庄。青年要进教堂举行西式婚礼。按自己民族的婚俗办喜事，会受到教堂的歧视，再也不准进教堂。在阿娜的叹息声里，大峡谷的寂寞似乎更深了。

　　围绕阿娜家的是一个小菜园，园子一扇小柴扉连着一条窄窄的石板路，一路台阶走下去，就是黄色的怒江。阿娜家是砖石砌的房屋，村里人住的都是千脚落地房，干栏式竹木结构，由木条搭起房架，木板和篾笆铺成楼面，四周围以篾笆。屋顶用的是油毛毡。去年的一场大雪，许多房子被积雪压垮了，政府救灾时每户发了油毛毡。原来盖的茅草就不用了。我穿过一栋栋沿坡地而建的竹木屋，想在天黑前，亲近一下怒江。

　　在一块大石头上站稳脚跟，我弯下腰伸出右臂，手指终于摸到了怒江的水。水温不算太冷。江中融化的雪水不多了，江水大多是沿途峡谷里奔涌汇合的雨水。五月的大峡谷，到处是飞瀑。江面被视线压得低了，浪的起伏从水中消失，只有扑面的水汽，似乎闻得到西藏的味道。那是我七年前走过的地方，在上游八宿、左贡，怒江像条浑浊的不透明的玉色飘带，战栗不宁；四面狰狞高山不见一棵绿树。

　　身后的阿娜换上了艳丽夺目的傈僳族服装，红色欧勒帽，珊瑚珠像一串串雨滴随长发滚落，斜挎在左肩上的拉本，成串的玛瑙、贝壳料珠和银币横过胸前，像一道彩虹直落腰下。红色无袖右衽短衫，是野地上的一团火苗，跳跃、燃烧。多褶花麻布裙，晚风中摇曳边地风情。她有一张朱莉娅·罗伯茨的大嘴，一双乌黑的大眼睛，天空的蓝光正在那里闪耀。

　　阿娜身后，腊竹底村上空，雪山顶闪现着一团橙色的、温暖的光泽。黑暗已经模糊了山下的一切。只有怒江泛着白光，像是一个大地间醒着的神灵。

美　女

　　问同行的多多，我们可以走到西藏的边界吗？公路在贡山的丙中洛就没有了，到察瓦洛的路正在修，察瓦洛是西藏察隅县的一个镇，察隅相邻的墨脱是雅鲁藏布大峡谷，我曾从那条峡谷走过。从丙中洛重丁村下到峡谷，走过秋那桶，再往雪山深处走，察瓦洛藏在重重雪山后，一两天是走不到的。那么丙中洛呢？三天后，我们的车可以开到。那里有个坎桶村，多多去年到过。它是一个麻风村。位置正在怒江第一湾上，当地人叫火夹。站在丹拉大山公路上俯瞰，怒江冲到山脚下，一个180度的大弯，又朝着它来的方向走了。那个转弯处，像神的一只脚从山脉中伸了出来，脚趾上的指甲就是麦田，田间零星的几栋木屋，就是坎桶，一个怒族人的小村庄。

坎桶，意为长竹子的地方。那里有个十八岁的美女，叫小才，傈僳族人，是去年从达拉村嫁过来的。多多说，我们就去坎桶看美女吧。没有目标总是难以酝酿激情的。已经错过了马吉乡的美女村（那里的美女都离开了村子，到外面世界闯荡去了）。她估计小才会待在坎桶的，那是一个几乎与世隔绝的地方。

去年多多到坎桶，遇见了小才，被她的美丽震惊。这是一种被深深掩藏起来的美丽，清纯无邪，灵鹿一般善良、动感。她给小才拍照，也许这是小才第一次站到照相机前。这次多多把放大的照片带来了，还为小才买了一件T恤和许多漂亮的首饰。大峡谷，冷岩峻岭间蕴出的美女，想一想，就觉得这是天地造化的奇迹。

怒江峡谷，大地的一道裂缝，由南向北一路撕裂而去，像是我的目光在不断地撕开它。我的目光随着海拔上升，像一支箭射向天空——天空早已被一群蜂拥而至的山峰挤满了，只呈现出一线天。这山峰组成的两列纵队——碧罗雪山和高黎贡山，是一支庞大而芜杂的山的部落。巨人一样伫立于横断山脉滇西北偏西的僻静边地，顶着终年积雪，只受雷雨暴雪的光顾，大片大片的云朵像受到惊吓的羊群，滚落山坡，落到河谷。

而低低陷入大山深谷的河床，一群白浪狂奔乱突，一个个涛头纵起，争先恐后，相互挤压，稍稍平静的江段也使足了暗劲，流得呜呜作响。巨浪在同样巨大的岩石前，显得如同小河淌水。而愤怒的暴啸声漫向天空，遮天蔽日，数千米的落差里，全是怒江的呜咽。六库的那个晚上，我被它天地横流的苍茫气派震慑，心生极大的惧意。高原月轮孤悬，怒江涛声像月光空蒙，两岸山峰隐藏在黑暗中失去了生动的细节，只有一道剪影贴在幽蓝的天空。峡谷原来空间那么巨大，山中的灯光显得与天上的星光一样渺远。我在如水的月华下从公路下到江滩的一处温泉。我看到了江水如漫地月光一样狂乱倾泻，成了天地间光的河流。小路在抵近江水时消失，一道悬崖藏着一片黑暗，横在脚下。我感到昏眩、惊骇。流动的江水海潮一样在脚下岩石上起起落落。

猎豹一样的江边，寻找温柔动人的美女，五月高原月夜里寻找江滩上的温泉——傈僳人节日举行隆重澡塘会的地方，那感觉就像是从狼眼里面寻觅温情，格外令人着迷。美女与高山，月光与大江，阴柔与刚烈对比如此强大，就像文明人被突然抛到了遥遥荒野之上。

这全是受到了多多的引导。我们不能不设定一个目标。在无际的荒漠之上，也许你想寻找的只是一朵细小的花，这朵花也许是你生活的城市极常见的一种。看美女，在这苍茫大山里暗示着一种什么样的玄机？在大都市里这只是一个回眸动作就能完成的事情，而在这大山谷里，要驾车跑上三天。

我想，若是哪一天，小才从坎桶村出来，到大都市里去打工，她马上就成了非常普通的一个人了。再想象一下，若是沈从文《边城》里的翠翠，被现代琳琅满目的物质诱惑，感觉到守渡口十分清贫，继而感受到一份寂寞，于是也出来打工，她还会是令人浮想的纯真而动人的姑娘吗？从湘西出来的姑娘如此之多，湘西的文人说"翠翠"们都出去打工了。在一个资本充斥的社会里，人都变成了符号——打工的廉价劳力。谁也不会到劳动密集型工厂的流水线上去寻找翠翠或者小才。

路，峡谷中逆流而上。这条从前的茶马古道，过去的岁月，一队队骡马驮着云南的茶叶，在丁当的铃铛声中进入藏区，有的渡过怒江，翻过高黎贡山，再渡恩梅开江，到达缅甸。公路的长龙吞没了古道，一会在怒江东面的碧罗雪山脚下穿岩过坡，一会又到了怒江西面高黎贡山的石上林中，残存的古道挂在山腰，仍在昭示着一种存在。我向往的莽阔雄奇的自然景观，在整日的奔驰里开始变得单调、沉闷，以至我相信傈僳人行路时只有扭头前后看的习惯，他们的眼睛不会像峡谷外的人那么需要眼球快速转动，甚至眼里整日看着一条狭长的山谷，思维也变成直线型的了。他们中的许多人一生也没能走出大峡谷！

黄　昏

小才与这个黄昏联系在一起是偶然的，与怒江大峡谷联系在一起却是必然。但是怒江，真的与她有什么关联吗？她的外表形体，与这片山岭和江水有着神秘的联系？我在走过漫长的坡地，于一片松树林里迷失方向，最终在一栋非常简陋的木楼前见到她的时候，我觉得她就是自然的一部分。我总在看她白皙脸庞的时候，看到她身后的怒江，它在她的脸后面发出幽微的暗玉之光。而小才迎向我的面庞，宽大、扁平，像一轮满月放出了纯净的光芒。那陷落夜色里的怒江是一条隐约的银河。人在河谷找到自己的位置，就像星星在茫茫银河系中找到自己的发光点。

在怒江第一湾我看到了山下江对岸的坎桶村。那房子小得像搭的积木。突然而起的音乐声满溢了大峡谷，从热得穿衬衫的低谷到冷得穿羊皮袄的冰雪峰巅，都是同一首歌在回旋。这是山鸣谷应的效果，峡谷是个天然的扩音机。初以为是欢乐节日的气氛，在随后向着坎桶村漫长的独行中，才知道这是个怎样寂寞的地方，那喇叭所制造的气氛那么虚幻,像一片云雾飘过了荒凉的坡地。

从丙中洛到坎桶村,怒江转了三道弯,只有丙中洛有一座铁索吊桥横过怒江。我明白那是怎样漫长的一段路程。但我却不知道,从公路下到怒江,这面看起来不长的山坡,竟会是一个村子连着一个村子,一片田地挨着一片田地,那么多的房屋和人隐蔽在坡地上。大地的尺度开始失去了标准和规范。看着怒江上的铁桥,永远在江面上横卧着,平坦的地方它就与怒江一起消失得无影无踪,陡的地方,它又与怒江一起出现在脚下,近得马上就可踩上似的,但山坡之下的山坡,魔术一样呈现着。回首,身后的房屋与坡地全都消失了,只有西天的高黎贡山,那高入天穹的主峰嘎瓦嘎普雪山静静地凝视着峡谷里的一切。丙中洛,即是雪山环绕的美丽村庄的意思。这里才是传说中真正的香格里拉。

风在峡谷里陡然刚烈,如同猛兽。几星雨滴落下来,冰雹一样砸痛肌肤。阳光早早从峡谷消失了,光,空气一样变得稀薄。我们要在这越来越稀薄的光里赶到坎桶村,再原路赶回。

这条沿着怒江陡峭岸岩踩出的羊肠小道,穿过了两个村庄,那树木搭建的简陋村寨全在山坡地里朝向怒江,成一种眺望的姿态。木屋永远也望不到外面的世界,天空只有一线,由两道山脉切出。江面上,上翻的水流涌起,如沸水翻腾,风帆鼓胀;岸上,山坡沉寂,千年不易。当太阳西沉,蓝色山坡陷入一片幽暗,一个模糊不定的世界随着黑暗降临。

塌方出现了。

客观世界退场,一个主观的世界出现。岑静的天幕下,一座土堆隆起,白色的布条在黄昏变成黑色,飘在光秃的竹枝上,下面有马尾松枝、空空的陶罐,陶罐上冷光如蚁。大峡谷的玛尼堆,喇嘛教的经幡上写满了神灵的祝语。我看到黑暗里的"尼",众多神灵山林间跃动,想象中的身影更加阴暗。灵性的世界在这苍茫的峡谷风一样飘忽……

挨近坎桶村,一片小松树林让人迷失了方向。林子里出现一栋木楼。推开门,只有一个怒族少女在铁锅里煎一张又大又厚的麦饼。问她话,她只会摇头。她听不懂我们的话。显然这里不是坎桶。

我开始动摇了。怒江两岸,像坎桶这样的村庄很多很多。到坎桶的理由其实经不起推敲。若是做善事,用不着跑这么远,在我生活的城市,有多少人陷入了困境。那么,只有为小才做的一切不可半途而废是能够成立的。小才这个时候显示出了她的重要性。这重要不再是她的美丽。

没想到多多还带了一个任务,她为坎桶村找了一笔钱,想给村里人买台小货车到丙中洛跑运输。坎桶实在太穷,荒坡地,庄稼也长不旺,村里人大半年里挨在家里饿肚子。在多多眼里,这是片荒山野岭,她看到的首先是贫困。

山坡下出现一栋小木屋,木屋里飘出一股炊烟。黄昏的幽暗笼罩在这个被怒江围绕的山坡地。两个中年男人站在黄色沙土的地坪上,呆呆地看着我们走近,脸上是麻木的表情。我们走近了向他们打着招呼,麻木的表情仍然顽强地刻在脸上。这让我感觉到了自己的奇怪,感觉到事情的荒唐。他们就是我们的目的?他们为什么要成为目的?我把这种迷惑的目光投向了跟在身后的多多,希望她的兴奋在这一瞬间呈现出某种戏剧性的效果来。

多多感觉到了一种无形的压力。她冲口而出的话,已非平常的腔调。她拿出自己带着的东西,叫着小才的名字,想唤起他们的记忆。

这本照片唤醒了半年前的一次记忆,也唤醒了这两个男人的热情,还有从木屋走出来的一男一女,他们都从相簿上找到了自己的相片。终于有人去找小才了。她住在坡下更远的地方。

坎桶村有七户人家,一个五保户,共计二十八人,却由四个民族组成,分别为怒族、藏族、独龙族和傈僳族。他们有的是麻风病人的后代，有的因为某种不能言说的原因，无可奈何搬迁进来，全村人都信奉基督教。去年底，多多和她的先生来到坎桶时，村里人正在小屋子里做礼拜。他们找不到一个人，到了小教堂前，只听到里面一片嗡嗡声，原来全村人都在这里翻动毛糙的经书，在幽暗的光线里念诵着经文。

看到这栋小木屋，我想它可能是世界上最小最简陋的教堂了。这样偏僻的乡村，不可思议的基督教徒，在这样狭窄又阴暗的空间里冥想着上帝，而自然之神就在四周包围，森林的絮语在启示着东方"尼"的泛神论的世界。

重丁村刚翻新过一个神父的墓碑，上面用毛笔歪歪扭扭却是非常认真地写着几行汉字：任安守神父（Annet Genestier）（1856—1937），法国多姆山省（Puy-de-Dome）克莱蒙市（Clermant），1886年来华，西藏教区传教，1888年到丙中洛建堂传教，1937年因病在贡山重丁教堂去世，终年81岁。重丁村离坎桶很近。这个小教堂与墓里安葬的任安守有什么关系吗？他当年曾把上帝的福音带到了这个角落？

一条穿越碧罗雪山的传教士之路，从这里通向了东面的雪峰。当年这位神父和他的同伴，沿着怒江、澜沧江一路而上，直到滇藏边界。他们在这里学习最小范围内流传的方言，为他们改变自己的饮食习惯，就地取材建造教堂，甚至为傈僳人创制文字——一套以拉丁字母倒置横装的拼音文字。

隔开澜沧江、怒江两条大江的碧罗雪山，迪庆维西茨中教堂在山的东面，怒江的白汉洛、丙中洛在山的西面，为了互通情况，传教士常常要翻越碧罗雪山，其间原始森林、雪地、高原湖泊，要走数天，需要在森林中露宿。这条小道被当地人称作传教士之路。就是今天，翻越冰天雪地的碧罗雪山仍然被人们视为一种壮举。在不长的时间里，传教士在怒江的峡谷里建起了两百多座教堂。

坎桶村人走出小木屋，突然看到两个陌生人，全都不知所措。这个村几乎被外人遗忘了,就是丙中洛乡政府也几年没有人下来了。他们不知道如何对待外人。甚至他们把自己与整个世界分割开来了——那些人与自己无关。他们不是麻风病人,那已经是上辈人的事了。他们个个衣着干净,眉清目秀。可是外面仍然有人把他们看作上辈人。

他们高兴地翻看着相簿,见到相片中的自己兴奋得叫起来。我等待着他们叫我入座,但他们遗忘了还有两个人正站在他们面前。我站了很长一段时间,才觉悟到这里是用不着讲客套的。我找了一条木凳坐下来,走得实在太累了,口也渴得厉害,我向他们说,我要喝水。等到天黑人要走了,才有人记起留我们吃饭、住宿。见执意要走,有人提议坐独木舟过江。可是坎桶已有几个人坐独木舟过江时被淹死了。我要小才的丈夫彭志光打火把送我们。

彭志光还是一个孩子。他比小才大一岁。前年的阔时节,他们对歌、跳舞,疯玩到天黑,彭志光对着十六岁的小才说,我喜欢你。那个月夜他们在野地里拥抱、接吻,彼此看到了竹笋一样白嫩的身体,看到了青春的绽放,一轮弯月在树林间生出了云一样的银辉。狂乱的心跳,猝不及防的抚摸,不熟练的情话,昏眩的雪山……三天后他们定亲了。他们的洞房是座木楞房,墙壁由粗犷的原木围拢,屋顶盖的是石片,屋檐长长伸出来搭成一条走廊。窗户小得只有巴掌大,为了挡住怒江上暴烈的风,窗户常常被关着,火塘的烟火把房子熏得十分昏暗。一年过去了,小才在门上贴的周杰伦的画像也熏黑了。

我问小才为什么嫁给他,她轻轻说:"喜欢他"。"有没有想过他家里困难?"我边给她照相边问。她只是笑,羞涩地笑,浓眉大眼间都溢着笑意。她的笑容没有阴影。每一张不同背景的照片上,都是她阳光一样的笑脸,幸福、纯净。她的眼睛黑得发亮,聪慧之光迸闪。大眼睛里全是对人的信任、亲近和喜爱。她的心是敞开的。身上的喜乐富有感染性。穿上多多送的T恤,她又回到了一个初中小姑娘的模样。

小才在坎桶养鸡、喂猪，还要祈祷。她的时间都用来扫地、捡野菜、烧茶、刮土豆、做饭，然后慢悠悠地说话，慢悠悠地吃饭。彭志光干活舍得出力气，他买不起牛，就把自己当成了牛。犁起地来，身子就像一张弓。空闲时，他们一起玩纸牌，小才输了，就在彭志光的脸上亲一口。小才对于未来的想法就是一个接一个地生孩子，孩子们长大了可以放牛、养猪、捡松茸，有可能的话，还去远处的村寨读书。

路上我对彭志光夸赞着小才，他只是咧开嘴呵呵笑。

再过铁索桥时，四周漆黑一团，桥面铁皮在我们的踩踏下发出了"嘭、嘭"巨响，好像整个黑夜都被它震动了。像一件衣服被刮跑，大风把声音刮向了高空。想起进入大峡谷的晚上，小车从大理开到重重叠叠的群山深处，黑暗中，又高又深的山影突然灯光闪亮，荒野中的六库像一个真实的梦境。而现在灯光在哪里呢？世界没有一丝光亮。群山在沉默中也不见踪影了。它会撞到我的鼻子吗？

阿娜的声音在黑暗中响起，像深远的记忆——

> 猎人的牙齿缺了
> 是因为咬断过老虎的骨头
> 你的头发白了
> 是因为走遍了雪山峡谷
> ……

心中袭来一阵波涛，莫名的心绪奔涌，像模糊不清的面影。

抬头看到一团淡如萤石的光，是高原的云，还是山峰上的积雪呢？

第二天早晨，一幅大自然的奇景出现了：睡在山上的云一条条如玉带从四面山坡慢慢降落。丙中洛被白云围在中间，一片翠绿如雪莲的花蕊。

神　父

想象这样的一个早晨，神父任安守就走在这朵雪莲的花蕊中，看着一条条哈达似的雪白云朵从山坡上下来，像一群群绵羊走到村口，走到地坪，走进每家木屋的窗口，最后大地上一片白茫茫。要等到东方的太阳爬过了碧罗雪山，丙中洛才会从云雾中浮出来，葱绿的大地像洗濯沐浴过了，亿万颗水珠在绿色的植被中闪烁光芒。白云又回到了山腰，这时是吃早餐的时分了，东方的云朵全都开始闪闪发亮，白炽光一样刺人眼睛，而碧罗雪山仍在幽暗中汪着一抹青蓝，如神的冥思。

一百年前，任安守就待在这样的早晨。那时，白云像这个早晨一样向他慢慢移来，像我站在马路上，差一点就会被它吞没了。他手里拿着译成傈僳文的《圣经》，口袋里装着教堂的钥匙，目光坚毅。我看不到他，历史在时间里发生又在时间中隐去。一条河流，我只能看见自己面对的河床。我也看不到神灵。神灵在空间却不被空间确证，它才成为神灵，不成为这个世间的又一存在物。历史也从空间消失，但历史抹不去时间的胎记，因此它不能成为超越时间的神灵。只有当时间久远得足够模糊了，历史才会上升为神话，遥远的祖先才可能成为神祇。

任安守望着碧罗雪山上空的天，他相信天堂之路就隐藏在这虚空之中。上帝的目光来自天空，时刻注视着他。是伟大的上帝创造了这个奇妙的世界。他无数次翻越碧罗雪山，只有神才能给予他力量。他要用自己的一生来传播上帝的福音，让峡谷里的傈僳族、怒族、独龙族、藏族都信仰上帝。这是他的使命。为此，他九死一生，从不退缩。

昨晚下过一场春雨，去重丁村的路泥泞不堪。我们的小车走不了，停在丙中洛，租了一辆农夫车下去。

丙中洛往重丁村的路是朝下的。大地倾斜。奇怪的是，下到峡谷更深的重丁，高黎贡山反倒矮了，只有一座雪山孤峰兀立。碧罗雪山也成了一排低的屏风，背立东方，蓝得如同苗族人的扎染。怒江不见踪影，它的位置只有靠人想象了。地平线也在重丁村消失，让人想起詹姆斯·希尔顿写的《消失的地平线》。我没有看过，只是想象着书里写的人间天堂与这里的关系。他在我与任安守神父中间的时间来到丙中洛，那是二战时期，一条骆峰航线飞过高黎贡山，詹姆斯·希尔顿因飞机失事掉落群山。我身上带着一本书，却是一本《独龙族情歌》，是昨晚傈僳族诗人丰茂军送给我的。随手翻开，扫过一页，一首情歌吸引了我——

> 山岩上的苔痕，
> 是泉水流过的痕迹；
> 眼角上的皱纹，
> 是泪水流过的痕迹；
> 树叶上的伤疤，
> 是虫子啃咬的痕迹；
> 心坎上的伤痕，
> 是思念你时留下的痕迹。

美好的爱情，一直在峡谷发生。詹姆斯·希尔顿也发生了。这首情歌与一段深沉的爱连在一起。在清澈的独龙江边唱着这样的歌，该有多么忧伤，多么疼痛，又有多么幸福、感人。这条最清亮的江就在靠近丙中洛的地方。

车外是一片水田，正是春耕时节，几个赶牛耕地的人，田中如镜的水被他们搅得碎乱了。似乎有歌声传来，由于大地呈抛物线，歌声近而人影不见。

重丁村最醒目的建筑是新建的重丁教堂。教堂按原来的风格扩大了，门面样式像巴黎圣母院，左右两边建有两座四层楼高的钟楼，拱形门窗，方柱，门楣上壁画花草带有巴洛克风，天使像如同中西混血儿。任安守的坟墓就在这座教堂旁边。与教堂一样，他的墓也是白色的。教堂还在装修，三个男人在里面涂着颜料。西面一片刚翻耕过的黄泥地里，任安守的墓静静地待在泥地一角。墓碑由三块水泥碑组合而成，中间为半圆形拱门，比人高，上面有任安守头像的浮雕，下面写有"任安守神父之墓"，两边低矮的方形碑写着他的生平。墓碑也是水泥刚刚抹过的。

墓碑后面是春天的野草，野草后是暗红的围墙，围墙后就是那座雪山。雪山顶上一朵白云，积雪与白云之间有一缕缕纤细的云相牵，如蒸汽袅袅，白云像雪山升上去的，雪山也像白云降落下来的。

1888年，任安守第一次到丙中洛，他那时是康定教区的神父。还没有走到丙中洛就被藏族、怒族人拦住了。与他同行的另一位神父被毒箭射中，落入怒江。任安守万幸死里逃生，跑回去了。

几年后，他又萌生了到丙中洛传教的念头，这一次他悄悄翻过碧罗雪山，几天几夜走到了丙中洛的白汉洛。怒族、藏族人知道消息后，他们扛着猎枪、长矛、弩箭来找他。任安守吸取上一次的教训，他带人先设下了埋伏，一场苦战，打死了几个人，进攻被打退了。随后，清政府维西厅派了一哨清兵前来保护。

普化寺是丙中洛喇嘛教红教尼玛派的寺庙。1773年，喇嘛杜建功翻过碧罗雪山来丙中洛传教，修建了普化寺。传说，杜建功喇嘛当年也遭到怒族人的抵抗，怒族的巫师"纳姆萨"组织几十人的队伍要把他赶出去。喇嘛施展定身法术使前来围攻他的人动弹不得。不久，又有上百人拿着大刀、长矛、弩弓来驱逐他，杜喇嘛把堆在山上的芋头轻轻一吹，芋头砸向人群，砸伤了很多人。怒族人于是信服了。喇嘛教传进了贡山。

任安守来丙中洛传教，普化寺的喇嘛是最激烈的反对者。攻击任安守的人就是受了喇嘛的幕后指使。但没有凭证，任安守不能说什么，于是，他施以恩惠，首先与普化寺活佛兰雀治格一世修好。没有喇嘛干扰，白汉洛第一个天主教教堂很快就建起来了。

1905年，滇西北维西、德钦和四川的巴塘，藏民起来反对天主教，丙中洛普化寺的总管事古洛早就对天主教怀恨在心，天主教信徒做弥撒圣祭时唱诗、圣体、圣乐、盟誓，做圣事时洗礼、敷油，过圣诞节、感恩节，婚礼也在教堂举行……这一切他都看不顺眼。他三次向任神父发出驱逐令。任安守都不予理睬。

古洛与藏族的高玛昂珠、怒族的甲旺楚匹密谋起事。旧历七月十九日，几百人聚集到了丙中洛。他们走过倾斜的坡地，冲进白汉洛教堂，这时任安守已经跑了。甲旺楚匹带人在渡口拦截，与保护任安守的清兵相遇，一番苦战，甲旺楚匹战死。占领白汉洛教堂的人听到噩耗，一把火烧了教堂。"白汉洛教案"一时惊动中外。

法国政府发出抗议，清政府派兵镇压，普化寺不得不赔偿白银三千两，古洛被处死，任安守被授予"三品道台"官衔。

教案发生后，白汉洛教会一位叫熊烈的人，把分散的教友聚集起来，想重建教堂，让失望的教友重生希望。他努力传教，教友们受到他的感召，都想为重建教堂做一点事情。

任安守再次置生死于度外，又一次翻过了碧罗雪山。

丙中洛教堂重新建起来后，他到重丁村建了第二座教堂，接着秋那桶也修建了教堂。他宝贵的年华在怒江峡谷中流逝着，苦心经营二十年，到了1924年，天主教信徒发展到了一千多人，建立了6座教堂。这一年，美国基督教耶稣会传教士莫尔斯到了贡山，三十年代后，基督教在丙中洛开始传播。

东西方的神灵峡谷相会，狭路相逢——

傈僳族的《创世记》仍然在每一栋千脚落地房流传。尼扒、尼玛们以巫术走村串寨。他们熟悉周围山崖溪谷里的每一个鬼怪与神灵。

天主教、基督教神父也走村串寨。他们为人治病，那些治疗感冒、咳嗽、腹痛的普通药，在缺医少药的怒江显示了神奇的效果。他们给人施舍衣物，高价收买农副产品，借钱给贫困的人，欠债者只要入教会债务就可免除。他们还搬来了手风琴、留声机，演奏圣乐，播放唱片。他们办教会学校，教傈僳族、怒族青年唱圣歌、学习教规、礼仪、汉文和他们创制的傈僳文。见尼扒、尼玛施行法事，传教士也搞起了"圣灵降临"，圣灵降临的人驱魔、治病，预言世界末日，宣告只有信教者才能得到上帝的拯救，复活升天。甚至，到了后来他们宣称傈僳族的加尼就是他们的上帝。

一个名叫史蒂文·海富生的医生在自传里写到神父传教："傈僳族人所了解的他是一个爱他们并常和他们一起来往旅行的传道人。他会跟傈僳族女孩子们晚上一起睡在稻草上过夜，甚至会从独根竹缆上跨过怒江。还有一次他骑着一头驴，正走过山间的一条小溪时，那头驴突然停下来低头去饮水，他就从驴背上翻滚下来，滑过驴头直掉到水里。他能说傈僳话并已经在教他们唱圣诗！"

另一个神父就没有这样的好运了，他得了疟疾，再也没能走出大峡谷。

六库到丙中洛，三百公里的怒江大峡谷，佛教、天主教、基督教、藏传佛教和万物有灵的原始宗教都在这一长廊聚集，寺庙、教堂、玛尼堆随处可见，几乎遍布于每一个村寨。

大峡谷宗教争夺战，情景与今日超市嘈杂的商品推销没有半点关联，即使最激烈的竞争也是很寂寞的。峡谷不但与外面的世界隔绝，峡谷里的人也分散在各个山头，在山道中攀登行走，半天也难遇见一个人。神父们的孤独如影随形。

为消磨时光，白汉洛一个叫沙伯雷的神父带来了一个足球，他一个人在青稞地里踢来踢去，只有上帝当他的观众。来自挪威的神父，经常翻越碧罗雪山去维西茨中教堂与教友相聚，他因此爱上了爬山。他制作了一个滑雪板，每爬到海拔4000米的雪山上时，他就一路滑雪下来。任安守神父热爱种植葡萄，他想念法国的美酒，就自己动手酿制起葡萄酒来。他把法国的酿酒工艺也带到了丙中洛，一直流传至今。

丙中洛变成一个美好的世界，是各路宗教相互承认，互相包容之后。和睦相处的结果，是信仰喇嘛教的人可以到寺庙打鼓念经，也可以请村里的尼玛与喇嘛一起打鼓念经，甚至可以请"纳姆萨"祭鬼祭神。万物有灵的原始宗教并没有消亡，人们仍然笃信每个奇峰怪石、每棵大树、每一条箐沟都有自己的神灵。丙中洛有十座著名的神山，如嘎瓦嘎普峰就是甲衣更念其布神。如此繁多的神灵、外来宗教，就是佛学神学造诣再深的人，也弄不清众神灵的名称，念经打鼓做佛事时，他们也离不开当地的尼扒尼玛，如果弄错了神灵，不仅不灵，还会引火烧身殃及性命。

这种包容，不只是神职人员之间的，信徒之间也十分宽容。一个村寨可以有寺庙也可以有教堂；一家人，既可有天主教信徒，基督教教徒，也可以有喇嘛教教徒。丙中洛最早是怒族人居住的地方，藏族占据主导地位后，其他民族都学会了藏语，藏族人也学会了讲怒族、傈僳族和独龙族语。至今，村村寨寨民风淳朴，互帮互助，信守承诺，平等友爱，充满着温馨。

在秋那桶，我甚至看到了两种风格并存的楼房。青稞地里，两栋黄泥筑的楼房并排而立，坐西朝东，西面土墙开藏式的方框窗，屋顶是由木条和石瓦片盖的，架空在土楼上。屋檐的杉木板上涂了深蓝的颜色，这像藏族的土撑房。我穿过青稞地，走到房子的前面，楼又变成了怒族的木楞房了。阳光下面，房内显得昏暗。一大家人刚从屋里出来，送一个出门的男人，一时不适应这么强烈的阳光，都眯着眼睛看我。老妇人举着手里的壶，要给我倒茶。

五里村有一段茶马古道，是从山崖上凿进去的。一个背着孩子的妇女与我路遇，我问那个一片阳光中的村落名字，她说那里就是她的家，她邀我去她家里做客。见我犹豫，就拉着我的手往村里拉。一群赶集回来的人，说说笑笑、打打闹闹从我们身边走过。他们的背篓里装着衣服、饼干、可乐、包谷酒、食盐、猪饲料等。他们兴奋是因为自己获得的东西，而非交易的得失。他们不认为自己出售的农产品珍贵，他们更珍视的是自己没有的。尽管大瓶可乐背得人满头大汗，背去的是一个现代社会的谎言，但这给他们制造了真实的快乐。这快乐是大都市久违的快乐。

从秋那桶往滇藏边界走，干爽的高原气候越来越明显了。雪山越来越多。阳光清澈得融化了时间。心灵是这么宁静。怒江的水转过一弯又一弯，它在为自己歌唱着。我早已不在乎能不能到达西藏了，我只想随着江水不停地走下去，只愿阳光永远美好，江水永远喧腾，青山一重又一重，双腿的筋骨坚韧，就这样把时间忘记在秋那桶的峡谷中。

死亡预习

祖母的棺椁刚刚放入墓穴中，乌云就像一件迎面扑来的黑色披风，把北方的天空遮得严严实实。那扇形的云团的潮水翻腾着滚动着，迅疾漫过了头顶。随之而来的风，压弯了刚刚泛绿的草叶。第一次感到风的浩荡是如此广阔如海洋般伸展，灵魂仿佛随风荡起。那是一种全身心的抚慰和交融。死亡的压迫这一刻也如风一般轻飏而去。雨点稀稀落落砸向这片平坦无奇的土地，稀稀落落送葬的人群走入不远的村庄。

刚才还是鞭炮齐鸣，鼓乐喧天，顷刻一片沉寂，静得雨点打在新泥上的声音都能听出一声长长的"嗤——"来。人生本为寂寞，过往的喧嚣只是虚幻的假象。奶奶已经离人群和熟稔的村庄而去了。这片低低压下来的黑云，像另一片广袤而空虚的大地，像灵魂飘荡之息壤，空虚的奶奶不再是这个沉甸甸的黑色棺木，天地之间哪一棵草哪一把土不是她灵魂憩息的家园？抓起一把黄而发褐的泥撒向如脊的棺椁，"咚"的顿挫一声，我感到了自己对泥土的异样感情。

少年读"亲戚或余悲，他人亦已歌。死去何所道，托体同山阿。"直到今天才领会诗人的心境是怎样的一种苍凉。儿时躲在奶奶的怀抱里，以为就躲避了外面世界的黑暗和恐怖，以为一生都有安全的港湾，不曾想到这黑暗也会带走我世上最亲的人。

那天夜里，我像坐在黑暗的中心，只有一盏长明灯忽闪着，世界的光明全在这一豆灯火里。儿时的我每一次见到它，不知有多么恐惧。

今夜，它终于平平静静地走近了我，它悄悄在我面前燃烧，等着我给它添油，告诉我生命无可躲避的它，无须你接受，它就从遥远陌生而变成你身边之物。就是这普通的煤油倒入杯盏之后，即刻成为阴阳之间的圣物。想到奶奶的灵魂正注目着它，这虚幻中的虚幻是怎样的令人精神恍惚。我在惊悚又亲切中靠近它，独自送奶奶的灵魂上路。

　　长明灯之外，万物沉睡，害怕死神的孩子早已躲进妈妈的怀抱，进入了甜蜜的梦乡。春天的雨落在沉睡的河床上，落在刚刚冒芽伸叶的茵茵草地上，落在青青泥瓦上，落在寒冬最后的退却与春季的迟迟之上，落在 20 年前的少年和 20 年后的中年湿漉的记忆上……雨是今夜悠然而来的古乐，诉说远去岁月的瑟瑟和切切，点点滴滴，雨淋入了泥土的深处，淋在了回忆与回忆的深处。30 年前的祖母是温暖的被窝，是长夜的纺车声；30 年后的祖母是一堆白骨一抔尘土，可以在 5 月的风阵里构成风沙天气。只有绵绵雨滴敲打着她的童谣我的梦境，敲打着她年轻丧夫又丧子的辛酸和哀伤，敲打着洞庭湖上时光的寂寞飞度……像今夜，雨总是这样冰凉，这样空蒙，像黑夜的囊囊的跫音，像无声电影的黑白画面，那是没有生命的影子踏出的一首骊歌和丧曲。春天的雷声，孤独的巨人，惊不醒沉沉大地千古之梦。我走进一条长长又昏昏的洞穴，半夜，祖母的灵魂气流一般围绕在我的周围，长明灯迷离扑朔的光亮是怎样一点一点变换着离奇的图形……滂沱之雨在感觉的外面肆虐。

　　奶奶，我至今仍固执地认为，亲人不存在死亡这种事，死只是邻人的想法。那一天送你出殡，跪在一片稀泥里，我甚至冒出了别弄脏自己裤子的念头。我所做的一切似乎与你有关又与你无关。死亡是这样模糊，不可理喻。哪怕经历了漫长之夜的冥思苦想，也依然一片迷蒙。我常常在你暮年的时候梦见你死去，我伤心得从梦里恸哭而醒，结果发现你依然健在，告诉我只是做了一个长长的梦。我想，哪一天我实在想你，我就痛快地哭一场，直到自己哭醒，你又会活过来告诉我，做了怎样一个长长的梦。这样的事情至今在梦里反反复复着，我不知道哪一个更加真实。现在，当我在梦里意识到这只是梦时，哭醒过来了，你却再也不见了。

走在长长的送葬队伍里，乡亲们纷纷走出家门，为你点燃一串长长的鞭炮。紫烟缭绕中，我们为你制作一个死亡的仪式。我像一个容易走神的演员，扮着生疏的角色。死亡是没有仪式的，只有那高亢的唢呐声揪住千古不易的哀伤时，悲痛像骤雨一样涌来，撕心裂肺一扫而过，永诀的感觉是怎样一刹那的刺痛心口。

这是死亡的感受吗？奶奶，你曾无数次憧憬着它。最后的10年，你几乎是有点陶醉，你一件件制起了寿衣、寿帽、寿鞋、寿被……一件件把它们折叠得整整齐齐。每次我从远方回来，你就一一把它们拿出来，并交代我这样或那样摆放的位置，你甚至就像在准备自己的新嫁妆，你总不无憧憬地说：我死了，你回来看看，人死如灯灭，没什么好哭的。烧不烧冥钱，你笑笑说，那是骗世人的。你最早制的寿衣甚至被你放旧了，你最先准备的棺木甚至变成了别人的嫁妆……随着太阳不断地升起落下，你一步步走近了死亡。

在遥远城市灯火迷离的夜里，我接到你的噩耗，我是那样平静，只有身子有点机械地发抖。父亲告诉我，你在等我，几次问到我是否回来了。合上眼睛的最后一刻，两颗老泪从你那深陷的眼窝滚了出来。你要把你最后存起的一点钱交给我！

见到你，你平静地躺在沙发上，像平常熟睡了一样，什么都不曾发生。我坐在你的身边，却不知你去了哪里，这就是死亡吗？真的有灵魂西归？死亡真的是化土成灰，是草木的枯枯荣荣循环往复？

多少次，我动笔写这篇悼念你的文章，多少次提起笔，就止不住泪如雨下。第一年，总是开了头就写不下去；第二年、第三年，一稿又一稿，像你坟头的萋萋芳草，一枯一荣里留不下能经风霜的常青藤。已经是第四个春秋了，我已身在千里之外的南方，每当想起长江边的潇潇秋雨打在那垄枯草嗦嗦的坟土,想起纺织娘不眠的吟唱陪伴了你一个个漫漫长夜的孤寂,想起平原上挡不住的寒风刮走了你坟地的草茎,想起归乡之路,不见游子归来的踪影,奶奶,两地相顾茫茫,我以怎样的倾诉,才能使你泉下有知?

灵魂高地

玛尼堆和风马旗

在过昂仁22道班，拐向阿里北线的路上，一望无垠的大地，布满银灰而锐利的石头。仿佛进入了一个没有生命气息的星球，宇宙呈现了荒芜而令人窒息的可怖景象！

汽车在寂寞地向前狂奔，没有房屋，没有人影，甚至没有动物的踪迹。

但是，若有若无的道路两边，却垒起两道石头堆，它是那么壮观，与苍茫大地一样延伸向天际尽头。它们虽然只由几块石头垒成，高不过几十公分，却无法再往上添加了。

这些都是藏民垒的。而经过这里的藏民，有时一天也看不到一个。这些简单的堆砌，一定从数百年甚至千年以前就开始了！多少人走过后，一人一块累积，这几乎成了生命的计量。我突然感觉到了这些出现过的人，他们组成了一个互相看不见的人群。但他们通过石头看到了彼此。这是一种信仰的传递，是一种对于天地苍灵的持久叩问，是对于生命秘密的不懈追寻！

藏民把这堆积的石头称作玛尼堆。

大多数玛尼堆石头上都刻有六字真言。上面插着木棒和树枝，还有羽箭和牡羊、羚羊、牦牛的双角或整个带角的头颅骨。信徒们每经过一处玛尼堆必丢一颗石子，表示自己的祈祷。人们认为丢石子就等于念诵了一遍经文。没有石子也要以骨头、布片、兽皮或羊毛、头发代替。面对玛尼堆，藏民高呼"拉索洛，天神必胜！恶魔必败！叽叽喳喳！"

于是，玛尼堆年复一年地增高，有的已是形如小山，有的堆成了一堵神墙，成了人世与神祇的界限。

玛尼堆上飘扬着五彩经幡，它与玛尼堆一起产生强大的威力，神灵们仿佛就在这里驻足，与体内的灵魂相互接通。旷野之上的神灵，其威慑力量比寺庙还要强烈。你往往是独自面对它们。就像你独自面对一座荒原。

在穿越藏北无人区的高海拔山地，没有帐篷，没有人影，一天难以遇见一个人，但每翻过一个山口，几乎无一例外，最高的山顶上，必定有飘扬的五彩经幡和经幡下的玛尼堆！

它使孤独的旅行者感到瞬间的温暖，也感到了飘动的经幡上，那散布的神秘气息。畏惧的不只是荒芜无边的大自然，还有无处不在的灵魂。

经幡由白、黄、红、蓝、绿五种颜色的方布组成，上面印有佛像、菩萨、护法、宝马驮经、宝塔、曼陀罗（坛城）、经文、六字真言、咒符等图案，印得最多的是宝马驮经，一匹矫健的宝马，佩饰璎珞，背上驮着象征气运兴旺的"喷焰末尼"，四角分饰虎、狮、鹏、龙，它象征的是天地万物众神。白色代表的是纯洁的心灵，黄色为大地，红色表示火焰，蓝色象征天空，绿色则为江河。而鹏、虎、龙、狮代表的是生命力、身体、繁荣和命运，马就是人的灵魂。

高原游牧区，牧民每一次迁徙，搭好帐篷后，第一件事就是系挂经幡，以祈求周围神灵的护佑。朝圣者千里万里走过荒漠和高山湖泊，也一定扛着经幡，以求神灵使自己免入迷途或遭遇灾祸。在农牧区，藏民春天开犁播种，耕牛的角上也披挂了经幡，那是向土主地母神致意，祈求五谷丰登……

在藏东，特别是金沙江两岸，经幡漫山遍野，遮天蔽日。有的村庄以丝质经幡层层系挂，叠成了撑天大伞的经幡塔，它成了人们祭祀的场所。在林芝，经幡成了一面面竖立的旗帜，它们一片片组成了壮观的旗林。风每吹动一次，经幡就代主人向神诵读了一遍经文。它是关于生命原初的幻想、追求、渴望，是对于灵魂世界的张扬和昭示。

在寺庙、在民居、在路口、在桥头、在村边、在河湾、在渡口、在神山圣湖……经幡与玛尼堆无处不在，神灵无处不在。

大地上的幻想

高原行路是孤独的，却有永不停止的幻想。满脑都是关于神灵的联想与幻觉，心永远在虚幻的天空与实在的土地间飘游，自我在不断扩散着，灵魂有如轻盈的蒲公英，不知飞翔在哪一重天地哪一重时空里。

在都市，永远关心的是生存，是现实的利益，几乎忘掉了还有灵魂的存在与诉求。在高原，灵魂凸显出来了，现实的利益消失了，人进入了梦，轻盈而无忧。

在饥饿与险境中，我从昆仑山、唐古拉山进入卫藏腹地，从藏北无人区走向号称世界屋脊的屋脊——阿里，又从冈底斯与喜马拉雅山脉间的峡谷地带抵达最南面的普兰和樟木，从世界第一大峡谷雅鲁藏布大峡谷穿过，深入藏东横断山脉的深山峡谷区，无论多高多险的山，无论怎样远离人烟，无论经历过什么样的生死之难，山顶的玛尼堆和经幡总会准时出现，像神灵们的幻影相随。这是大地艺术还是大地幻术？

记得在大峡谷遭遇大塌方，两面塌方向我逼来，塌落河谷的山体犹如隆隆列车从耳边呼啸而过，我向着满布热带灌木的山上攀爬，衣服湿了，沾满了腐叶和泥土；几千米高的山，从热带雨林到冰天雪地，爬得人气若游丝，精神崩溃；傍晚逃到山顶，一片经幡的旗林，就像从天堂里呈现，那是一种怎样虚幻的景象！我因为它而看到了门巴族人的村庄，意外获救。

在翻越喜马拉雅山脉上的多雄拉山时，经历狂风，暴雨，雪崩，险径，从高原进入南面山下原始森林中的墨脱，是一条死亡路线。山顶，同样有玛尼堆！在同行者惊慌失措跑过山顶时，我却被它震撼，待在这堆零乱的石头前，脑海里充斥了神秘的妄想。一时忘记了自己遭遇的死亡威胁。

阿里扎达布热，人烟稀少，一座玛尼堆呈现在一条山谷里，两道形若长堤的玛尼堆，中间夹着的是一个巨大的圆形。长堤形的石头长以百米计，堆积的石头数千万。每块石头上都刻满了经文。若非神力，什么人能把这么多的石头刻上文字，又从遥远的地方搬过来？站在山坡上看，它就像是外星人的杰作。

我感到了一种非人间的力量。

普遍而又最简单的石头，却能表达出对于最神秘的生命的幻想。当世界步入奢华的时候，它是荒芜，当世界都荒芜的时候，它却具有了灵性，它呈现的是生命的意蕴。

辽阔无边的大地上，死亡消失了，你永远都寻觅不到它的踪影，找到哪怕一座坟茔。而一个灵魂的世界，在你走上高原的那一刻，就一直在向你展开。无处不在的经幡和玛尼堆就代表了高原的历史与现实、人间与天堂、今生与来世、生存与梦想、生命与轮回、灵魂与永生……

第四辑　文明的脸

脸

一

这片土地与一张脸连在一起。这张脸三百年不死。

三百年里,这张脸几乎没有变过,看着就要尘土一样随风而去了,却在一些不经意的夜晚又呈现出来,呈现脸的灯光一次比一次强烈。什么都在变化,但这张脸总是在隐藏、在呈现,不曾消失。不消失的原因——父亲带着儿子,儿子带着孙子,孙子带着曾孙,一代又一代的人,总能坐到脸的面前,痴迷地欣赏着这张脸。

这其实也不只是一张脸,而是一张又一张的脸——在脸上不断传递的一张脸谱。

甚至不完全是一张脸谱,是脸谱后面流传的爱恨情仇,最古老的忘恩负义、仗义行侠的故事。人可以不同,但爱恨情仇不变。

第一次看这张脸我还年少。父亲激动的脸庞泛着酡红,那些日子,从不唱戏的他,哼起了思夫调。几乎当垃圾扔到阁楼上的二胡,随着一阵翻箱倒柜的响声被他寻了出来,拭去厚厚的灰尘,就吱吱嘎嘎拉了起来。那一个夜晚,昏暗的汽灯挂在台前柱子上,挂灯的人攀上高高的木柱,像完成一件历史的使命,全身无处不奔涌过剩的力量。咝咝燃烧着的汽油灯,像一个毛茸茸的瓜,"叭"一声着火,蓝茵茵一团,转而变成雪白,耀眼的光芒倾泻向茫茫黑暗。台下照着的却仍然是昏暗的人群,望不到边际的人看到了灯光,灯光却照不到他们,黑暗涂灭了他们的脸,但他们觉得世界一片光明。他们的眼睛从黑暗中燃烧出光来。

那张脸出现在木板扎的台上,人群骚动了,像一湖战栗的水波,一种幸福的感觉电流一样把人接通,所有的呼吸都调成了同一个节奏!那一刻,我像一滴水融入了一条大河,看不到了自己。我在哪个位置,能不能看到台上的那张脸已不重要,重要的是我在人群中,在那张脸出现的仪式里。个人在其中奇迹般消失了自己的孤立感,感觉到与集体合为一体的巨大温暖。

这个晚上,花鼓戏被一群种地的农民自发地搬上了舞台。他们白天下地出工,收工吃完晚饭换上干净衣服就赶到了排练场地,练起来一招一式一丝不苟,那份投入,那份神圣感,就先把自己感动了。

七天前,一面鲜艳的红旗高高飘扬在乡村的天空,在洞庭湖平原,这是一种宣示——花鼓戏要在这里开锣了!它就是一颗燃烧弹,点燃人们焦灼的期待。多少年来花鼓戏被禁演了,人憋得不能呼吸了。人们思念那张脸,那张脸能奇迹般地把他们对这个世界的冤屈和喜悦发泄出去。

花鼓戏开禁了!奔走相告的人传染着一种表情,全都是喜气洋洋的表情。像过节一样人们看重那张脸,那张由他们自己创造出来的脸,那张祖祖辈辈看过来的脸。这张脸,如同春天不可或缺,带来了一年一度的播种。如同居住在茅草房里的人,天然生长的同情弱者、仰慕侠义的心肠,不可挫败。

戏刚拉开帷幕,那张画了一道黑一道红一道白的脸,拖着长长的或白或黑的胡须,手扶袍带,迈着坚定有力的方步,在铿锵的锣鼓声里走上了戏台,这是生角——一身正气为民主持公道的清官;那张白得面无人色贼眉鼠眼的脸,一定是佞臣贼子、无良小人——丑角,在诙谐的鼓钹声中一步一缩蹿上台面……正义邪恶一清二白,无人不追捧正义唾弃邪恶!

多年喑哑的喧天锣鼓,敲打在心坎上。真是久违了——为听锣鼓,有人端午节凑齐了鼓、钹和铜锣,找来一条木船,就在村前的汨罗江里敲打起来。龙舟赛禁了,敲打一下锣鼓以此来怀念一下从前的热闹和快活总是可以的吧?小小的木船坐不了这么多人,船到江心,船舷一歪,木船翻扣到了水里,锣钹就像一枚枚金色的月亮飘飘然沉落江底。打捞者一次次潜入水中,锣钹就像熄了的月光不觅踪影。

却偏偏有人不喜欢甚至害怕这么激越的鼓声,害怕这样的大忠大奸昭示于天下,启示于民众,他们害怕这世道人心,这来自茅屋里的善良正义之心。正当《辕门斩子》戏中包公秉公而断,王子犯法与庶民同罪,正义将要伸张,丞相之子正被腰斩,拖拉机的灯光扫过黑压压的人群,它像一头发怒的野兽,轰响的机器驱动着铁轮,冲向人群。

毕竟黑暗太深,汽灯的光过于微弱,老百姓忠奸分明的心已经燃烧。直到车轮碰到了人,有人发出了尖叫,人们才蚁阵一样溃散,木椅木凳的倾轧声响成一片……

农民们愤怒了,他们爬上车,砸毁了车灯,把拖拉机上的人拖了下来,用麻绳五花大绑捆了起来,绑在了台柱子上。

激越的锣鼓又敲起来了,大忠大奸的戏继续往下唱。那张花脸一声断喝,木板扎的舞台震荡,人群震荡。一句发自胸腔的哀调拖腔,长歌当哭,二胡急弦如泻,鼓点如雨,直唱得人心颤抖,血脉偾张,泪水滂沱。

捆人的人第二天被抓,看戏的人随即全都自发地一路追去,把小小乡镇团团围住。

放人的呼声此起彼伏。这是正义的呐喊!

人,安然无恙地放出来了。从此,那张脸经常出现在乡村的夜晚。人们会为一个精彩的唱段喝彩,会为一个眼神、一种传神的步态、一副好的嗓子而兴奋不已,遇上熟悉的戏,人人都唱上一段,都来一番评头品足。生、旦、丑是常见的角色，《宝莲灯》《秦香莲》《十五贯》《讨学钱》《白蛇传》《贫富上寿》《打芦花》《刘海砍樵》等是常唱常新的剧目，古今的悲欢离合、爱恨情仇就像古老的江河一样不停息地流过这块深厚苍茫的土地。

二

岁月倥偬，白驹过隙。转回头，人到中年，故园别梦依稀。

从都市回到乡村，中间隔着二十余年的岁月，我与父亲又在一起等待着那张脸，那张二十多年什么都在变唯独它不变的脸，父亲对它仍抱有一份欣然的感情。

我们沿古老的汨罗江堤岸赶了夜路而来。

这是一个秋天的晚上。我站在人群的最边缘，闻着身后野草的气息，它荒芜张狂如狼群扑面。习惯城市灯红酒绿生活的我，感觉如处荒野。

一栋红砖泥瓦的农家房屋，地坪里聚集了两百多人。花鼓戏的锣鼓敲得激越，人们坐的坐，站的站，有全神贯注望着台上的，有眼睛看着台上，私下里交头接耳的。最后面，骑在摩托车自行车上的人，是随时准备离去的……

乡村夜晚的空间是灯光掘出来的，像矿井的掌子面。我从灯光明亮的人群望向紧挨在身体四周的黑暗，那里空无一人。在舞台的右前方，灯光照不到的地方，我看见了月亮。它像个不速之客。它不是今晚的，而是很久很久以前被什么人遗忘的。此刻，它与我有着某种隐喻关系。舞台后面的一栋房，它在月光里也像是在黑暗中，像遗弃了许多年，荒凉在时间的深处，地老天荒的荒凉。眼前这个近在咫尺的热烈场景也影响不到它，它是生活的遗迹，现实里的一道布景；或者热烈的场景在这样寂寞的乡村就像一块无法遮身的布，一盏微不足道的灯，我看见来自田野的掩饰不住的荒芜！它像狼群在包围这个空间，让灯光照不到的地方呈现荒芜。

一个中年男人的笑脸从挤得密密实实的手臂与腰身间冒出来，眼里的喜乐、自得，月亮一样明确，不能掩饰，它照到了我的脸上，也照在每一个人身上。他端着一个盆子，盆里盛着乡间产的发饼，还有香烟、瓜子。发饼大如月饼，松薄、无馅，像一个愿望，从他一双粗大黧黑的手里有力地跃向你。那种慷慨一如土地向人类馈赠粮食。我想到拒绝，我不能随便接受陌生人的礼物，哪怕只是食品，它在乡村也是珍贵的。

但我还没有拒绝就看到了他的快乐受到了挑战，他的愿望乌云遮月。在我犹豫的片刻，那双拿着发饼的手抖动了一下，它感到了威胁，因为他在贿赂，它伸向我的手充满了恳切、讨好与强迫，这让我意识到热闹的场面来之不易，如果缺少了这样的礼物，马上就会荒芜。我的拒绝被人为地赋予了鄙薄的意味——对这份礼物的不屑。他的慷慨也显出了几分伪善。

这个中年男子的笑脸僵硬一刻后，又在每一个人面前出现，有力的大手伸了一次又一次，有着永不衰竭的热情。而接受他礼物的人大多面露欢欣。

我想起下午见到的一张脸，是一个小伙子的笑脸。他开了出租车来长沙接我。他一路都在说话，介绍乡村的变化，他家里的情况。他在自己家里悄悄开了赌馆，聚赌的人到了半夜，还要他拉着去长沙嫖妓、消夜。他说话声调柔和，语气谦恭。他为自己找到一条赚钱的路而高兴。

派发大饼的人也同样是谦和的。他的钱来自于长途贩运，他把各家喂养的生猪收集起来，运往广东。这钱里面包含着扣养猪户的秤、路上给猪灌水等一系列做假动作。他快乐骄傲，因为他可以有能力为自己的父亲做寿，可以出钱请来戏班唱戏，可以派发饼干香烟瓜子招待乡亲，可以打破乡村的寂寞，显示自己的富有、慷慨和优越，也许还有孝心。唯独我没有与他分享。

这些脸与台上的脸相比，更耐人寻味。

此刻，激越的锣鼓声突然息了。闪烁的灯光亮了起来，一闪一闪打着滚。电吉他手甩着长发上场了，与人一样高的音箱，声音如决堤之水。一张涂脂抹粉面无人色只有口红如血的脸出现，一个摇首弄姿的女郎装腔作势学着电视里的歌星情呀爱呀地唱。肥硕的屁股扭来扭去，劣质的话筒嗡嗡鸣响，架子鼓震荡的声浪，恶狠狠地像要撕裂乡村的宁静，像要反击荒野张狂的气息。但它走不多远，就被黑暗和寂静吞没，那声嘶力竭的叫喊像泄气的皮球，没有中气的声线像剥皮的树桠，露出干涩苍白的内质。

穿牛仔裤、染了一绺一绺红头发黄头发的年轻人，跟着节奏摇晃着。他们是无所事事的一小撮，大多数人已出远门打工或做生意去了，有的因此迁往了城市；赋闲在家的夜夜呼朋唤友赌钱打牌，下赌注买六合彩，他们以此与自己寂寞无聊的人生作着不息的抵抗与耗费。

在外赚了钱的拆了昔日的茅草屋，盖起了红砖房。他们见识了外面世界真实的作奸犯科，贪污腐化，看到了善心被辱天天上演的活剧，忠奸不再动于心，是非不再问于人，甚至有人自己亦蠢蠢欲动。

那张依然在乡间流行的脸，昔日的威严不再，老生的表白一唱三叹开始显得不合时宜。

我看到那张脸在幕后躲躲闪闪，已没了当年的自信，当年的睥睨。老人们昏花的眼睛透过歌星舞动的手臂和屁股，看到了脸的永不改写的图案。他们还有一份不变的期待。等着这喧嚣的声浪过去后，那古老的方步依然走到舞台的中心来，仍然伴随着生活，进行不变的伦理纲常诠释。这张脸象征了古老的秩序？不死的古道热肠？那握着的袍带、抚着的胡子、摇动的翎子、翅子与扇子，那有板有眼的扑、跌、翻、打，一招一式，都在他们心坎上温存着，存念了几十年。这程式化相传着的表演，在他们看来也许正是生活不能失范不能无序的宣扬。

野草的气息扑腾，舌头一样拱动强烈的记忆。上午，我看见疯长的野草覆盖过沟渠，从路两旁海啸一样涌向路中央，欲淹没一切。高过人头的草，让隐身其后的村庄也只有屋脊呈现，它们像海浪里的船桅，像汪洋中的岛屿。而岛屿上只有老人孩子间或晃过的身影。青壮年人像出海捕鱼的渔民，消失到了城市欲望的海洋。荒芜感是杂草涌向胸口！

回想二十余年前的村庄，同样是乡路，却修饰得整整齐齐，寻不到草的踪影。村舍是稻草的平房，高大、排列有序。平整的稻田，秋天的稻浪一望无垠。热情的乡亲见到归人，总是关切地嘘寒问暖……

故乡，一张张有血有肉的脸越来越模糊时，或者这片土地离我越来越远时，这张舞台上的脸越来越像一个符号了。它转而在表达一种怀念，一种生存的艰辛，呈现出世道人心的变与不变。

世界不再由这张脸以生、旦、净、丑来概括，不再被表现得面目分明、忠奸美丑自分，人生的爱与恨从此模糊不清。

三

今夜好大的月亮，我在月光中陪着父亲回家。

走过拦江堤坝，野草都退去了，歌声、锣鼓声也退远了，人群无影无踪，一江银光如带。江底的月亮是个失落的少年，天上的月亮是异乡曾伴乡愁的婵娟。走在水中央，人像风在飘。江水，一如漫漶的时光，江上雾岚轻纱里迷失的前尘，一朝消散，逝不可追。

想着这岁月深处遥远的脸谱，这乡间生长并流传的民间娱乐，泥土气息的乡谚俚语，古老的一幕飘然而至——

荆楚之地，曾经的田夫野老、荒陬蛮民，农事之余，即事而歌，即兴而舞。他们自认为是日神、火神的后裔，袍衣裙袖上染饰了艳丽的颜色。旷野草地上的一场祭祀，巫女涂抹妖冶，以色相诱请神灵。男巫扮神，女巫做人，神人相恋，歌舞狂放，尽情嬉戏。男男女女打情骂俏。

巫师傩仪迎神还愿中这张脸出现了，"击鼓载胡，傩舞逐疫"，脸应律合节，配合巫之歌舞迎神驱疫。神案戏、傩愿戏就在这张脸的演绎中成形。这张脸代表半鬼半神的世界。

脸谱，代表人的出场是远古时代逝去之后，人，经历漫长时光才成为舞台的主角。

玩灯的歌舞上，脸谱是快活的象征：龙灯、狮子灯、蚌壳灯、采莲船，一边起舞一边玩，踩着锣鼓的点子，高兴时，亮出歌喉把小调唱一唱，于是，乡间野调一唱众和。加上说白和情节，脸谱于是分出生、旦、丑，戏于是形成花鼓。

先辈们创造出这张脸后，正月里闹花灯让它隆重出场，二月里庆花朝，三月里清明祭祖，五月过端午，六月里迎神，七月盂兰盛会，八月聚中秋，九月度重阳，年末守岁，开年迎春，这张脸都在快活的人群里舞动。甚至婚礼、丧礼、做生做寿、新屋上梁、开镰割谷、新米尝鲜、赛灯、赛龙舟……这张脸也不能缺席。寂寞的岁月里，那激越的锣鼓和唱腔让人心性燃烧，那爱恨情仇让人长久地唏嘘回味，并引发深深共鸣。

居住于洞庭湖畔，人如镜中花，水中月，生命在时间的风中如阵阵涟漪而逝，总把新桃换旧符。而生命的舞台之外，留下了花鼓戏。锣鼓一声，历史的尘埃拂起，如空泛的灵魂舞蹈——那悲欢离合的剧情正是前人生活——如烟岁月的留痕。

脸谱、锣鼓、戏装，它们对于我，还是一种乡愁。在异乡边地，它成了我对这片土地最好的怀念。多少记忆在这些对比强烈的色彩和造型中隐匿。多少乡情在这熟悉的色彩和造型中寄托。如果人生没有这些描绘得火辣辣的脸谱、衣服、道具相伴，没有这些散发着泥土味的唱腔与舞蹈，没有故乡人的歌与哭，人的生存会多么简陋、荒芜！一代又一代人靠什么能够相联相系呢？异域栖身的游子又用什么来独自承受那份浓烈的乡愁？！

鼓点，敲过即消失，但声音却能在大地上长久留存。那张脸离开活生生的生命，却能把一辈又一辈人的爱憎是非传递。

四

二十多年前，一个薄雾的早晨，我离开了故乡——这片父辈们刚刚从洞庭湖围湖造出的田地。我突然获得了一双外人的眼睛来打量它：我看到了茅草屋下走出的一个中年妇女——一个我习以为常的情景，她蓬头垢面，恍惚间，却像从土地下面钻出来的——生命从土地中诞生，来得那么直接？！那一瞬间我感受到了荒芜——那么简陋——只是这泥土就衍生出人的生命？故乡人艰苦的生存，也许只有花鼓戏能帮人活出一点精神来，活得像个人。

而今不见了茅草房，光鲜的衣服不再沾染半点尘土。但我同样感受到了荒芜。

荒芜，并非萋萋荒草，而是一种断裂。戏，在这块土地上演，已非传统剧目。却是活生生由人出演的活剧。一面鲜活的脸孔向一张脸谱迅疾转换——

回城数日，那一个开出租车接我的小伙子的笑脸——被人谋杀了。出演丑角小白脸的是他的朋友——跟他学车的徒弟。师傅教会徒弟开车。徒弟开上了出租。看到师傅生意好，徒弟把自己生意不好的原因归咎于师傅。徒弟约来师傅，在师傅开车时，用铁锤连连猛击师傅的头部，直击得血肉横飞……

扛着血肉模糊的尸体，徒弟在汨罗江滩边挖了个浅坑，潦草得连师傅的脚都没埋进土里去，甚至连自己溅满鲜血的衣服也懒得洗一洗，就把它塞到了自己的床下。

钱，让人如此疯狂；杀人，如此心安理得！欲望张开了它幽暗的深壑。这哪里是古老剧目容得了的剧情！爱恨情仇，与情爱无关。现代人进行的是一场金钱与物质的白刃战！是一场冷酷的杀伐！

一阵密集的鼓点："锵、锵、锵、锵……"我看到那踮着脚尖在鼓点中奔上台的小生，嘴里连声喊着："冤、冤、冤、冤……"长发甩动，披散一肩，满眼都是荒凉的光，那是一出花鼓戏中被害冤魂上路的情景，这也是那小伙子的惨况啊！在车水马龙的大街旁，我把帽子拉低当成脸谱，激越的锣鼓顿时就在耳边响起。一声断喝，我愿为惨死的小伙唱上一段申冤的唱词，送他的灵魂上路——

只是这戏词如何编写，才是他的冤情？这剧情紧追生活的步履，舞台也是广袤的时空。只是这脸谱，三百年无须有变！

复活的词语

一

火在旷野里燃烧，天空正在暗下来，一如混沌初开的世界，与土地不分。火车在大提速后像一把锋利的剑，刺破着昼夜交替的时序。特快车，一扇大的窗玻璃与外面的世界相隔绝着，好像是车外的世界在奔腾、在水流一样逝去，与这个保持着恒温的室内世界没有什么关联，它只在人的一瞥之间出现，电视图像似的虚构。原始的火却突然出现、熊熊燃烧。大玻璃的车窗上玉米秸燃着的火一团又一团，撕碎的纸页一样闪现，又不断地消失，涂抹着大段大段空白的思维。像不绝如缕的时间，它跳跃、燃烧，绝不熄灭，让车内张望的人走成一路烽火，忘记了那些夜色里错过的站牌。这些把简化汉字写在混凝土上的站牌，呆痴僵硬地站立着，它们对应着河南地图上的站名。有的站名却是中原大地喂养至今的古老名字，史书里有着汉文字最繁缛的写法。

村落朦胧，人踪不觅。已是二十一世纪的第二个年头了，秋天正在大地上深入，野火中的时间却让人模糊不辨，像穿越一沓年代暧昧的书页，口中喃喃念着的是一个词——薪火相传。

于是，词像在火中复活了，词句在寻找自己的灵魂，祖先的古老灵魂。我看到了二十年前的中原，我看见夏天绿油油的庄稼——看到青年的我第一次看到中原。或者更远的只能想象的如烟的岁月……

这是两年前的一番情景，我在一列由南向北的火车厢内浮想连连。

此一刻，又是两年后的一个现场：阳光如洗，春天正在土地里漫漶。一望无边的田园，一垄垄麦苗涌入天际，青青亮亮，像遍地的杨树青青亮亮。所有的青亮都来自这个春天，来自土地里保存的一次次生命的喷发。——它们仍是一扇大玻璃窗上呈现的风景。甲申年四月二十四日，我从郑州到菏泽，高速公路上，空调大巴里，感觉自己是一个瓜，有许多的种子放在了自己的瓢内，像被揭秘的遗传密码。轮子疯狂转动，中原在轮子里展现令人绝望的辽阔。东方的太阳与西方的太阳，同一天里洗亮了麦子的光芒、濯亮杨树的青绿。"所有的田野是小麦的田野，所有的村庄是同一个村庄，所有的杨树是同一排杨树，甚至所有的春天也是同一个春天。只有黄河越流越高了，它到了土地的上面。"随手写下几行文字，一个词在沉浮，慢慢抵达咽喉——逐鹿中原——几乎是脱口而出了。

麦地里是什么？无非一些低矮的村舍，秦砖汉瓦上开小而矮的窗。麦垄里还有人，一闪而过的人，看不清在干些什么，荷锄的，背喷雾器的，都有。你是没法停下来去问一个村庄的名字，或者一座城邑的方向的。那曾向荷锄者问路的圣人，慢慢的木质的车辕辘滚过去两千多年了。一切都不再需要了，道路上的路牌把赶路所需的信息都标注得明明白白，大地上的河流都由钢筋混凝土的桥梁穿连在了一起，你的全部行动只是把一双眸子呆望汹涌而至的田园。偶尔想起少年的某个片段，那喷雾器渗漏的药液打湿了衣背，不知道是汗水多过药液还是药液多过汗水。那渐渐抽出稻穗的水田，泥浆、腐草与阳光混合的气息在鼻尖真切地飘浮，不像是记忆。那时，觉得它要淹没自己的一生，像无边无垠的稻田从早穿梭到晚，永无尽头。那些绝尘而去的汽车呢，它是那么强烈地牵引了少年的视线和幻想……

再想到古往今来的奔跑。在一个速度的世界里，马背上的时代已经作了浮云苍狗。祖先的祖先，都在中原大地安静地躺了下来。

马背上得来的土地，古老地图上的世界，那些本不明晰的国家边界都在小麦的根系下悄然泯失，这些以姓氏为名的众多国家，遗下一些地名，就像桥梁，企图去联结起一个合纵连横的世界。在撒野的机器的速度里，冥想着一些古老的词汇，把它当作一种回退的速度，突然就看到两千年前的麦苗——春天的小麦，两千年前的小麦——它们有不由时间而改变的面目。

二

菏泽，一个不敢断定自己是否听说过的地名，不会比一个不常见的词语更熟悉，模糊中觉得与某种花卉有着关联。陌生地方的太阳，显得异样。它在麦尖上沉落，与边远之地一同被忽略。拔地而起的依然是楼宇，水泥的长街投下了浓重的暗影。大玻璃的窗浮着晚霞——别无二致的城市街景，模糊的是悠悠岁月。历史的影像消失了，城池就是一茎麦苗，岁月的古木早已砍伐得连一堆木屑也没有留下。这个黄昏呈现的菏泽是乡野的———一种与田园直接嫁接的荒凉的城市——像春天拱出的一茬麦苗。

没有一样确凿的物证能带来某一个久远年代的消息。譬如古曹州，譬如西周最早的诸侯国曹国，更早的尧和商汤，伯乐，孙膑，归隐的范蠡，孔子学生衙门外弹琴的宓子贱，刘邦的登基大典与迎娶吕雉，曹植的《洛神赋》，黄巢的义旗，梁山的好汉……在一本书中，它们全都在这片叫做菏泽的土地上出现。但是书本之外，水泥长街浓重的暗影里，连时间的向度都显得可疑。读这本小小资料之前，脑海里无知得如同一片干干净净的玻璃，我的昏聩与钢铁的速度，陷一切景象如无物。我不能从钢筋混凝土的楼宇读出厚重的历史。唯一的，菏泽人把一种牡丹花张扬到极致。

一群人从四面八方汇拢来，为的就是一睹国色天香的牡丹。去公园，牡丹却已凋谢；绵绵春雨中到黄河之滨，去东明看横跨黄河的钢筋混凝土的大桥。春天的黄河，流水浑浊、湍急，丢下戴在头上的芍药花的花环，它一路飘落，低低地落到水面上，随流水而逝，让茫然的情绪陡生于高空无依的桥面。风渐强，雨渐急，零星的车辆呼啸而过。

　　花季，只在转眼间远去；逝者，亦如花环，一路沉浮而下；风雨中折身回城时，身后茫茫旷野全是烟云紧锁。

　　坐到小小书房，想起齐鲁大地上的这片烟云，循着文字的路径，就看到那个驾着马车周游列国的孔子离自己是这么近，在烟雨一般迷蒙的岁月，他的马车和弟子，在各个诸侯国的边界穿行，宽大的袖袍为长风所鼓荡，木质的车轮压出深深的辙痕，一为出仕，一为"仁"与"礼"。他的克己复礼的理想就驮载在一辆缓慢的马车上，他的人生也在这漫长的理想中慢慢老去……青年的庄子骑马出门，浪迹天涯，一为理想中的世界，一为拯救人的灵魂。诸侯们的权谋与未曾止息的战争是他们出走的背景。而这个神游宇宙的人，与惠施蒙泽论争游鱼之乐，在漆园当一个安乐的小吏而不肯出仕，只愿作濠濮间想，对亡妻鼓盆而歌，面对死亡也要出走，不愿留踪迹于人世……这一切又都可能发生于菏泽。一次文人的聚会，竟懵懂到无人知晓菏泽是庄子有争议的故乡。心里的羞愧让人看一眼书架上的《庄子》就觉得有一种耻笑自岁月的深处漾来，让人想到侏儒这样不无讥讽的词。的确，文人的堕落于这个时代之甚，立德、立功与立言，只剩最末的一项成为当世追名逐利的勾当。

　　文人们聚在一起，宾馆里，各个房间窜来窜去，相识的、或者有过联系但没见过面的，都在一个个房间互相观面。开一个大会，大家在台上各自讲演作文的体会。这就是现代文人交往之一种。彼此抚慰、宣扬、惺惺相惜。地方官介绍当地情况，他们也没有提到庄子。庄子永远是在野的。因为他的反政府立场，他的不合作，他的无政府主义与自由主义的理想。在庄子故里，乡人为他建的寺庙简陋得就像乡村人的灰房，与曲阜堂皇的孔庙相比只能让人惊得瞠目结舌。

自认为是楚人，我的出生地洞庭湖一带曾是庄子南游楚越、探访古风走过的地方。南郢沅湘一带，曾属"左洞庭，右彭蠡"的三苗九黎之地，地僻人稀，势弱位卑。楚人废止礼仪，不遵教化，是中原人眼里的蛮夷。但在庄子眼里，楚国的田夫野老、织妇村姑，甚至荒陬蛮民，都能即事而歌，即兴而舞，天真烂漫，无拘无束，他们以超凡的想象来弥补知识的欠缺，用与大自然的水乳交融、浑然无间达到对生命和世界的认知。他们相信自己是日神与火神的后裔，喜爱鲜艳浓烈的色彩，袍衣裙袖都饰以艳丽的颜色。他们尊凤贬龙，青铜器皿与手工艺品上，凤翅高扬，抽挞龙脊。他们巫风炽盛，旷野草地上的祭祀，人们嬉笑怒骂，任性而为。青年男女打情骂俏。绝色巫女，涂抹妖冶，以色相诱请神灵。男巫扮神，女巫做人，神人相恋，歌舞大胆狂放，尽情嬉戏。楚民的纵情山水、放浪形骸、诡思横逸、善解音律，正是庄子所向往的非毁礼法、傲视王侯、率性任真的理想生活，是真正的为人之道。

这个破衣烂衫行走于帝王宫殿的人，这个卖葛屦于市、垂钓于濮水之上而不做楚国宰相的人，他一生反孔，坚定地认为："圣人不死，大盗不止"，是圣人使这个世界有了是非观，有了不平等，人心因此不古，他以七窍开而混沌死来启示世人……这个人，几乎与我走在同一片土地上，近得烟雨中的轻响都生出步履的幻觉——一个逍遥的灵魂就在文人们的背后，在横折竖钩的汉字里，也许，正惊奇于作家们蝇营狗苟的写作。一个来自昔日楚地的人，早已面目全非了。我的祖先曾在他的面前舞蹈和歌唱。在与统一政权同样强大的儒家文化教化浸淫下，我与中原的菏泽人早已没有了区分，满脑的仁义道德能不叫他唏嘘？

两千多年来，失意的文人，他们的心灵都在庄子那里找到了精神的慰藉。文人们进则儒家的治国平天下，退则庄子的归隐自然，天人合一，甚至帝王将相者如康熙，也在北海和承德避暑山庄修建濠濮间和濠濮间想亭，平民百姓更把他的寓言文章当作道教的经典《南华经》，从心灵超越并解脱于世俗功利的羁绊与苦难。东方文化与自然和谐的诗意也从他的思想中生长出来，成为艺术审美的至高境界。

庄子却隐于无形，一间小小的茅寮，孤独地立于东明县庄寨村，这个只是他传说的故乡之一，我也失之交臂。在东明县境的黄河边，迷蒙的雨幕里，满眼只有杨树的青绿，一路走来，再无别的怀想！在那块大玻璃的下面，雨水一涤荡，一切出奇地干净。

三

从郓城水泊梁山，过直如箭矢的京杭大运河，平原上出现的山冈如惊鸿一瞥。梁山的好汉出在礼仪之邦的山东，像梁山一样，也是平原上的奇迹。然而，水泊已干，上梁山，汽车可直接开到山脚下。水泊里的麦子和槐树，与村庄一样的安详。几把唢呐奏响，山东汉子黧黑的腮帮吹得高高鼓起，清越之声声震洼地。几分激情全憋在声音里，不像郓城武校的学生，可抖落在刀枪棍棒上。那一声声呐喊，的确能让人想起黄泥冈的行径。黄河早已几易河床，为防洪涝，黄河边的居民，世代砌筑房屋全都垒起了高高的土台。

午后刺目的太阳驱逐天地间的阴影，只余上下一片蔚蓝与碧绿。依然是奔跑，我停下车来，走到麦田边，掐了一根麦秆，鼻子闻着流出绿色汁液的地方，清香像来自空中。比起南方的水稻，它清冽的香味愈见温润、浓郁。想起岭南四季不绝的绿色，眼前的绿只来自这一个春天——它们绿得清新粉嫩。

曲阜把自己古老大屋顶的阴影投射到地上，把又一个黄昏投射到旅程。渐浓的暗影里，黄昏显示出了时间的古老。古老的暗影，勾出的是人零星的想象。阙里宾舍以大青瓦屋顶示人，在明暗对比强烈的阴影中，闻着暗处的气味，觉得鲁国陈腐的气息像陈年的干果。静卧客房，空调吐出丝丝凉气，窗外四合的庭院，一面却是孔府灰色的古老城墙，西斜的光线就在这灰暗墙影里一寸寸黯淡。想起大地上的行走，当年的庄子随着魏国使团的车队来到曲阜，那样的黄昏，洙泗河畔都是士人飘然的儒服，儒士们头戴圜冠，以示通晓天象，足履句屦，以示明白地理，身佩玉玦，表明有事至而断的能力。在庄子眼里，他们却全都徒有其表。庄子对儒生的嘲讽，让鲁侯不快。两人打赌，一纸布告贴到了城墙上：不懂儒道而着儒服者杀。戏谑的开端只不过为了鉴别儒生的真假。这一天，早晨还是满街穿着儒服的人，到了黄昏，大街小巷就寻觅不到一个穿儒服的了。庄子知道，仁义礼智之类不合人性的东西是不会有人真喜欢的，儒士们的行径只不过为了讨好鲁侯，博取功名。

　　孔子与庄子，两个人的车轮在曲阜一前一后碾过，一个为着出仕，一个奉劝诸侯们退位，去做一介布衣，过人的生活。一个为统治者提供全套的政治理论，一个为人类心灵的自由贡献智慧。他们坐在马车上，都只是一介落魄的文人。只是后世的儒生们捧着孔子的衣钵走向了庙堂，而庄子永远只在江湖流播。

　　改变是从刘邦来到曲阜后开始的。那时的孔庙只是简陋的家庙，由儒生与孔子后人供奉着。以皇帝之尊来拜祭孔子，刘邦是第一个觉悟的皇帝。这个与项羽争夺天下，把投奔他的儒生赶走，并拿他们的帽子当尿盆的人，临死前想到了仁义礼智，想到了他的江山更替，特地从他的家乡沛县赶到了曲阜。于是，皇帝们开始了一场接力赛，一个接着一个来到曲阜，不断加修孔庙，不断封号。连孔子的后人也鸡犬升天，被封为衍圣公。他们住在孔府里面也像进行着一场接力赛，不断升高官衔品位，不断增加荣华富贵，到后来，就连给孔府送水的人也不能入内，只能把水倒入院墙外的石槽口。何等森严的"衙门"！一个在世如丧家之犬的人，从此成了各州县兴建文庙来供奉的唯一圣人。与民间百姓修建庄子的小庙相比，这一切全都是"政府行为"。

孔子之堂皇，整个曲阜城都成了他的追思之地。孔庙、孔府、孔林成了一座城市的灵魂，它宏大的规模使之成为现今中国三大古建筑群之一。供奉孔子的大成殿，重檐九脊，黄瓦飞甍，周绕回廊，与故宫太和殿、岱庙天贶殿同称为东方三大殿。孔庙内碑碣如林，古柏参天，苍鹭群憩。那些碑碣都是皇帝们的杰作，掩蔽在华亭之下，其形表颇似一场超时空的书法大赛。三千亩芳草萋萋的孔林，竟大过一座曲阜城，但它只是一个尸体的展示场，入园者仅仅因为血统得以入内。如此漫长的延续，它几乎是一件时间的杰作，历朝历代封建政权陈腐之气息全都吸纳入土了。它成了世界独特一景。

庄子，只在菏泽东明庄寨村灰房一样的破烂小庙里躲避风雨。他的后人更如芳草野地，无迹可寻。他的任其自然、虚静无为、无功无名的学说，只在民间安抚失意的文人与备受欺压的百姓心里。然庙虽破，但它后面却是浩荡黄河，千里奔腾，千年不息。

阙里宾舍边，一条小食街，人头涌涌。从依稀的睡眠里醒来，天空就已黯淡无光了。光亮要靠街边的路灯。只见穿露脐装的齐鲁女子，步履散淡，身姿摇曳，在灯光里拖着一条条长长暗影。

徜徉密集的食摊，引来招客声一片。油锅里飘出的香味，向着两旁的屋檐飘散。大屋檐下有上百年的老宅，暗处里闪出一排排彩灯。无光的天仍然蓝幽幽，深冷色调显得纯净，像灯箱广告，像一张巨大的彩纸，包装下了眼前的一切，欲把岁月挡在天空之外。世俗的烟火呢，就是年年的小麦，冒出地面后，一茬茬长大，又一茬茬消失。在它之外，似乎只是虚空。

坐在一家餐馆，点了一桌所谓正宗的孔府家宴，一款普通的豆腐也卖出了天价。不信真有相传千年的口味，这肉已是饲料肉了，水也被污染了，大豆内含了转基因，火也由柴草变成了燃气，有什么现场不被时光卷走的呢?!

　　清晨时分踏进孔庙。阳光清冽如泉。突然就想起不遗古迹的菏泽，想起它的行旅中，自己像一股飘扬无思的轻风，犹如此刻的阳光，拔擢我不至于沉陷历史的深潭。想到梁山的好汉想反就反了，聚义厅里，一碗鸡血酒，义气干云。路见不平，拔刀相助，那样的古道热肠，那样对正义的舍命呵护，好汉们的身后已经式微了。梁山峰顶，只余青石白云轻风。一声喟叹，从孔庙密集的飞檐间看天，天空正飘过一朵白云，想到鲲鹏，想到其展翅九万里飞行的幻景，乘天地之正，御六气之辩，以游无穷……对着孔庙重重深入的石头牌坊，对着石鼓、石柱、石级、石头的怪兽，庄子的"至人无己，神人无功，圣人无名"的名句像出自本能默诵而出，于是心灵生出磅礴的抗拒庙堂的力量。

　　没有了大玻璃的车窗，只是站在弘道门的石级上，就感觉到了一种速度，像火车穿过中原野火，俯冲过岁月。在这样一个急遽变幻的时空里，眼前的景色只是一堆石头、木材、瓦片和砖灰而已。

湘西的言说者

湘西是个不可言说的地方，因为她的神秘，因为她的不可言说。但言说湘西的人却都因为言说湘西而出了名。沈从文就是写湘西出名的。作家中，孙健忠、田瑛与沈从文一样都是湘西人，都在自己的语言世界里言说着湘西。有论者说到田瑛，与沈从文、孙健忠比，他是第三种湘西。每个人的笔下都是不同的湘西。可见这个地方的丰富性是难以靠语言尽说的。

湘西有一大批自己的言说者。散文家石英曾跟我说，很奇怪湘西那个地方，名不见经传者，写起湘西的文章来，一出手就是大手笔。我知道的就有蔡测海、彭学明、向启军等出手不凡的作家。龙迎春走的却是另一条路子，她写的一本《品读湘西》成了畅销书。书中写的不过是凤凰这么一个小地方，内容无非风俗、地理、人情，以散文笔调来写，主要目的还是介绍她的家乡。有时我不免想，是湘西那片神奇的土地，还是她的文字，一本关于一座县城生活的书么广受欢迎？真是个谜。

音乐家谭盾那些巫鬼一般的音乐，灵感也来自湘西。而他的这个音乐却是最先锋的。有一年，他把自己最先锋的音乐带回到沱江边，与最原始本土的苗歌同台演出，却出奇地和谐。画家黄永玉也是凤凰人，他的画最具中国传统文化、民间色彩，但他却是一种创新。他们又是湘西的另一种言说者。似乎，这是一块言说者的圣地，一个人类艺术出发的地方。

这种奇特现象，也许与湘西人生活的矛盾性、不掩饰遮拦的人性分不开。

湘西是一个充满矛盾的地方，凤凰似乎更为典型。这座边地小城，过去是个驻军的地方。扛着刀枪的士兵从怀化一路走来，走到沱江边，从一道石头砌筑的门楼下经过，就到了凤凰城下。城楼檐角高翘，像永远的眺望，每一个走近城池的人，都在这样的高墙下暴露无遗。尽管扛着刀枪，在那时的山水里行走，却并不能耀武扬威。那是个充满仇恨的年代。历代朝廷对苗民实行弹压，恃强凌弱被视为常理。苗族的历史充满迁徙，这也是争斗的结果。武力几乎成了解决问题的唯一方式。苗人在湘西的崇山峻岭中扎下根来。他们并非软弱，他们也是一个强悍的民族，只是寡不敌众。中央王朝实行屯兵镇苗政策。汉人都是扛着刀枪来到苗人地区的。当然，也有随之而来的商贾。

碉楼墙濠残痕旧迹，就隐没在凤凰的葱山绿水之间。从吉首经凤凰往贵州铜仁的路上，村寨的名字叫什么炮台、什么哨、什么堡、什么卡、什么碉、关、濠，都是武力解决问题的年代不肯湮失的物证。凤凰县名也来源于凤凰山上的"凤凰营"。人们称它边城，因为这里是汉人与苗人的边界之地。在这边界之地甚至修筑过长城。明万历年间，为彻底抵御生苗造反，一道苗长城在这里修筑起来。凤凰大大小小的山头上，仍可找到一些古长城的青砖残墙。

我曾无意间看过湘西匪患的真实写照，它比武侠小说还要刺激。民国初期，长沙一个报社的记者进入这个地区，他把一路见闻写成连载——流血的尸体、出没的匪帮、恐慌中躲藏的苗民、绑架……像是天方夜谭，像另一个世界发生的事情。

然而，湘西人生活在这样的环境里反倒出奇地人性化，这个地方最大的特点就是率性而为，无拘无束，他们笃信神灵，诡思横逸，傲视权贵，大碗喝酒，大快朵颐，急了骂娘，结义了两肋插刀，动情了柔情似水……都是痛痛快快最本真的性情流露。他们以超凡的想象来弥补知识的欠缺，用与大自然的水乳交融、浑然无间达到对生命和世界的认知。

武力之下繁衍的生活却是生龙活虎、富于人情味。苗人、土家人活得精神，活得有情有义，生机勃勃。男子有火一样的血性，当兵是杆子军，不怕死，落山为匪，也很凶残；出外闯荡世界，能干出一番轰轰烈烈的大事业；但血性男儿到了外面世界，比任何地方的人更怀了一腔柔情，思念着自己的家乡；他们成就一番事业，当提督、当总兵、当将军，然而，也有不少当了艺术家，这些与人类心灵贴得更近的作家、画家、歌唱家，吸了天地之灵气，出手皆天设地造一般，美，又富于诗的意趣。女子呢，脑子里都是幻想，她们的多情让每一双眼睛都那么水灵、汪洋、澄澈；她们水样的柔美、活泼、不屈，任天性如草芥一样疯长。沈从文曾在《凤凰》一文中写到女孩"落洞"的现象，即与神相爱，"间或出门，即自以为某一时无意中从某处洞穴旁经过，为洞神一瞥见到，欢喜了她。……有时且会自言自语，常以为那个洞神已驾云乘虹前来看她。"这般耽于爱情幻想的女孩竟会因幻想而致死。这种十分奇异的幻想是不是也与艺术有着某种关联呢？

湘西巫术盛行，离奇之处，乡间流传人死后施以咒语，即可"赶尸"，让尸体跟着赶尸人走。楚文化的一切特征似乎都可以从这里找到。

一个刀光剑影的地方，对待文化，从兵士到普通百姓，却都充满着向往与神秘的感情。沱江边，一座七层高塔，白石青瓦，凤凰人建它是为了焚纸。写有文字的纸被当成神物在塔中焚化。勇敢的凤凰人到外面世界当兵，发达了就把钱财拿回家办学。三潭书院、文昌阁、竹庐书院……都是这些武将们做下的轰轰烈烈的文化事业。凤凰出的将领除了清代的二提督、六总兵、九副将和十四位参将，国民党军中就有7位中将和27位少将。"湘西王"陈渠珍也出自凤凰，沈从文走出凤凰的第一步就是到他的部队里当兵。

武官后面出来的是文化人，凤凰走出去的文化艺术界名人就有1913年任民国内阁总理的熊希龄、京剧名旦云艳霞、科学家萧继美、作家沈从文、画家黄永玉……

汉文化（主要是官兵、商贾）与苗文化在凤凰相交、融合，南方各地的文化因子在这里重新组合排列，形成了别具一格的凤凰文化。这种文化不只表现在那些出类拔萃的人物身上，还表现在民间。这是一片外人无法领略的风景。

湘西不只是奇山异水，民间的奇人奇事也特别多。

20世纪80年代我到了湘西。湘西文人与我谈得最多的是，某个村的某个歌王，他口若悬河，张口就唱，唱的都是绝妙的诗词。还有那些上刀梯的人，那些能看见鬼魂的人，你见了他们，总觉得有一股神秘的气息，像不是现实生活中的人。巫婆神汉，普通民众，对于灵魂鬼神都是虔诚信仰的。就是一根稻草，也会在突然间现出灵魂。一段幽闭的峡谷和山径，风也会像人的灵魂一样拂过。在吉首德夯，我看到一群打苗鼓的少女，那种生命力的勃发、张扬，来自于身体骨血的激情的飞越，让我热血沸腾。这种生命的激情，其他地方很少见到。从此，我的心就留在了这一片土地之上。有一段时期，我几乎每年都要来这里。

可以这样说，湘西诞生大艺术家，是因为有了这样一片丰富多样而又神奇的民间文化沃土。优秀的文化，都能从民间文化中寻找出它的根脉；昌盛的文明皆因为有深厚的民间文化孕育。民间文化枯萎了，就不会有真正意义上的文化繁荣。

而我们正遭逢民间文化的大枯萎，民间艺人、能人，相传千年的文化，都像物种消亡一样在快速消失。湘西这片最神奇的土地，也不例外。在这个科学主义成为新神话的时代，人类曾创造拥有的一切文明正在土崩瓦解。器物的新奇层出之际，精神的家园正在迅疾荒芜。最后，也许我们连乡愁也没有了，对自然、对人，也不再有热爱之情。

凤凰的一个小个子女孩龙迎春，她想到了自己民族的民间文化。在外闯荡多年后，她回到自己的家乡，跋山涉水，走村串户，记录并描写这样一种濒临消失的民间文化，寻找一个个活在湘西山水中的奇人。在人类生活正经历重大转变的历史时刻，她想到了保留，想到了文脉割断之后，世界不可预料的危机。她写出了一本《民间湘西》。这是一个即将消失永远不可再现的湘西，是大地上最诗意最生动传情的存在。龙迎春让他们走到了她的笔下，走到了文字当中，走向一种永恒。

她的举动让我想到了另一个人，当年湘西的知青、现在的世界音乐大师谭盾，他也挤出自己最宝贵的时间回到中国，去录下那些民间濒临失传的吟唱。他一定不只是把他们当成简单的吟唱。龙迎春和谭盾都意识到了这是我们自己真正的根，文化的根。是我们民族创造力的不竭源泉。最宝贵的东西正离我们而去，我们将成为没有精神家园、没有文化与生命之根的流浪者，飘在这个世界上。我们却不知痛惜。他们是先知者，是真正有觉悟的人。

山脚趾上的布依

这些山是没有山脉的,至少没有连绵的气势。它们散开来,一座座孤立,自由自在惯了,养出各自不同的性情,形状千奇百怪。没有谁管辖它们,它们是一方神灵。躺在田地里,把禾秧压在下面;拱出一个尖角,把玉米抖落到山下;或者叠成一堆,把本可走通的路、可以望远的视线给遮挡了。到处是石头,灰白,坚硬,散乱。云朵也成了天空里的石头,一朵一朵,要流水一样的风推着走。而地上黑亮的溪流,走着走着,就被石头扭变了形,水可走,而形不可移。它们从山间大石头上落下去时,也成了一朵白云。云贵高原上有许多这样的云。

我看见一条路从田野欹斜着走进一片群山,它是试探着走近这些石头山的,它弯了两弯,犹豫不决,还是走进了一座山脚,它在那里突然不见踪影。它被山吞掉了。我的视线在那里变得空空荡荡。我的视线也是沿着这条路走过去的。我的脸上出现了神秘的表情。我的想象转到了山的背面。那是一片山的丛林,原始、荒旷,又有几分妩媚。山朝我蜂拥而来,我迷乱的想象跋涉于歧途。很多个方向的山都在等着我的脚步。我的方位就是这样彻底丧失掉的……

者相,这艾,所戛,冗染,板赖,洒若,打嫩,孔索,者坎,平夯,必克……这些汉字,你认识但你不知道它们的意思。文字是汉民族的,但意思却是另一个民族的。这个民族就住在这些山的脚趾上。他们的先人走到山里面,抬头望一望天空,天空就像被围砌了被圈起来了，但仍不失辽阔，是一片可以属于自己的天空。地也是既开阔又封闭的那种。他们就用锋利的铁器在这里开垦出一块又一块的田和地，凿石砌墙，伐木架屋，再想想怎么称呼这些地方，给起个名字。也许不经意地，名字叫开了，这地方就成了真正的家园。

最早，到这片山地来的是远古百越族之一、南蛮化外之境的民族布依族。也有仡佬族，人数很少。后来，从东北方向走来了苗人、瑶人，从北方走来了彝人、回民。南方的历史是北方民族不断南迁的历史。汉人来西南，似乎是一个一个来的，选了最偏僻的地方，隐居起来。他们都在一座座山峰后面消失，不再继续走了。路被山吞掉了。山缠着人，人的脚也就不再朝前迈了。世世代代居住下来。晨雾中有了炊烟。

这土地古属夜郎，后称永丰，现在叫贞丰。位于黔西南布依族苗族自治州。

布依人把田野叫做"纳"，纳孔、纳坎、纳达、纳摩、纳蝉、纳核，都是田野上的村庄。一个地方的称谓就是一种记忆，从时间的上游一路漂流而下，带着祖先的声音。它们保存着布依古老农耕文明的记忆。所有的文明似乎都在山之间的田野孕育，与这一片天地相联系着。

先说必克吧。村子就建在一块巨大的岩石上。村口，一栋石砌的房，墙是石头墙，一块块方方正正，大可盈尺，石头就从墙下面的石板上錾出来。墙在往天空上升，石头的地却在往下沉降。天上落下的雨积在石坑里找不到路，就呆痴地僵在地上。一条浪哨河在巨石的一边欢快流淌，巨石轻轻地向它伸过去，像神灵的手掌捧起一条丝巾。这潭水却被囚禁在巨石之上，像一块囚禁的天空。

村里的房屋几乎全是石头的墙，就连灶、锅、凳都是。我看到村外的坟墓也是一块块石头围起来的。名字这时到了一块石碑上。人死了名字才上石碑，让石头记忆，让人慢慢忘记。人的记忆没有石头的坚硬。石头是布依人的所爱。它平凡而又神奇，对神灵的默想也通过石头来实现。纳蝉村有一根石柱"一炷香",它成了周围村寨祭拜的地方。一块石头,一棵树,一座山都具有神性,布依人把它们当作神灵拜祭,以求得平安、幸福。布依人的神就是自己家园的山山水水,都是自然之神。他们是泛神论者。

一家门楼贴了一副白色对联,主人说,对联是黄色的,时间久了它就变成白色的了。石头一样的白色。这副对联是:"守制不知红日出,思亲惟望白云飞",横批"望云思亲"。这家有一位七十八岁的老人前年去世了。布依人在亲人死后,每年贴一副对联,第一年用绿色,第二年用黄色,到第三年也就是最后一年则用红色,写上不同的对联来表达怀念。用整整三年时间来悼念一个人,这与汉人守孝三年相符。只是汉人一百多年来就不守制了。但必克这样封闭的村子还在守。对一个人的悼念,也许要一生,但现代人一忙,丧事之后就无暇顾及了。甚至连想一想的空闲都没有了。人这么快就消失掉了,像一条走到山间的路,转眼就没有了,像一股升到天空的烟,散开来就再也找不到了。

必克三种颜色的纸,绿、黄、红全都白了,他们在石头上刻下死者的名字与生死日子却不会变易。漫长岁月望云思亲,留下的怀想时间,大大小小如石头散落一地。

浪哨河是一条爱情河。浪哨在布依族的语汇里是男女谈情说爱的意思。他们喜好的方式是唱。只有唱才能绵绵不绝,才能汹涌澎湃。说是多么苍白,能把人的感情抒发吗?在月光皎洁的晚上,浪哨河潺潺流淌,群山都躲进自己的黑暗中了,像贴到天空的花边。风从稻叶上走过,比耳语还要温柔。这时歌声响起来了,木叶吹起来了。月光下的布依男女,把深藏心中的恋歌,像鱼放到水中、歌放到夜幕里——飞翔——飞过梦语,飞过树梢,飞过屋檐,飞过情人的脸庞,飞过黝黑的山坡……心是那样跳得急切,时光是那样一闪而过,流水把一村人的梦境带向不可知的远方……

布依人的歌是带翅膀的,她在夜晚飞翔,也在内心的天空飞翔。歌声群集的时候是布依人的节日。"六月六"布依歌节,稻子插下田了,稻花在大地上飘着清香,人们走出村寨,成群结队去三岔河对歌。三岔河林幽水静,像高纬度地区的风光,高远、开阔、清爽。布依女子头上白布缠出圆盘,像一道白练一条瀑布绾结在发间。蓝白相间的右衽棉布衫,黑色宽大的棉布裤,都是自己织出来的,像微缩的梯田,散发着植物和阳光的芬芳。男人穿对襟短褂,壮实精干,如山之石骨。大地上飘扬的歌声就像轻波荡漾的湖面,像六月炽热的阳光瀑布。欢乐与情爱使山水更绿了,使稻田里的禾苗疯狂地生长、拔节,一团团浓烈的绿意喷涌向太阳……

　　布依人的春节也成了歌节。小伙子姑娘们过完大年初一,就带上自己的行装,呼朋引伴,走村串寨,一村一村以歌会友。歌唱到哪人就住到哪。直唱到元宵节来了,才依依散去。

　　歌声结下百年姻缘,但他们走进婚礼后,也不肯舍弃浪哨。布依人新婚不同房,举行婚礼后,女方仍然回到娘家——坐家。男女双方可以像从前一样出去与自己喜爱的人对歌。快乐的日子多少年都不嫌长。只有女方怀孕了,一对情侣才成为真正的夫妻,住到一起。

　　浪哨河是必克村一支古老的歌,在大岩石上哗啦啦响。流水岩石上,老人把一道道白棉线拉成长长的一条,像另一种水流随岩石起伏。这是另一支古老的歌。我在守孝人家看到,一根竹竿上晾满了白色棉纱,棉纱把一间卧室分成了两半。房里满溢棉纱的淡淡清香。阳光从木窗射进来,棉纱就像一片发光的萤石,照亮房内的织布机、床、农具、墙上的悼词……

　　老人们把一根根棉线接起来,摇着木制纺车,进行纺纱织布的一道工序——绕线。然后是织布、浪布、靛染。那一股股雪白的线一丝一缕被抽瘦,像流水一样变弱。过程是那么漫长,像一种天长地久的相守,像水流一样没有止境。纺纱织布是必克妇女生活中的一部分,长长的布匹在分分秒秒里像庄稼一样长出来，一种安宁的生活和一种古老的信守也在生长。老人的话题与浪哨河水的话题成了同一个话题，都是关于悠悠天地的物事，都是永远的川流不息，潺潺有声。

一切慢下来了，白云停息了脚步，地上的阴影一动不动。生活没有匆匆行色。人生没有大不了的事情，不过生老病死。布依老人在絮谈，像一个大家庭的交流，温情漫溢。比起城里老人院孤独的老人，这里是一座天堂。

纳孔是另一种方式的生活。村边的水异样的宁静——三岔河是一个湖。秋天，湖面波光粼粼，像一群少女的明眸皓齿。山退远了，呈现出一块平原。远处出现的两座山峰，一定有着某种神奇的来历，她们就像大地上生出的一对乳房，逼真得令女人害羞，男人心跳。布依人称她们为双乳峰。三岔河水，也因为这双乳峰，像甘泉一样清冽甜美。

与必克不同，纳孔村的建筑青砖灰瓦，山墙是高过屋脊的风火墙，形似皖南民居的马头墙。正房墙壁为木板，木门、木窗与木板融为一体。最耐观赏的是各式花格木窗，精细、巧构、美妙。它们体现了布依人精致细腻的审美观，具有温情的建筑风格。在纳核，还有另一种风格的布依建筑吊脚楼。吊脚楼里时常有歌声飘出来。

进布依寨要喝三道酒，一道拦路酒，二道进寨酒，三道进门酒。锣鼓唢呐声中，一群男女青年举着酒杯，拦在大路上，唱起迎客歌。路边草地上，一群汉子在舞龙。一位女子举着酒杯与一群人一拥而上，挤到我的身边，把竹筒酒倒进我的嘴里。按习俗，客人不能碰酒杯。我就像是她的俘虏，由她灌着。她笑，嘴角一斜，羞涩又幸福……

舞是在纳孔村口的地坪上跳起来的。锣鼓声响，竹笛横吹，姑娘们柔软的身段似风浪起伏，一会闪转腾挪，一会轻歌曼舞，铜鼓舞、刷把舞、筛铃舞、纺织舞、斗笠舞……仿佛随心所欲，生产和生活用具皆成道具，有了审美的趣味。从辛勤的劳动，男女至诚的感情，到沧桑历史变迁，舞蹈表现布依人崇尚自然、纯朴坦诚的情怀。他们对人与人之间、人与神之间、古老文明与现代文明之间关系的处理全凭人的直觉与本能。这种不遵教化的天然质朴，也许与夜郎、荆楚遗风有关。它具有幻想的气质，和谐又充满了热切的情感。爱和宽容成为一个民族生活幸福的准则和保证。

布依传统音乐布依八音响起来了。它表现的是布依浪哨的场面。浪哨走进了布依人自己经典的音乐之中——

闲暇季节，人们拿出月琴、竹笛、勒尤等七种乐器，再加上随手从树上摘下的木叶，八种声音在乡村各自响起。后来，他们走到了一起，合奏起一种音乐。布依八音就这样形成了。它来自于遥远的祖先。一代又一代相传至今。布依八音表现了布依人从浪哨到喜结姻缘的全过程，音乐有弹有唱，用十二调叙述十二个环节：约人，上路，拦路，对答，喝竹筒酒，大开门，小开门，发蜡，敬香，点烛，哭嫁，发亲。八种乐器分别是箫、笛、勒尤、三弦、月琴、高音二胡、低音二胡和木叶。

坐在木板凳上，听来自遥远年代的音乐，和谐、宁静、怡然，如闻天籁。布依人表现爱情，快乐中有冲淡，丰富中有单纯，世俗中有超然、空灵、飘逸、超迈、悠远……声音有鸟鸣山更幽的寂静，而欢乐充满了禅意。

一起演奏八音的有老人、年轻人。老人盘黑色头巾，年轻人盘白色头巾。弹月琴的一个老人，身子矮小，张开的嘴露出一颗颗大牙。他粗短的身子左右摇晃得厉害，动作笨拙，但本真，他快乐，身心沉浸。

站在他身后的女子，也抱着一个硕大的月琴，她身子摆起来像一阵阵轻风，飘逸、风情、恬静、热烈。脸上露着浅浅的笑，像皎月一轮。她的笑，纯真善良，幸福甜美，情意无限。黑眼睛里的光迷雾一样，让人迷失了方向。她正是那个敬竹筒酒的女孩。

如何爱，在布依也是一种传统。爱情依然像布依八音里表演的那样发生。布依人一代又一代以祖先古老的方式相爱着。他们在多情的经历中尽情释放着生命中的激情。诗意的生活在山水间波光潋滟。

迷人心魂的音乐，老人的沉浸，女孩的笑容……温情深切，触痛心灵。抬头看风火墙上的金色夕阳，湛蓝天空缓慢移动的白云，突然地感动，突然涌起家的感觉。走过无数村寨，在这个石铺的地坪上被一种与乡愁有关的东西击中。我知道往后的岁月我会怀念这个地方，一个也许跟我没有什么关系，却再也不能忘怀的地方。它刻骨铭心。阳光，风火墙，民间古乐，笑容，田野，下午，三岔河，以及晃动，我像空气融化在风中。

晚上，与纳孔村布依青年手拉手围成圈，跳起扒肩舞。他们穿民族服装，个个喜气洋洋。跳完一曲，大家向燃着篝火的中心涌去，那里有一坛酒，插着许多吸管，推到前面的人就吸一大口。喝完酒，舞曲再起。欢快的舞步里，手拉得更紧了，篝火燃得更旺了，歌唱得更响了……今夜，幸福的笑容把夜空照亮！

在贞丰，生活又在重新出发。

背对夕光而飞

现在,是在意大利的上空。从巴黎戴高乐国际机场起飞时,我不知道航线会越过阿尔卑斯山,飞到这个地中海的半岛上来。与我一个月前从新加坡飞来巴黎不一样,那次是从希腊进入巴尔干半岛,入奥地利境内就一直沿着阿尔卑斯山脉北麓飞行,那时追着黑暗飞,大地一片漆黑,十三个小时都在夜色里穿越。

五月初,我乘车沿着现在的方向往南走,那时所看到的景象与现在所见又完全不同:高速路边,意大利的原野、村镇一一闪现,横贯南北的亚平宁山脉,在视野里一会近得岩石树木掩了山岭的清晰轮廓,一会远如一抹青云,米兰、维罗纳、威尼斯、圣玛利诺、佛罗伦萨、罗马……走进去了,又远远地从视野里退出。现在,它们全在我的俯瞰之下。凭着双眼细细的辨别,我在记忆的荧屏上寻找对应的场景。

一个多月前,我还不知道自己会到这个西半球的岛国上来呢!随着时间平缓地过去,我来了、经历了,又告别了,一切似乎是在安排之中,又似乎非我所能控制。

舷舱下的意大利已经退缩到了茵茵一色中,绿得酷似一条丝瓜,挂在欧洲大陆的棚架下,一直伸到地中海的深处。我已经清楚地看见亚得里亚海,它的蓝与大地的绿相交成一条优美的弧线。弧线闪耀着一层蓝莹莹的光,像从太空发出的光芒。它与我站在海滩所见到的情景迥然不同。那时我透过深蓝与雪白对比强烈的波浪,企图眺望到对面的克罗地亚。当年希腊人焚毁特洛伊的可怕之夜,埃涅阿斯遵照母亲维纳斯的叮嘱，背着残疾的父亲逃走。他就在这片海域漂泊流浪了7年之久，最后才从台伯河口爬上亚平宁半岛。他给意大利带来了特洛伊诸神，带来了拉丁人。是他的儿子开始建造罗马，开始了这个岛国的文明史。罗马强盛，它的士兵又是从这片波涛之上横渡，把帝国的版图不断向东推进，直到西亚遥远的幼发拉底河。

亚平宁葱茏的山脉在我的瞳仁里不断延续。曾经有过的金戈铁马、曾经轰轰烈烈的文艺复兴，早已与自然的山川没有了关联。偶尔，机翼下出现一小片、一小片的褐色，像山中的一个个疤痕，它们也许是废墟，分不清是耸立的石柱，还是坍塌后的瓦砾；是两千年前的，还是不久前的灾难。南方混合的岩石与红色土壤，多地震、火山。

当我终于同时看到半岛两边的海时，飞机已接近瓜蒂了。地中海像一块玻璃镶嵌了一块翡翠。海岸一线湖蓝。万米高空，大地的颜色会变得如此纯粹，是没有任何杂质的、令人心痛的纯净。

飞机滑出大陆，朝偏东方向进入海洋。陡然间，天地相融为一体，都是深蓝一色，飞机像飘出了地球，飘浮到了太空。我像浮在茫茫宇宙间，失去了速度，也失去了高度。

一朵云飘来，也同样飘浮着。

前方是希腊，将出现那座爱琴文明起源地的克里特岛。我正沿着欧洲文明传递路线相反的方向走，走向历史的深处、文明的源头。从巴黎、罗马、希腊、迈锡尼、克里特直到腓尼基。只是想象一下脚下的大地如何诞生拉丁文、基督教，如何成立了最早的民主政体，创立了最早的法典、哲学与科学，还有石头的建筑与雕塑的艺术，就不能对飞越这片时空无动于衷。

有一段时期，我总想弄明白，西方为什么选择了石头作为建筑、雕塑的材料，而我们选择了木材？从此东西方造型艺术就越走越远了，一个重科学、理性，一个重自然、感性，它的源头也许仅仅只是偶然间一个拿起了树枝,一个搬起了石头。后来,在寻觅中才发现那一瞬间竟在四千六百多年前。源头远在埃及:大约公元前2660年,一位叫伊姆霍特普的建筑师第一次使用石头来建造萨基拉城约塞尔王的陵墓。(在石头出现之前,人们使用黏土坯。)他用石头来建造坟墓与神庙,于是出现了金字塔、方尖碑。这与崇拜死者为核心的宗教有关。他要反映生命"永恒"的愿望。在古埃及人看来,住宅不过是人暂时的居所,而坟墓才是人永恒的宅邸。而雕刻则起源于对死者形象的复制,人们用它来接受灵魂。绘画也是从陵墓壁画中走出来的。几乎所有的艺术或者文明的起源都离不开宗教,它是人们对于死亡这一生命终极关怀的结果。人们对死亡态度的差异形成了不同的文明。

飞机就在这片海洋上飘逸着,仿佛机翼下的空间失去了时间。最早出现在下面的岛是褐色的,像一块鳄鱼皮,它也像是浮在空中,像云一样飘着,分不出远近高低。

一道窄长的山脉斜插过来,酷似侏罗纪的剑龙,每一个剑齿上浮有一朵白云,它们像一只只孤独的羊被一种神秘的力量拴住了,守在各自的山头上。

海的光滑平面上再无半片云影。

希腊的崇山峻岭已从海上飘过来,带着它浓重而神秘的云雾。希腊神话中的宙斯、狄安娜、维纳斯、丘比特等众神就聚居在云遮雾绕的奥林匹斯山巅。

有一座孤峰,头戴雪冠,刺穿云层,呈现在眼前,云雾蒸腾的气象不同凡响。这里高山深谷的险峻与褐色的土质已与亚平宁半岛大不相同了。在我的脚下,宽阔的海洋上面,岛屿散成一片的就是伯罗奔尼撒了,我几乎可以眺望到它东北向的迈锡尼的巨石的城墙和狮子门,尚武的斯巴达人曾从这里出发将对岸的雅典人击败。

一艘轮船航行在这片海域,若不是它的后面划出两道八字形的白线,还以为是模型摆在了玻璃板上。而我们呢,在船上的人眼里,也不过是一个小白点,从空中如鸟翅一般划过。

公元前12世纪,发明了B线性文字的迈锡尼文明在这里销声匿迹,不知是因为多利安人的入侵,还是自然灾害,或者其他原因,从此,文明回到令人难以承认的更为原始的状态。

克里特岛在机身的另一面,它在时间的更深处。它以众多宏伟奢华的宫殿雄视四方,克诺索斯王宫成为那时社会的中心。海上的商路全在这里会合,它成了地中海的霸主。狭长的岛屿盛产酒、橄榄、羊毛和纺织品。岛屿上的艺术、宗教及象形文字却受到东方埃及的影响,它是一个通向东方的桥头堡,开始了最初的欧洲与美索不达米亚和埃及文明的接触。

克里特岛上的文明被称作米诺斯文化,它的毁灭,同样不知缘由,也许是由大陆而来的人的入侵,也许是火山爆发,公元前1450年左右,克里特的宫殿被夷为平地。

正是克里特岛与迈锡尼构成了今日西方文明源头的爱琴文明。

一片轻轻的响声,由刀叉与瓷碗碰撞而发出。新加坡空姐推着餐车走来,我们在爱琴海的上空开始午餐。我已很久不用木筷了,总不由自主地想起刀叉与筷子所包含的奥妙,它们之间藏匿着中华文明与西方文明无穷的意蕴。空姐穿红黑交织具有东方繁复花纹图案的衣裙,就像当年欧洲洛可可时期,石头的建筑上刻满了东方花草纹的繁丽图案。东方人对于自然的爱好直到今日依然表达在自己身上。她们微笑着,温婉的声音恰似耳语。但职业的笑容却不再透露东方的神韵。

遥望巴尔干半岛与小亚细亚半岛间曾是俄底修斯漂泊流浪了十年的海域爱琴海,似乎那场半是现实半是神话的特洛伊战争不再那么遥不可及了。在希腊盲诗人荷马作的史诗《伊利亚特》里,克里特人曾积极参与了特洛伊战争,他们提供了80艘"黑舷船"去和特洛伊人作战。这场战争因抢夺美女海伦而引发。书中写道:"伊多门琉斯,著名的枪手,统率着克里特人……"

荷马的另一部史诗《奥德赛》写了希腊英雄俄底修斯在特洛伊战后还乡的经历。在史诗里,爱琴海有着紫罗兰一般美丽的色彩。主人公在与之搏斗中最终征服了她。而现在她依然这么蓝着,在我的眼里她比俄底修斯看到的还要蓝。

时间有着微妙的变化。由于时区的改变,巴黎现在还是正午,爱琴海的上空已是黄昏的景象。阳光也镀上了一层古铜色泽。这恰如在时空中演变的文明,充满朝气的清晨时期属于现在的西欧,而文明的发祥地依照时间的顺序一个比一个深地滑入暮色之中,它们的活力早已衰退。文明的历程就如波浪,总是后浪压过前浪,在西方文明系统内,西欧查理曼帝国战胜了西罗马帝国,罗马帝国击败了希腊,而米诺亚战争又使希腊打倒了东方的波斯帝国,波斯人打败亚述人,亚述人赢了巴比伦人,巴比伦人中断了阿卡德的统治,阿卡德结束了苏美尔人的历史。

我如同逆着一场场历史战争的狼烟飞向幽深的时空。

土耳其出现时,天空变得暗淡。空气中浮满了雾似的发光的浮尘,让人觉得是在深海泅渡。它深褐色的古老山川显得更加荒芜,它的陡峭山峰与深陷的沟壑有着显著的高原特征。许多山脉之上白雪皑皑。这片曾是特洛伊的土地,曾是奥斯曼帝国的小亚细亚半岛,一起参与过爱琴文明孕育的历程,它既影响了西方,又分开了东西方两个不同的世界。

飞机在越来越浓重的暮色里向着古老东方文明发源地飞。由瓦蓝转靛蓝的地中海,被出现于前方的黎巴嫩山脉切断。

一位肥胖的中年女人向我示意什么,我没明白她的意思。她又找前面的人去了。对方递给她牙签,我这才明白她在收集这种小玩意。我主动把餐桌板上的牙签送给她。她微笑着,向我表达谢意。在欧罗巴的土地上，我每一次问路、每一次寻求帮助，都能遇上这样善意的微笑。

　　一块特殊的土地以深沉而幽暗的面目出现。我离耶路撒冷是如此地近，以色列人与巴勒斯坦人的战火就在脚下燃烧着。我贴紧窗玻璃盯着下面的动静，担心误发的炮弹射向自己。这个遥远岁月里的叙利亚文明犹太人的区域，自《旧约》最古老的版本问世的那一天起，犹太教就从这里走向世界，这里还产生了后来的基督教与伊斯兰教。犹太人的神祇耶和华是宇宙的全能创造者和主，他选中以色列人作为他特殊意义上的子民。在以色列人的上空，我从渐次暗淡的光线里感到了天地的幽冥，如果主在，他应该离我很近。

　　眺望苍茫宇宙，我想感受一种特异的目光，那就是上帝的眼睛。由于这位无所不在的主，两个民族为着同一块地方争夺——他们都视它为圣地，地面上惨烈的流血还在继续着。那双无所不在的眼睛也应该透过苍茫的暮色看到那正在汩汩流淌的血与泪。

　　基督从这里产生，沿着西方文明传播的路径走向了欧洲、美洲；而伊斯兰教也从这里出发，走向了阿拉伯广大的土地。叙利亚文明对几乎占人类半数的民族的历史产生了深刻的影响。是这片土地上的腓尼基人，把东方的文明传到了克里特岛。希腊神话里，欧罗巴是作为腓尼基（现在的黎巴嫩）国王的女儿出现的。希腊的神宙斯变成了一头公牛，他把欧罗巴劫到腓尼基海岸，然后带到克里特岛。欧罗巴给宙斯生下了儿子——国王米诺斯。那时中东的文明和文字已经非常发达，希腊还处于野蛮时期。神话为后人诗意地解说了东方文明如何对西方产生了影响。

　　黎巴嫩山脉之后是中东的平原。没有了山脉的阻挡，苏美尔——阿卡德文明和埃及文明很容易就渗透到了这里，叙利亚文明在它的渗透达两千年之后，终于迈开了发明字母的第一步。腓尼基人用选自苏美尔——阿卡德表意文字和音素的巨大库存里的一些字组成的字母，写下了自己的作品。周围各部族的大迁徙大融合后，又使得它荡然无存。第二次才成功发明的腓尼基字母，又受到了埃及象形文字的启发。

长时间的飞行，乘客有的听音乐，有的看电视，有两三个拧亮灯在读书，大多数人盖着毛巾被昏然入睡，只有我亢奋不已。西方文明的发生地远去了，脚下的土地，让我感受的是她最古老的源头——那是流向西方的涓涓细流。爱琴文明的火光由东海岸的腓尼基点燃，而腓尼基又被古埃及文明照亮。于是，我看到了那位建筑师伊姆霍特普第一次使用过的石头传到了圣地，又从海上抵达了那座辉煌的岛屿，再跨海到了希腊，在那里，它挣脱了石头对于躯体的束缚，把朝向神的严正的目光转向了柔和的俗世生活，维纳斯从石头中诞生了，迈锡尼的巨石建筑城墙与狮子门诞生了，雅典的卫城诞生了，爱奥尼、多立克和科林斯式的石柱诞生了……相隔了茫茫的大海，雅典卫城的遗址与罗马废墟惊人地相似！石头的艺术又跨过了伊奥尼亚海！它不再是神祇的寓所而是帝王的宫殿了。从亚平宁半岛出发，石头的建筑与雕像遍及欧罗巴的每一寸土地！伊姆霍特普之后的大师争相辉耀！与这一切相伴随的是西方的宗教。

这跨越巨大时空的行为是令人惊叹的。人类的每一种文化一旦存在，它就会对后来发生的历史事件产生影响，甚至在它消亡之后也是这样，它的影响无形却强而有力！

在我目光所及的空间，黑暗已展开了它的包围，悄悄地不露痕迹地就把天地间的光亮吞噬了。悄然升起的一颗星星无力挽回越陷越深的晦暗。它离我那样近，比我那年在青藏高原所看到的星星还要近。但我感觉不到它的靠近。在西藏阿里孤寂的路途上，它绽放在天庭，像蒲公英一样发出茸茸蓝光，照亮了深邃夜空中的云。现在它只是神秘而幽远地照耀着，大地上的一切正在进入最深的黑暗之中。

我看到了荒凉的沙漠地带的地貌，大地赤褐一片，像波浪一样微微起伏着。却有一块一块白色的反光,像湖泊,但它是如此密集,有着令人难以相信的神话色彩。我知道飞机已抵近两河文明的腹地。早在腓尼基人之前,世界上最早使用文字的一个部族——苏美尔人——就在5000多年前的岁月里生活于这片土地。几乎同一时期,发源于东方青藏高原的印度河与黄河,在它们各自的流域与盆地,人类最早的文明——印度文明与中华文明也在那里孕育。

远古两河腹地的美索不达米亚,森林密布,百兽成群。美索不达米亚文明不追求灵魂的不死,只崇尚现世的荣耀,艺术不再表现为陵墓神庙造像而是为王宫造像。尚武好战的文化孕育了征战和狩猎两大艺术表现主题。几千年的岁月都是征战与掠夺,从苏美尔、阿卡德、古巴比伦、亚述到新巴比伦,一个一个王朝你方唱罢我登场,终于导致了大地荒漠,文明衰落。

沉沉岁月积淀下来的黑暗像覆土一样将一切深埋。

天地已一同进入昏暗。逝去的岁月带着历史的传奇循入文字的烟云;不沉的土地在钢铁的翅膀下隐于无形。晨昏更替,即便今日的一切也将淹没于黑暗,进入虚幻的记忆。

机翼端头亮起了一盏灯火,这是现代西方文明在人类的上空点燃的灯火。它酷似星星,它离我最近,但茫茫夜色里,它依然光芒暗淡。

机舱内已寂静无声。白皮肤的欧洲人对一切已熟视无睹。尽管飞越了不同的国家和地区,但在这个固定的空间里,依然是欧洲的语言、餐饮和影视节目。即便是离开了欧洲大陆靠近了黄皮肤的东方,我依然处于孤立的氛围:搜遍众多的节目频道,只有一个是在用中文播出的,播放的片子也只是反反复复一两部。如果不是新加坡航空公司的班机,恐怕一句中文也找不到。在与东方文明全然不同的世界里行走,寻不到自己的母语,一种无法言说的寂寞不时袭上心头。陌生与好奇总远远超出沟通与理解。

飞机在即将抵达伊拉克边境时，转头向南，顺着阿拉伯半岛而下。接近午夜时分，只见下面一片灯火，排成规整的矩形，我不知道这是哪一个国家竟如此繁华。穿过它，飞机就到了阿拉伯海的上空，机翼上出现了一片蒙蒙月光，月亮不知什么时候已经高挂在天空。今夜，有多少西方人的梦在东方的月晖下飘移？

森林边上的巴比松

这幅画让我突然发现了大地的诗意，突然凝神屏息，身心进入到另一块土地悠远的想象里；忆起自己的故乡、童年的温馨，我的目光一定充满了无限的柔情、向往——这是秋天的一个早晨，树林倒映在宁静的湖上，岸上一大一小两棵正在落叶的树，母子仨围着树在采摘着什么，薄的晓雾，大地散发着朦胧的光辉……这是柯罗《摩特芳丹的回忆》，是二十多年前我在上海读书时最痴迷的一瞬，记忆深处刻下了这幅油画，这个名字，还有巴比松这个地方。欧洲，在那一瞬间之后，变得那么富有诗意了。

雨意充盈的清晨，雨丝在微风中飘拂着她的裙摆，冷风与雨丝拂过长街，像长笛手湿漉漉的音符，在空间里飘飞，淋湿了数百年的石柱、石墙，淋湿了一条长龙的花伞，淋湿了街边一个乐手的沉迷。巴黎，塞纳河畔，由老火车站改建的奥赛博物馆，显示出雨中冷静、出尘的意境。二十年后的这个早晨，我在巴黎春天的雨中，撑着伞，随着队伍缓慢走进这座巨大的建筑物。《摩特芳丹的回忆》，当年柯罗留下的笔迹，就静静地悬挂在博物馆的一角。小的笔触，宁静而陶醉；灰色的调子，色差柔和。我看见了岁月在它上面留下的痕迹——灰褐的颜色变得更加黯淡了。

"卖花，卖花"，超市的铃兰已经卖完，路上有人提着篮子在叫卖，有的用塑料搭一个棚，摆上一块木板，摊开了一片铃兰，向路上奔驰的车兜售。春雨飘忽，潮湿的空气飘逸清香，白色茉莉花一样的铃兰，像倒吊着的小小铃铛，五一劳动节这天法国人竞相争购，用她送人或插在自家客厅，代表着美好与幸福。就在春天开满鲜花的大地，我向着巴比松一路奔驰。

春雨在轮胎下溅起清亮的水珠，一路辗出嗞嗞的响声。一百多年前，一批画家，远离喧哗的大都市巴黎，向着同一个方向走。那里是一片原始森林，沼泽、无边无际的树林，各种活动着的野兽。枫丹白露，一座路易十四的行宫，也隐没在高大树木的深处。画家们找到森林边的一个村庄——巴比松，他们在那里住了下来，开始直接面对大自然作画。美术史上著名的巴比松画派诞生了。柯罗，巴比松画派中的一员，开创了西方现实主义风景画的先河。画家们发现了欧洲大地的美，欧洲大地走进了油画的世界，向世人张扬着她浓郁的诗意。

春雨，鲜花，阳光，漫长的森林公路。当一片开阔地出现，一块草地上是羊群，又一块草地上是马群，油菜花中露出低低的红色屋脊，远处坡地上，一片一片分散开来的黑松林，起伏在视野中。

巴比松村到了。我们的车冲过了村口，在一片油菜地边刹车，再回倒，就看到了巴比松另一位代表性画家米勒画的那幅著名的《晚钟》，它印在一块铁皮上，竖立在路旁，画中的土地就是这片茂盛的油菜花地。

车沿着村中街道往前开，路边停满了车。一家挨着一家的画廊，把画家们的画挂到了橱窗。还是一百多年前的老房子，那个敲响《晚钟》里钟声的小教堂还在，甚至米勒小便的地方也还是原样，他的故居被用来展览他的画。画家们聚会的小楼没有改变，下面摆了画册来卖，上楼要买门票。

一直开到村外的树林边才找到停车位。刚才还是阳光灿烂，一下车冷冷的雨又从天而降。

1835年，40岁的柯罗来到巴比松与米勒、卢梭、杜比尼会合。刚从意大利回到法国，充满着浪漫主义气息的柯罗，犀利的双眼带着淡淡的忧虑观赏着周围的一切。大自然幽静神秘的意境，引发敏锐的画家内心深处涌动的爱。随后5年时间，除了冬天回到巴黎，春、夏、秋三季，他大部分时间在巴比松画他的风景。由于对艺术与大自然的酷爱，柯罗拒绝了婚姻。他每年外出，诺曼底、布列塔尼、毕加第、布尔哥尼、佛兰德斯都留下了他的足迹，荷兰、英国、意大利也有他的身影。辽阔而幽静的大地，从风雨、海洋、河流、清泉，到阳光笼罩的森林；从红色屋顶的村舍、高耸入云的教堂，到满是谷物和葡萄的田野，都在与他的心灵对话。巴黎以北桑利斯镇的风景给画家留下深刻的印象，在回忆中，他画出了《摩特芳丹的回忆》。柯罗说，艺术就是爱。

他对大自然的爱，我从一幅画中感受到了，立刻产生了心灵的震动，二十年前那个温馨的瞬间于是储蓄心灵。一年后的一个冬天，呼呼的北风刮过，在屋内燃着的煤炉旁，翻看着他的画册，我用颤抖的笔写下了《致柯罗》的长诗。

雨越下越大，我不得不站在屋檐下躲避。望着银光闪动的雨丝，想起遥远的故乡自己躲过的无数场雨，情形竟如此相似。对面一家画廊，外墙的水泥早已斑驳，橱窗内挂出的是一幅抽象画，色彩鲜艳，像是田野。

街道很窄，我从雨中冲过去。

画廊内装饰一新，墙上挂满了画，都是同一个画家的作品。射灯柔和的光打在画上，那些醒目的笔触与色彩，有着形式上的美感，却给人匆迫、浮华之感，无法深入品味，它们简单得如同装饰画。

我在停泊的小车与街两边的画廊间穿来穿去，一家家画廊浏览，每个画家的画都不同，都有自己风格鲜明的个性。到了村头，走到那片油菜花地，米勒的《晚钟》又在眼里出现。画中人物静听钟声、内心默祷的一刻，表情是那样的安详、崇敬，在黄昏幽暗的光线里，米勒以泥土的颜色来画这位妇女的面部，这个妇女与站在她身边静默的男人，他们是那样与土地生生相系，相融为一体。画家深深的人道情怀，颂歌似的歌咏农民的质朴与劳动的神圣，表现了田园最悠远深邃的诗意。

米勒出生于诺曼底省格拉维里城附近的格鲁契村一个农民家庭，他家兄妹众多，生活较为艰辛。这位与柯罗有着深厚交情的农民画家，在巴比松村居住达27年之久，他经常上午去田间劳动，下午画画。对于土地的理解，他比谁都体验得深刻。梵高在他荷兰的老家曾说过，农民是土地的另一种形式，他深爱着这位画家。米勒的《播种者》《晚钟》《拾穗者》，深刻地表现了农民与土地息息相通的关系。他们是土地的耕作者，是泥土上的诗篇。米勒着力表现着人与土地的关系。他在用自己的生命来拥抱大地、吟咏土地。

《晚钟》里从劳作中停下来祈祷的那对男女去了哪里呢？画中一垄垄裸露在冬季的土地，被眼前灿然的油菜花覆盖。油菜花生长得异样的猛烈，高到了人的胸口，一直蔓延到远处的一片黑松林。辽阔的土地上早已没有人影了。经过工业化、现代化的西方，农民已离开了土地，机械化的耕作代替了人的劳动。田野里的庄稼看不到人的痕迹，只有机械化耕作留下的整齐划一。人与土地的疏离、陌生，使人类对于大地的感情萎缩。面对大地，画家们拿起笔，只是浮躁的一笔，就象征了广袤的原野。农业文明的田园牧歌在米勒的画布上凝固了，米勒之后的画家，掀起了一场疯狂的现代艺术运动，巴黎蓬皮杜现代艺术中心，人们再也难分清艺术的边界在哪里！

米勒故居位于小教堂旁。门开向教堂，只把窗朝向街道。简陋的平房，摆放着米勒的画箱、画架、调色板，还有柜、椅子等家具。墙上挂满了米勒的画。在那个大得几乎与房子不成比例的壁炉前发怔，我似乎看到了那双拿画笔的手正在往壁炉里添柴，这双手也是拿镰刀、锄头的手，也是从地里回来就迫不及待伸向小孩的手。还有另一双手也在这里挥动着画笔，那是柯罗的纤细的手。

窗外，荒芜的后院芳草萋萋，那是一片充满人性的土地，每一块、每一垄都表露着人的意思，都在等待着主人的到来。它的荒芜是为主人荒芜的，荒芜是为了向主人表达它离开的时间。

又是一阵大雨，从油菜花地跑到一家画廊避雨。画廊的画画得金碧辉煌，是一个画家中东之行捕捉的感觉：穹顶、蒙头帕的女子、毛驴、弯月与星星的图案……它们互相交叠，形成金色、棕色、褐色相交织的斑斓色彩。却感受不到作者的内心，热烈中藏着冷漠，辉煌下掩饰着平淡，只有画家的想法在这些半抽象的符号上浮现。那份爱呢？那份情呢？雨中巴比松，就像不动声色的艺术家，又冷又凉。

没有炊烟，没有农民，甚至没有居民，只有商人开的画廊、商店、餐馆，画家不再住在这里，画廊里的画也没有一幅画的是巴比松。人们彬彬有礼，见面全是程式化的点头、微笑、问好。

只有一家画廊展出的作品，让我感到了画家丰富的内心：玫瑰色的调子，简洁、含意隽永、变化微妙；一组组线条，优美、畅快；变形的人体，单纯而富于梦幻。她们就像一首生命的诗。女画家画的是自己的女儿，她是如此地深爱着女儿，她以热爱女儿来热爱着生命。女儿远走，她的灵感也没有了，她再也不画画了，永远封笔！

"卖花，卖花"，一个小伙子在村口公路边的花摊偶尔喊一声，向过往的车兜售铃兰。中午，天一会晴，一会雨，他那一把长柄黑伞，就像一朵墨荷，在他的头顶开了又谢，谢了又开。人们对铃兰的热爱，让这个"五一"飘逸着温馨的清香。

走过一栋栋古老的饰有鲜花的小楼，我执意要去村边的森林。这些棵棵粗壮的阔叶林木，它们新生的嫩叶在高高的头顶铺成了一层绿色的云。当年柯罗在这里写生，大树中留出穹形的空间，让阳光、林妖、少女在画上出现。那是多么富于灵性的森林，是多么充满生命律动的大自然。面对同一座森林——那曾经让我战栗的风景，只有一根根面无表情的树木，散发着苦涩又芳香的气息。巴比松再没有一双充满诗意的眼睛,引导我去发现那个静谧的、蕴含着无穷奥秘的、神话一样的大自然。在现代人眼里,大自然再也没有神性了。

卢梭、米勒的墓就在林中,一块巨石上,刻着两人的头像。后来人没有谁像他们那样挚爱这里的每一寸土地。

从厚厚的枯叶上拾起一颗松果,用纸包了起来,又找到一块小石头,一片树叶,一起放入摄影包内。二十年前曾经温暖过我的圣地,唤醒过我诗意的地方,也许一生只来这一次,隔着时间的距离,我向柯罗曾经热爱过的森林,投去最后深情的一瞥,也许,那些林间跳舞的小妖,有了一个伟大的灵魂在陪伴着她们。柯罗,终生的爱都献给了这片大地,赋予了她无尽的诗意。

雨不再下了,布满阴云的法兰西天空下,大地如起伏的海浪,我驶上高速公路,向着巴黎飞奔。

第五辑　漂洋的思绪

激情溅活的石头

一

石头切削变成墙体，一块块叠压着，成了巴洛克、哥特式的建筑。一条马路一条马路，横着竖着展开，平行地铺，十字架一样交叉地铺——石头的巴黎，工匠们的砌筑，几百年僵固成永恒的形状。人工打凿的痕迹，让它们获得瘠薄的历史感。所谓历史感，只是生命的陈迹。

下午，徒步巴黎街头，从巴黎圣母院，沿着塞纳河，经卢浮宫、奥赛博物馆，左拐往南，左右，石头的房屋紧逼过来，手里，一张巴黎地图，我的目标只有一个小点：罗丹博物馆。我想象着另外一种石头。那些石头也许变成心灵的语言，表达了生命的气息。

脚在石头上橐橐叩响，一种轻浮而空荡的感受——人在石头的空间飘忽，而石头的坚硬却相连着永远。人不能永生，依赖什么，人能够把个人的感受留下呢？我这样的过客，偶然地走过，却有深刻的孤独与虚幻的人生感受。我依靠的只有文字。然而，语言在脑海回闪，心却孤立无援，无法言说内心于万一。

一百年前，罗丹走过时，同样轻浮的脚步声飘过，他的心依傍着石头，会有我同样的无望吗？或许，坚固的石头能抵近他的心灵？

克洛黛尔，一个有法兰西线条美的女子，让这个行走于巴黎的人，再也扑不灭一颗心的燃烧。来自心灵的挚爱，让他寻找汉白玉的大理石。那是他的语言，倾诉内心情感的语言。人在孤独时，需要表达；人在思念和爱时，也同样渴望倾诉。一颗心不能承载太多，更不能没有另一颗心的共鸣、慰藉，去克服人与生俱来的孤单。那场燃烧过石头的爱，罗丹会痛苦于表达吗？

他知道石头的永恒与自己走过巴黎的空虚。他把所有人的外衣都剥去，只让赤裸的身子面对钢凿，他不愿未来服装的陈旧气息表现在自己的雕塑上，而人的肉体是不会过时的。他的爱也必定是以生命作底色。他用石头让飘忽的爱永存。

二

罗丹博物馆，僻静的瓦雷纳横街，铁栅的大门，有弯曲成草木的铁花。一栋二层楼的石头房，在一片绿草地中待得安安静静。这座为罗丹向往的比隆公寓，晚年的他曾租住在这里。他向法国政府提出：把自己所有的雕塑作品及藏品无偿捐献给国家，这座国家的公寓则改名为罗丹博物馆，存放他的作品、藏品。罗丹的愿望在他生前变为了现实。

买票，入大门，再过闸入房。大厅，一组古希腊雕塑：手臂、腿、没有头和四肢的身躯……残缺的肢体，刚感受一种残忍，瞬息间——美在躯体的每个部分呈现出来——雕塑者神奇地赋予了它们生命——女性肌体诗一般的性的诱惑力。它们从死亡的形式里（人的残肢）获得了独立的生命——它们是有表情有欲望的人体的象征。

若是真实的人体，这样的场面多么残暴恐怖。但石头雕刻的不会，它从冰冷的岩体活了过来。

罗丹为什么在自己的博物馆大厅摆放这些残缺的雕塑？这些雕塑也许是罗丹生前收藏的，甚至，还可能是罗丹亲手布置的。她们是否表明主人对于人体的热爱尤其是对于女人体的迷恋?"这个女人的肩膀,多么令人心醉!真是完美的曲线……你看这个女人的胸部:饱满的乳房,美妙无比,叫人怜爱。如此的优美,简直非人间所有!你看另一个女人的臀部:多么神奇的起伏!软玉温香中,肌肉多么美妙!真是令人拜倒!"罗丹的话好像就隐匿在雕塑里面。这些雕塑的"元件",在罗丹的人生与创作中,有着非同寻常的意义,它们甚至是雕塑家创造的激情所在、生命所在!

三

曾经在书中见过罗丹的《思想者》《加莱义民》《地狱之门》《青铜时代》《欧米哀尔》《施洗者约翰》,它们全被赋予了重大意义和宏大思想,雕塑最终成为抽象思想的解说而变得空洞。以致想象中,雕塑家成了一位圣人,他冥思苦想,眉头紧锁,总在思考着人类重大的命题。

然而,这完全错了。罗丹博物馆,让不了解罗丹的人震惊!

罗丹用了大量时间和精力来表现他的内心,他要表达心灵在爱情中的煎熬与沉醉,他要留住人生最美好的一刻,留住自己生命最真实的战栗。石头,罗丹拥有了它;石头,获得了一个人的灵魂,从此不朽。

罗丹拿出了重要的展室,来展示他那场轰轰烈烈的爱情——

石头从石头上消失了,大量充满了爱与欲的男女人体诞生。他们是那样富有激情,每一块肌肉都散发出生命的梦想、期待和超越,这是爱超越于现实进入梦境般的雕塑。罗丹对于女性的迷恋与崇拜,以至于他雕像的每一个毛孔,都在因异性的触摸而颤抖,甚至手还不曾触及,每一个毛细管就已感到了电击一般的颤抖,灵魂在紧缩,一丝一缕,在洁白如玉的大理石上律动着,连呼吸都屏住了——罗丹女人体雕塑洋溢出性的激越与诗一样的沉醉,她们是色情的,又是诗意的;心灵的战栗——肉欲里分明有强大而深沉的爱。这些冰冷的大理石第一次获得了如此鲜活的生命!石头有罗丹的呼吸,有他对于爱的深刻体验,有他创作的激情与灵感,敏锐的触觉和魔幻般的力量!

这种魔力,让石头的每个部分,都流泻出生命,让每一块肌肉都有了感人的表情:女人的手掌慢慢松开,羞涩让她的五指微微握着、蜷曲着,像一张轻轻开启的唇;男人的手悄悄地、胆怯地,然而又是无比勇敢地靠过来,他的手朦胧了,正如迷乱的心被奔涌的血流冲撞得恍惚,所有的意识都集中到了大拇指尖,它轻轻碰到了她的手指,那是电击一样的时刻,千钧之力释放至全身。心灵在这一瞬融合,爱在这一刻得到了强大的共鸣。手是心灵的触角,像一声春雷带来一场豪雨,像一缕阳光,照亮一座幽深的峡谷。罗丹《情人的手》只雕了两只手。

男人左手尖轻轻放到了女人的大腿,右手犹疑着,不敢轻易去触摸女人的背;女人坐到了男人的腿上,她俯下身,侧转身子,左手温情地抱着男人的脖子,脸在慢慢靠近,如荷初张的嘴唇战栗着,彼此已闻到了对方的气息,急迫又沉迷的气息。吻,仿佛是以身相许的一刻,这一刻表现在男女两张忘情的脸上,表现在男子颈背紧绷的肌肉和女子柔滑的腹部,甚至表现在一条小腿——男子轻轻扭转右腿触到了女子的小腿,女子的脚离地轻轻踮起……罗丹选择火山一样激情爆发前的一刻,这是灵魂出窍的一刻——雕像《吻》就这样把心灵的激情全部宣泄。

女子跪下了,双手慢慢下垂,头微微低下来了,看着靠向她胸前的男人,像一尊爱神,一动不动,凝视着他,充满着圣洁、献身的神情,这是一个正在为爱情敞开心扉、放弃一切的女人;男人把双手反绞到背上,膝跪得更低,他要用脸和胸膛埋进她的身体里,他在啜饮着爱的甘露,是那样忘我、沉醉与圣洁,如同委身一片广袤的爱的大地，一片风光无限的花圃，向着爱的深处沉落……献身于爱的崇高冲动在《永恒的偶像》上洋溢！

四

　　罗丹内心的爱是多么强烈！我第一次相信了：石头对于心灵的直接表达原来可以胜过千言万语！相比抽象的文字，石头直接呈现了感情。

　　罗丹的石头是这样惊心动魄，石头上燃烧的生命，让人看得见灵魂。一场轰轰烈烈的爱在逝去一百年后，仍然让人目睹，如在现场，让鲜血在血管中偾张，让身子颤抖。那一场相爱，竟把生命变成了一条激情跌宕汹涌澎湃的大河，冲决岁月的河床，在悠远的历史中留下灾难般的遗迹——这一切都在石头中！罗丹把自己的爱表达到了极致！让人类那颗爱着的心超越了人世的沉浮变幻与生死。

　　博物馆里，许许多多小的双人像，他们有的甚至还埋在大理石中，只挣扎着露出手脚、臀和背，或者男女肢体纠缠在一起，但身体还没有完全从石头中脱胎而出，但他们全都表现了爱得死去活来的情与欲，欢愉的冲动与无法抑制的痛苦，像深陷泥淖，难以自拔。有一只手举着一块石头，石头里的男女双人体缠绵着。雕塑家是想表现上帝之手塑造了圣洁而炽烈的人类之爱？还是以一种距离凝视爱的神秘诞生，或者是把玩着她，企求获得某种超越？

　　爱的赤裸裸的表达，在罗丹的石头上获得了成功。它让所有的心灵受到震撼。人们甚至不敢面对，就像面对了自己的"隐私"。它就像一把火，烧毁一切掩饰，也烧毁一切虚伪的感情。人们无法承受，甚至诋毁其伤风败俗。

　　罗丹再也不顾忌了，在这座公寓，他把自己对于女人对于爱情的狂热毫无遮掩地展示出来。甚至古希腊女人肢体的雕塑也摆在了最醒目的地方,他是在为自己那些同样杰出的男女人体雕塑寻找根据、抗争一些什么——他们并非广为人知,并被普遍地欣赏。

五

卡米耶·克洛黛尔,注定要在石头中永生。她是罗丹的石头,是爱情的石头,也是自己生命的石头!她天生热爱雕塑,甚至不顾母亲的激烈反对,毅然决然走向石头。她在离群索居、孤独无助的日子里,仍然打磨着她的石头,甚至为石头发疯!

她就是罗丹博物馆展出的那场爱情的主角。她对于罗丹的意义,远不是旁人所能想象与理解的。要燃烧这么多冷冰冰的石头,让它们全都滚烫灼人,没有深沉炽烈的爱,没有火山一样爆发的激情,是完全不可想象的。

克洛黛尔雕塑上给了罗丹以创造——她给罗丹作模特,让罗丹那双敏锐的手触摸她的胴体,直接激发雕塑家的创作欲望;她燃烧一代大师的生命,他们疯狂的爱达到如此令人销魂的境地,仿佛只有它才是人生最高的幸福,是人活着的全部目的和意义,是生命最美最辉煌的诗!

他们的爱给了罗丹雕塑以灵魂。

当你站到《吻》《沙恭达罗》《永恒的偶像》雕像前,他们就向你发出了挑战:如此痴情、疯狂的爱你有过吗?这些雕像终将使人醒悟:没有爱的生命是黯淡的!那是没有生命的人生!是石头僵死在漫漫岁月里的墙体中。

克洛黛尔对自己的爱情是这样描述的:女子的身躯弓成了S形,她已失去了力量,她沉醉在自己的爱情中,右手轻揉自己的乳房,左手仿佛不再是自己的,软绵绵垂挂在男子的右肩上,低垂的额头也由男子仰着的脸顶起——就像身体不再属于自己了,已经献给了伟大的爱神；男子双膝跪地，失去了理智，头仰成了直角，双手轻轻地抱向女子的腰，害怕碰碎似的，充满着无限的怜爱与万般的柔情，这是以一生作底蕴的深厚的爱，是两颗灵魂的融化与燃烧……克洛黛尔一寸一寸把自己无限的爱意凿进石头，让它像灵魂一样战栗。

我并不知道这座雕塑是她创作的，偶然的机会得知它叫《沙恭达罗》时，我知道自己犯下了一个错误：这件摆放在罗丹作品中的雕塑，竟超越了罗丹所有的作品，成为最震撼我的雕像。仿佛是爱欲把石头扭曲了，它比所有雕塑表达的爱更疯狂，更像一场风暴。

是爱情使她的石头获得了生命的魔力。是爱情的一星火苗，点燃了石头的荒漠。爱情，把她与罗丹的创作交融为一体，相互影响，相互启示，你中有我，我中有你，以致分不清是谁在创作。

罗丹博物馆，那场一百年前的爱情仍然活着！雕塑家要让这场轰轰烈烈的爱永远持续下去！

六

1883年，罗丹认识卡米耶·克洛黛尔时，她才19岁。雕塑家布歇把克洛黛尔带到罗丹面前的那一天，她的美让罗丹暗暗吃惊。从此，克洛黛尔作为罗丹的学生与助手，在罗丹的工作室待了五年。罗丹对这位有强烈个性与才情的女子大为心动，两人很快坠入爱河。他们平等地讨论问题，几乎无话不谈。罗丹说："我告诉她事物的精髓所在，而她所发现的精髓，却总是属于她自己的。"罗丹让她独立完成一些习作，并把创作中的作品如手、脚交给她去雕塑。旁人说："捏黏土这活难不倒她，她摆弄起石膏来那么驾轻就熟，凿起大理石既有劲又准确，甚至比罗丹还棒。"

1888年后，克洛黛尔从家里搬出来，住进了离罗丹的佩伊恩园很近的意大利街113号，他们在这里一起创作、相爱。克洛黛尔的脸和身体时时出现在罗丹的作品中,《沉思》《黎明》《圣乔治》《法兰西》《康复中的女病人》《达娜哀》都是以她为原型雕塑的,甚至《地狱之门》也有她的影子。《沉思》中的克洛黛尔"从汗涔涔的浓睡中缓缓苏醒的脸,晶莹明净,充满生命力"。最后,身边没有克洛黛尔,罗丹就找不到灵感与创作的热情。

克洛黛尔在给罗丹的信中写道:"我晚上光着身子睡觉,好让自己觉得您就在身边。醒来时却发现不是这么回事。"克洛黛尔甚至凭着记忆雕塑出了罗丹像。罗丹见到这尊胸像时,激动地称克洛黛尔已是一位大师了!在举办他自己的雕塑展时,他甚至把这尊胸像放在最显要的位置。

10年里,他们在这巨大的爱的漩涡里沉浮。罗丹在圣路易岛附近他的私人工作室与克洛黛尔第一次幽会,几天后,他就在意大利广场附近找到了一间新的工作室,他们每周两天去那里幽会。只要与克洛黛尔在一起,巴黎就变得温馨浪漫。他们观赏歌剧,去卢森堡公园看雕塑,绕城闲逛。更多时间,他们在一起进行创作。

两个人的秘密被他事实上的妻子罗丝发现,他们不得不东躲西藏。在公开场合,他们是师生,一旦进入两人世界,哪怕是在那些堆满了雕塑与大理石碎屑的工作室,哪怕全身都是石膏粉末,他们都紧紧地拥抱在一起,抚摸着,无法克制的情欲让他们疯狂——不放过一分一秒的时间,滚烫的肉体在躺椅上、泥地上、工作间幽暗的角落里一起燃烧着。

他们一起到巴尔扎克的故乡图尔、南方雷诺阿的昂蒂布去度假,像新婚蜜月一样度过幸福而美好的时光。

那些杰出非凡的作品就在燃烧的爱情中一件件诞生了!

七

然而,美好的东西总是易碎的,她们是花,是朝露,不像石头那样有坚硬无比的品质。爱情,在悲剧到来时更显出她的绚丽、残酷和凄美!容不得一粒沙子的克洛黛尔,越来越强烈地要求罗丹抛弃罗丝,与自己结婚。罗丹不能答应,他甩不下这个多年的伴侣。终有一天,克洛黛尔一气之下离开了罗丹。

罗丹念念不忘,多次去找,都被她拒之门外。

一段时期,克洛黛尔埋头自己的创作,在沙龙展中,她展出了作品《小夏特莱娜》《圆舞曲》《窃窃私语》《浪》《克洛托女神》和《成年》,一时名声大振。但很快,她倔强的性格,使她与外界隔绝了。她在蒂雷纳大街一间老房子里把自己关了起来,渐渐地生活陷入困境。罗丹想帮她,但遭到了拒绝。罗丹只能通过第三者悄悄进行,但对克洛黛尔作用甚微。

她脾气变得越来越乖戾,最后出现被迫害妄想症。爱无法得到只得转为恨,她指责罗丹偷了她的一件大理石作品,甚至威胁罗丹"别走近我的工作室"。他们两人的作品的风格太接近了,克洛黛尔感到自己被剥夺了自成一家的权利,她的精神被罗丹汲去并滋养了他的才情。而克洛黛尔无论怎样努力,创作出十分杰出的作品,也无法摆脱"罗丹的学生"的称号。她气馁了,并因此越来越消沉。

1905年,她的妄想症越来越重,觉得罗丹在给她设计陷阱,性情完全改变,她亲手毁掉自己的作品,有时一连数月不见人影。1913年3月10日,几位医生砸开紧闭的大门,只见克洛黛尔全身赤裸、披头散发蜷缩在一角,身边是她砸碎的塑像。她的精神已经完全失常。医生给她套上紧身衣,拉上了救护车,把她关进了埃弗拉尔精神病院。

罗丹怀着悲痛的心情去看她,克洛黛尔已不认得他了,两人形同陌路。罗丹的靠近，使她情绪失控，他不得不痛苦地退出。

随后，克洛黛尔被转到蒙德弗尔格，最后在阿维农的一家精神病院去世，一关就是30年。

她去世时，身上没有一件有任何价值的东西，甚至一件纪念品也没有留下。世人早已忘记了她的存在。一位天才至死也没有得到社会的承认。

八

一百年，只剩下了一些石头，它们在比隆冰冷的石墙里面站立着。春去秋来，石头上的爱不曾有一丝一毫的改变。

一百年，石头的影像映到了胶片里、印到了书本里，从这里出发，散发向整个世界，散发向一百年中的一个个晨昏。罗丹的名字以各种文字在世界风行，以各种声音在人们的唇齿间发出了响声，像太阳一样照耀了世界。但他的爱情被抛下了，他的杰出的非凡的爱的塑像被抛下了，克洛黛尔被抛下了。只有这个小小的空间，他们用生命创造的石头雕像，把一场曾经是刻骨铭心的爱悄悄守护、永远地张扬。石头，成了爱的海枯石烂永不改变的誓词，人类在现实生活中寻觅不到的永恒之爱，在石头里成为了永远。个人的感受留下来了，飘忽与坚硬、瞬间与永远的统一，在艺术中得以实现。

博物馆，四周绿树成荫，后花园里，树木成林，草地常绿，喷水池每天喷射着如雪的水珠。罗丹的雕塑《加莱义民》《巴尔扎克》《思想者》《地狱之门》静静地立于树木下。参观者三三两两，悠闲自得地边休息边观赏。与那些爱情主题的雕塑相比，它们并没有震撼人心的力量，尽管它们耗费了罗丹大量心血，让他感到疲惫、苦闷和焦躁，但它们找不到生命的体验。

仍然是石头的墙，前后左右包围着，在迷宫一样的街道行走，我的目标已失去。巴黎，这一刻，只剩下一个空空荡荡的黄昏，飘忽的不只是一个游子的心，还有空中暗淡的光线，它随我的目光洗暗了一块又一块冰冷的石头，像一个遥远的世纪被时光收去。

永远的梵高

一

一直在回避着他,我告诫自己不要轻易去写这个人,文字会显现你的肤浅、虚伪。他挑战的是整个人类的虚假与做作。

这个人不断地画过自己的自画像,他审视着自己,想看清自己的面目,想明白自己为什么总是遭到世人的白眼,遗弃与鄙视像梦魇一样一直伴随着他。他画这张显得有些丑陋的脸,用躁动不安的笔触,一排排直线如箭矢密密射上自己的额头、脸颊。这是上帝的旨意,要他接受这个人成为自己。在阿尔,他割下过自己的耳朵,于是,用一条白色绷带包围的脸,又有什么惊喜的变化?他戴上灰毡帽、黑毡帽、青棉帽,叼上烟斗,剃成光头,衬上绿的、蓝的、红的、茶的底色,一次又一次地画着自己,直到绝望的那一天,画笔换上了枪管,对着自己,脸朝着自己深爱着的麦田,扣动了扳机。

巨大的自卑,即便一个顽强而活力四溢的生命也不能承受:没有爱,没有成功,没有面包,永远是兄弟的累赘,病魔又来袭击。一个火一样燃烧着生命激情的人在他三十七岁时就走向了死亡的黑暗——他无法再坚持在这个世上活下去了,连活命的面包也要等待着施舍,除了画画,他不知道还有什么是自己能干的,他对这个自己画了许多次的人绝望了,他再也没有力量支撑那个自我期许了太久的价值,一次次的怀疑、打击，他连一点活着的希望也没有了，他感到自己是这个世界上多余的人。

说他是这个世界最伟大的画家，那是多么大的讽刺！只有人类能心安理得地接受。在这个人死后，用他的画拍卖出了全世界的最高纪录，这是一种残忍！说他有人类最真诚善良的心，那是一种虚伪！生前，他只卖出过一幅画，仅仅是为了活命、为了获得那么一点点鼓励，但没有，没有人看上他的画，那些有钱人，那些画商，甚至是那些艺术家！他经常承受着饥饿的折磨，在弟弟那点可怜的资助里，为买颜料与面包而做着痛苦的选择！他经常饿昏在自己简陋的床上。在与弟弟提奥的信中，许多篇幅里，仅仅是为了不饿肚子他耗费了那么多的心机。就是这样的境况，他还害怕失去，心里头怀着永远的感恩与愧疚的心情。在世人眼里，他只是一个无赖、懒汉、疯子。

他是那样真诚地对待每一个人，为了饥寒交迫中的煤矿工人获得精神的安慰，他宁可自己与他们一起受难；为了能让一个妓女过上人的生活，他甚至顶住家庭和社会的巨大压力，与她结婚并生活在一起。但这个世界就是没有人爱他。为着爱情，在拉姆斯盖特他常常一早出发，有时在大树下露宿，有时走一整夜的路，走近那条泰晤士河，去伦敦偷偷看一眼自己爱着的女人。他的鞋一双双走破，脚上起了血泡，但因为爱，他却感受着幸福。为了表达自己炽热而坚贞的爱，他甚至以烛火灼烧手掌。一次又一次爱情的打击，摧毁着他的自信。他把自己全部的爱投入绘画，内心燃烧着的激情，像他的画那样腾起火焰一样的旋涡。一个用生命来热爱着大地、热爱着生活的伟大灵魂，最后竟无法抬起头颅来面对自己的命运。

梵高，一个曾是被人嘲讽被家族抛弃的名字，死后受到了全人类的景仰。人类如果再奢谈什么艺术与良知，那是多么大的讥讽！你不回避这个人，你将感到羞愧！

二

但是,梵高,让你无法回避。美国人欧文·斯通的《梵高传》发行到了全世界每一个角落。几乎谈论美术的人都在谈论着梵高这个名字。梵高与提奥的书信集一版再版,关于他的作品被盗的新闻传遍全球。他那些震撼灵魂的画,印成一本本画册,在他死后的世界流行。

二十世纪八十年代我在读欧文·斯通的《梵高传》,在书店里寻觅他的画册。现在,我在捧读他们兄弟俩的书信。然而,直到来到荷兰阿姆斯特丹,梵高,才真正在我的心灵引发一场风暴——那些倾注生命激情的笔触与色彩,像重金属的音乐捶打、撞击着我的胸口!

这是怎样的激情!他的笔在颤抖,短而粗的笔触,是浓得化不开的色彩,几乎就是从颜料管中挤出的原色,厚厚地堆积在画布上!那秋天金光灿烂的麦田,一片辉煌,那是他1888年在法国南部阿尔画下的《收获景象》;太阳发出了柠檬黄的光芒,像浓黏的汁液,在地平线上迸射,播种者跨步在土地上,背影与大地一同闪烁着紫罗兰的光,这也是在阿尔的《夕阳和播种者》;《农田上空升起的太阳》的天空与大地都在他的笔下旋转起来,深蓝色的《星夜》分明有一个巨大而躁动不安的灵魂;南方的果园,那些因生长而扭曲的枝干,像土地喷发?向天空的生命,梵高用粗黑的线来勾画树枝的轮廓,那是黑色神秘的力量——土地的不可思议的生殖力不可抑制的结果,而那轻盈粉嫩的花,在春天是天堂般的迷人。

他的人物肖像,把那些水一样流过人一生的事情表现出来了。他画农民,他们就像庄稼向下融合到土地中,而土地也正在向上淹没、包裹着人,农民成了土地的另一种形式。

梵高在法国南部阿尔激情迸发。地中海的阳光是如此灿烂,太阳激发了大地的情欲,太阳点燃了万物的生命,太阳把土地上生长的骚动呈现出来，进入一种宏大的节奏。太阳引导他创作了世间最辉煌、最富生命感受的油画。"我需要太阳！"梵高喊出了他心中对阳光的渴望。在阿尔创作的作品数量是如此之多，1888年、1889年两个年份标示在他许许多多的作品下面，那是梵高在阿尔的时间。它们像阳光一样照亮了展室。

"当我画太阳时，我希望使人们感觉到它是在以一种惊人的速度旋转着，正在发出威力巨大的光和热的浪。当我画一块麦田时，我希望人们感觉到麦粒内部的原子正朝着它们最后的成熟和绽开而努力。当我画一棵苹果树时，我希望人们能感觉到苹果里面的果汁正在把苹果果皮撑开，果核中的种子正在为结出自己的果实而努力！"

三幅并排挂着的《向日葵》也画于这一年份。1888年8月下旬，梵高画了第一幅向日葵。起初，梵高想用12幅向日葵来装饰他在阿尔租下的房子，欢迎他的朋友、后期印象派画家高更的到来。他画了4幅。当高更到达阿尔后，梵高发现只有两幅好到可以用来装饰客房。高更非常欣赏这种黄色和黄色的组合。他称向日葵和这种黄色是梵高自己的典型风格。1888年12月1日，梵高在高更停留于阿尔期间，又画了一幅向日葵。技术上，这幅跟上幅有很大的不同，梵高用了高更于10月份购买的一卷黄麻中的一张，这幅画利用了粗糙、吸水力强的黄麻，颜料不同寻常。1888年12月23日，两位艺术家发生了激烈的争吵，两人的艺术观发生冲突，对梵高来说，画画应该是将人从生活的痛苦中解脱出来，并给人提供希望的工具；对童年曾在秘鲁生活过的高更来说，诗意一般的、充满想象力的艺术才有可能让人从现实中逃脱。情绪激动的梵高切下了他的一部分左耳。两天后，高更永远地离开了阿尔，他在阿尔只待了九个星期。对一心盼着他来的梵高，这个时间是如此短暂。

不久，高更写信给梵高，要梵高把他画的第一幅向日葵送给他，梵高自己十分珍爱它，不舍得。1889年1月下旬，他重新画了一幅给高更。这幅向日葵没那么自然。梵高简化了形式，消除了一切能带来现实主义联想的细节。他在试图满足高更的品位。

被高更遗弃后，向日葵再次象征着希望——希望跟朋友能重新联手。但是，却徒劳无功。梵高和高更从此再没有见过面。梵高的向日葵在很多方面都象征着他与高更的友谊。去了大溪地的高更一直让梵高怀念。

站在这三幅向日葵画前，我双脚来回移动，久久凝视，想比较出它们的区别。它们的区分是十分细微的。

由于高更与梵高的特殊关系——高更几乎是他事业上唯一的朋友，他们曾一同在阿尔作画，高更的画与梵高的作品就永久地摆在同一个展馆了。

博物馆内，人群分成里中外三层，参观者排成长队有秩序地往前移动，只有轻微的脚步声、呼吸声。从早晨一直到晚上，前来参观的人从无间断。人们怀着崇敬的心情读着画家的每一幅作品。无数双瞳仁映入了凝聚着梵高生命的画面。

没有任何一位画家得到过世人这样的崇敬、热爱！

然而，这些画有的曾经被人用来盖过鸡笼！

楼上，是梵高在埃顿、纽恩南的早期作品，画面灰暗。大多画的是农民和乡土生活，他还画过骷髅头。也许是荷兰阴郁的天空、寒冷的气候，欧洲大陆这个地势最低的国家，美术传统上就用色阴暗，造型滞重。生性笨拙的梵高，把这种阴暗与粗笨推向了极致。《吃土豆的人》是他这一时期的代表作。在布拉邦特的两年时间里，他不停地画农民，在画了上百幅农民、农舍和吃着土豆的家庭的画后，仍然没有一幅是自己满意的，它们都缺乏一种精神。在遭到误解、被人赶出纽恩南的最后一夜，他第一次靠默想画出来了：它的画面涂成了一种沾着灰土的土豆的颜色，人的脸与手中的土豆是一个颜色，清苦的生活，激发人的却是安于天命、逆来顺受的神情。一生都在崇拜米勒的梵高，终于画出了"自己的《晚钟》"。从此，他离开荷兰去了巴黎。

梵高风格的转变是在他接触到印象派、后期印象派和日本浮世绘版画后，他的画面骤然明亮起来，题材也转向花卉、风景与肖像。展厅中的画，有的尝试点彩法，画中消除阴影、空间、形，只留下线条。有的受了高更直接的影响，用线与平涂造型。一副中文对联，分置两边，分别围以黑框，中间画的是简练的线描图案。也许只有我这个看惯了东方书法的中国人才体会出它的稚气。它表现的是中国农村堂屋案几上的墙壁装饰艺术与趣味。他曾对遥远东方的中国有过怎样的想象与向往呢？

到了他生命走向毁灭的晚期，像一种不祥的预感，他的画中突然出现了黑色线条，笔触更加大胆、夸张、概括、老辣，更加动荡不宁。那扭曲的奥维尔小教堂，已传达出了令人恐怖的信息。特别是《麦田上的乌鸦》，麦田闪现了金色的疯狂与最后的辉煌，麦田上聚集着黑色的鸦群，乌鸦的翅膀黑得如同地狱一般，蓝色天空上骚动的黑暗，强烈的主观色彩，悲怆而又绝望的爱，使得粗犷的色彩和笔触脱开了万物的形。它成了画家的绝笔。梵高终于从绝望里获得了解脱，在一片麦田里，枪声响起，子弹射进他的腹部，他倒在了自己挚爱的田野上。

他留给这个世界的遗言是："痛苦便是人生。"

短短10年的创作生涯，梵高留下了惊人的艺术财富：八百多幅油画，七百余幅素描、版画、水彩和粉画。人们从他的画中找到了表现主义的源头。

三

在欧洲匆匆旅行，一个身影挥之不去。巴黎，奥赛博物馆第一眼看到梵高的画，看到他的自画像，就在心里想象着这个人：我终于到了他生活与描绘过的大地，那个产生大师的年代，似乎还与那些不曾改变的街道、房屋一起留存在这片土地上。巴黎是梵高与印象派画家结识，并与高更建立友谊的城市。走过蒙玛特高地，就禁不住想起梵高与高更、还有他的弟弟提奥从这里走过的情景。

穿过海牙弯弯曲曲的古老街巷，这个遍地奶牛的国度，城市的夜晚，黑暗那么深，只有灯火隐约，人踪难觅，永远是那样寂静、安宁。梵高在这些街巷里向他的表哥毛威学画，租下一间简陋的房子建起自己的第一个画室，并与妓女克里斯汀生活在一起。

路经安特卫普，路边一个吹奏者，排箫声里飘逸出的是凄迷的《我心依旧》。商家早早打烊，商业街寂寞无人。与当年的梵高路线一样，他曾来这里感受城市生活，而我只是想多认识一座城市。

法国南部，沿着蓝得发黑的地中海走，我脱了太阳帽感受着南方五月的阳光。

进入比利时，见不到博里纳日金字塔一样的矸石山。梵高曾在黑色矸石山下为矿工布道，并在那里爱上绘画。为找老师指点，他一次步行了五天，困了睡在干草堆里，饿了画一两张画换面包⋯⋯

然后，就是阿姆斯特丹，我从荷兰风车村赶到这座筑于海滨、河汊纵横的水城。梵高博物馆就在市中心广场，下午的门票已经售完，只有等待晚上最后的机会了。

广场，喷水池停止了喷射，沙土地上，低矮而粗壮的树干，藏青色的天空下，举起了这个春天玫瑰色的嫩叶。银色的博物馆，在金箔一般的夕阳下，向古老的街面投下浓厚的紫色阴影。灰色的鸽群在广场上低低飞翔。来自北海的晚风拂过面庞，如同遥远十九世纪吹过的风，充溢着腥咸的气息。

一百多年前，梵高走在这里，穿着他那双做工粗糙的方头靴子，沿着运河大步走着。那时佛兰芒式的房屋矗立在夕阳下的运河边：三角形的山墙临街作了正面入口，狭窄、结实。他不会想到，在自己连面包也买不起的城市，会在它的市中心建起一座现代的建筑，专门存列他的画，供全世界的人来参观。这个以他命名的博物馆，成了欧洲开放时间最长的博物馆，也是参观人数最多、价格最贵的博物馆。从早晨一直开放到晚上9点。

但是，这一切与他还有关吗？那些引诱过他的面包永远也不会再给他了！而这些靠他作品赚来的钱又去了哪里？还是那些他痛恨过的画商吗？

阿姆斯特丹是梵高发现自己永远不走运的地方。在伦敦失恋后的梵高，厌弃了在他家族的公司古比尔画商的工作（他在那里有不菲的收入，并有好的发展前景），来阿姆斯特丹学做牧师。他天不亮就起来读《圣经》，太阳出来时看海军造船厂成群结队的工人走入厂门，褐色帆船驶过海泽运河。那时他眼里满含忧郁：不能适应正规的教学，一年的刻苦学习也考不上学校。

在阿姆斯特丹他认识了表姐凯·沃斯。在埃顿画画时，他疯狂地爱上了凯，他与她一起到田野写生，她使得他的画变得柔和。但凯拒绝了他的爱。凯的斩钉截铁的"不，永远办不到，永远办不到"，一直刺痛着他的神经，让他陷入长久的痛苦。

一天，夜色降临，从布拉邦特赶了一百公里路的梵高，走出阿姆斯特丹中央火车站，走过红砖的宽马路，经过王宫和邮局，直奔海泽运河。他要向凯求婚。

女仆不让他进门，凯躲起来，她的父亲骂他是个浪荡、懒散、粗野的人，这样的行为对他是一种污辱。冲动的梵高把手放在蜡烛上，说："什么时候让我跟她说话，我才把手从火上拿开。"他的皮肤冒出烟并爆裂开来，但他的手臂连抖都没有抖一下。然而，凯的父亲骂他是疯子，要他滚出房子。

那天晚上，因为贫穷、一文不名第二次失恋的梵高，一个人在黑咕隆咚的街上慢慢摸索着往前走，一直走到郊外，巨大的、无言的悲哀涌上心来。他左手捂住嘴，不让自己哭出声来。好像只有这样，阿姆斯特丹与整个世界就永远不知道他是个不配被人爱的劣种！

黄昏降临到阿姆斯特丹的上空，在最繁华的商业步行街上走，我的思绪纷乱如云。依然是佛兰芒式的古老房屋，荷兰人在暗红色砖墙上开了硕大的窗户。右侧一条河流在夕阳中呈现，岸边泊满了白色游艇。一座红砖砌的同样古老的桥，跨过了河面。大片晚霞镀在临河的砖墙上，又倒映到水面，糅入颤动的波澜，荡出如锦似缎的梦幻，让人想起那支颤抖的笔、颤动的色彩。

人流车流喧哗。有轨电车叮叮当当开过，反射出迷人的光芒。我能体会当年梵高走过这里的心情吗？至少，我眼里看到了画家眼里看过的街景：古老的建筑不少被保留下来了。心悸的感觉让我的双眼不肯放过一切细节。我梦想寻求时间的缝隙——

路尽头是桥，桥后是火车站广场，进入幽暗的站台，就看到晚照中闪着金色光芒的铁轨。一列客车泊在月台，车门洞开，乘客三三两两跨进车厢。顶棚半圆的弧线划过依然明亮的天空，远处一马平川的土地隐匿在低矮的建筑后面，哪一边是布拉邦特、梵高来的方向呢？他笨拙的身子一跃，就踏上了月台，直奔那条萦绕于心的海泽运河畔的街。

像梦游者，我茫然走进月台，又茫然走出车站。天空的光亮在瞬息间熄灭，黑暗笼罩了华灯初上的城市。

在这座梵高伤心的城市，我无法回避——面对一个灵魂散发的无穷而巨大的精神与艺术的力量，我渴望审视这一张被他自己画过多少遍的脸，他到底有何神奇？有何平凡人共通的和不同的地方？冥想中，我感觉自己灵魂的秘语，感觉那个画家自己也无法控制的强大灵魂，她指引着梵高的手不停地画出自我的肉身，不停地审视作为个体的人的荒谬。激情是上帝给予的，而这个世界人性的丑恶、文化的虚伪、社会的残缺呢？

一月之间倏忽而过，春天与欧洲大陆那片树木森然的土地进入了依稀记忆。

　　东方的土地，降临了夏天又降临了冬天。

　　春天来了，大地又都转绿，从东方到西方，一个太阳下的绿色同样的葱茏和翁郁，同样散发出生命的蓬勃气息。见过阿姆斯特丹的春天，我的眼里就不会只有东方的春天。看过梵高的画，再眺望大地，就不再是从前的目光。一个画家的爱，让我看到土地上的生命，尤其是在这个江南三月莺飞草长的季节，南方的木棉和杜鹃开得如火如荼，一切都展现出多么鲜嫩的欢欣，这是土地生殖的欢欣！它曾潮水一样漫过十九世纪的大地，也如时间一样漫过了所有世纪的春天！

香艳的欧洲

那个下午,在巴黎香榭丽舍大街徜徉,来来去去都是匆匆人影。到欧洲一个月,仍没有多少熟悉的感觉。天天在路上奔波,白皮肤的欧洲人几乎成为符号。橐、橐、橐,一个金发女郎走来,高挑的身材,米黄色的风衣,飘然的脚步,高贵而迷人。她边走边打手机,用法语快速说着话。是在说情话?她沉迷于绵绵不绝的诉说,是那种忘记现实的动情的倾诉,淳厚的鼻音像大提琴发出的和弦,竟如此地抒情。我被这样的语言迷住了,跟着她走了很长一段路。法语用来恋爱是如此大气又缠绵。难怪钱锺书《围城》里苏小姐想方鸿渐吻她时要用法语。想想国语,字正腔圆,似乎缺少了一点温婉;粤语呢,用它说我爱你,会显得十分的别扭,有太重的市井味,一点也不庄重。

法语与法国女孩是相匹配的,语调与她们的气质是那样天然融合,看她们的眼神仿佛在听她们的言说。她们比东方人高挑,具有欧洲北方人的特征:骨盆发达,双肩较狭,胸部前倾,显得身材小巧、苗条又丰润,小巧如水的灵透,苗条似鸟语唧啾,丰润则如鼻音共鸣,不单薄,而显浑厚。与她们比较起来,北欧人则过于高大生硬,东欧人丰满却容易肥胖,西班牙人大多矮胖,意大利人是典型的地中海型身材,如同菲狄亚斯的雕塑模特,肩与骨盆几乎等宽,胸部挺直,显得棱角分明、臀大肢粗,像声乐的美声唱法,或者是立体的交响乐……

在塞纳河畔,我观察那些泡在咖啡馆里、或三五成群闲逛、或与男友在草地上耳鬓厮磨的巴黎女孩,她们的皮肤不像德国人那样雪白,恰到好处的棕色散发着阳光的味道。头发并非金色，大多为栗色，调和了金色与黑色两种颜色，就像她们的眼睛是栗色的，并不散发蓝光。鼻子呢，高挺，但没有意大利人那样富有雕塑感，这使得她们的面容柔和、自然和亲切。小巧的嘴让她们的谈吐显得优雅。也许因为这张嘴，使得她们能言善辩、极富个性。巴黎女孩大多衣着素雅，浅色多为米黄，这种显得亲切温柔的色彩，外衣、围巾和披肩用得最多，披肩是最能表现法国女孩浪漫情调的衣饰；深色是巴黎女孩气质最有表现力的色彩，当五颜六色的首饰和发卡恰如其分地点缀，庄重里面就透出了活泼的性情。法国女孩天性好动，内心变化也如法兰西多变的天空晴雨无常。她们喜欢音乐、喜欢文学，爱逛博物馆、电影院，也喜爱逛街，更高兴聊天。

　　读大学时，曾接触西方古典主义油画，在上海参观卢浮宫藏画展时，记得有一颗水珠画得像真要滴落下来，那些画中的欧洲女孩也刻画得栩栩如生，给我留下深刻印象。那时是以达·芬奇的《蒙娜丽莎》来想象意大利女郎，以安格尔的《泉》来想象法国女孩的，以为人种的变化不会太大。没想到古典的美早已瓦解。气质与文化的变化对人的影响如此巨大！我在欧洲的一家家博物馆出出进进，一边看那些成为经典的画中人物，一边注目街头的青春女郎，竟是两个全然不同的世界。以现代人的目光看蒙娜丽莎，有多少人还认为她是美的呢？法国人杜尚就无法忍受这样的偶像，在蒙娜丽莎的脸上认认真真地画上了胡须。竟然有许多欣赏者。

　　但《蒙娜丽莎》的崇拜者仍然很多。在卢浮宫，前去看《蒙娜丽莎》的人在美术长廊排成了几行队列，天天进行艺术大游行。我被人流裹挟着，感觉也像是前来朝圣的。走廊两边许许多多同样也是著名的油画被忽略了，只有长廊尽头的那个发出神秘微笑的意大利女郎吸引着众人的目光。许多人离它几十米就被堵住了。这哪里是看一幅画！它已不是一幅画了，也超越了审美的个体差异，不再是审美行为，让人觉得是在走进一座教堂。这样的情景让人对于人类的盲从有极深的感触。对于蒙娜丽莎那样的体态与气质，现代人早已"移情别恋"了。为什么还有这么多人来，而且人云亦云夸耀女郎如此这般的美丽呢？来卢浮宫的旅游团只看三件宝：维纳斯、自由女神像和《蒙娜丽莎》，多么专制的艺术教育。

单纯从美女的角度看，文艺复兴时期那些充满了粉红色肉感的美女油画，在印象派兴起之初就已令人生厌了。

为什么美女也会使人生厌呢？是画家那种追求粉红肥硕肉感的趣味被人唾弃，画家用一种审美眼光凝固某个瞬间，而画家的审美又无不打上自己年代的特色，时过境迁，这样的美缺少了同朝人相同的趣味与共鸣，于是，它们只是成为人类审美变迁史的记录而被后人观赏。艺术对于现实生活之所指，是永远不能与现实相提并论的，正如一幅摄影作品永远无法与真实的场景相比。街头那些像春天一样烂漫鲜活的欧洲女郎之所以让人永不生厌，因为她们是生活本身，只要是热爱生活的人，现实从来就是活色生香的。

记得在罗马的一次惊艳，少女泉水池边，游客人头涌涌，突然一个背影跳进了眼中，是她的曲线还是身段发出了魔力？嘈杂的环境仿佛突然安静下来了，她白皙的脖子、手臂、黑色紧身短衫裹着的身子、修长的腿，你会感慨凝脂聚玉这个词造得有多好，她有水的清澈、玉的圆润和藕的鲜嫩，青春活力正在胴体内鼓胀、跳闪、扩张，像浆果一样汁液盈溢。她从台阶上站起来，婀娜体态出水芙蓉也难比拟，红色紧身裤，包过臀部的曲线是任何画家也难想象出来的线条，它是上帝的魔法！充满诱惑的圆润光滑，从臀部流向四肢，仿佛紧身的衣服也具有了非凡的魔力，再也无法限定她，反而顺从了身体的意志，不再包藏，而是一起参与了张扬，把少女的魅力毕现无遗。

我在掀动快门的一刻，听到心的扑扑跳动。

少女青春肌肤的美是生命之美，它是超越时空的生命诗篇。体态却是时尚、文化的结晶。女孩的露脐装，肚脐眼画着葵花图案的圆圈，还有她高高兴兴戴到头上的网帽，脸上的墨镜、腰间的链子，换上达·芬奇，他是不会欣赏的，这是我们这个时代的审美趣味，与蒙娜丽莎的华贵富态美南辕北辙。蒙娜丽莎只是一个普通的妇女，人们认为她很美，她的微笑很迷人，那实在是一种误解。作为一幅名画，它的价值并非在于画中女子的美丑，而是在于达·芬奇第一个把油画的表现对象从宗教转到普通人身上，把一个具体的平凡女子作为描画对象，表现出文艺复兴的人本主义精神。一个凡间女子富有个性、人性的笑，就这样从众神漠然的模式化表情里半路杀出。热爱油画的欧洲，几乎家家户户墙壁上挂画，他们因为信仰而选择画，但挂的画也大多是宗教题材的画，突然面对一个凡间女子的肖像、一位意大利女郎，欧洲人的震惊是可以想象的。

自一场文艺复兴而变得香艳的欧洲如今是越来越香艳了。经过印象派阳光化后的欧洲，现代都市只有被抽象出来的色彩。马蒂斯的女人体红了，莫迪里阿尼的裸女是玫瑰色的，克莱茵的《人体测量》在裸体女孩身上刷上了鲜艳的蓝色……现代都市呢，商业步行街就是一个时装 SHOW。自尼采的"上帝死了"一出口，欧洲甚至是开始放荡了。

在米兰，一对女孩挽手走过雨后的广场，她们牛仔裤颜色一样、高翘的臀部一样；维也纳，聚焦花衣与纤细的腰，无意中抓拍的两个少女背影仪态万千；慕尼黑，骑车女子一闪而过，但黑白对比强烈的服饰与轮廓分明的脸在眼里定格；巴黎红风车的半裸舞表演；德国人的男女共浴；荷兰红灯区的人体展览：大玻璃窗内，穿三点式内衣的妓女在粉红灯光里的放荡……

然而，尽管欧洲春色无边，匆匆过客却马蹄难以留香，像 T 台上的模特，与观者擦肩而过，彼此没有关联。要体会异性，离不开语言的倾诉。要深刻的体味，还离不开爱情。了解一个人如何说情话、如何表达感情，是最深的了解。情话是两性间的一次冶炼，能把两个个体迅速融化。感情则是一个人的心。两个女人间的窃窃私语，一对情侣的耳鬓厮磨，也许能让旁人对一个民族有所领悟。

可在异国他乡，不只是隔着空间的距离，还隔着语言的文化的距离，友谊永远只是一个愿望，即便碰到了《泉》中少女那样的女孩，也只能是远远地看着，带着心疼的感觉，悄悄把她摄入自己的镜头。

正如徐志摩《再别康桥》所写：

>悄悄的我走了，
>正如我悄悄的来；
>我挥一挥衣袖，
>不带走一片云彩。

多瑙河的蓝色旋律

一

音乐似乎离大自然最远，它无法准确地描述她。音乐来自心灵，表现人的感受与情感，抽象而难以捉摸，让人胡思乱想。然而，有时它是一束照亮大自然的光，像在一个梦境的世界睁开了一双眼睛，它看到了自然的精髓，它捕捉的自然的诗意是如此浓郁而精确，唤醒了人身体内沉睡的感觉，照亮了我们自己。这样的时刻是令人战栗的。

《蓝色多瑙河》属于少数的例外，它是音画，也是音诗，对大自然的描绘，对春天诗一般的叙述，它呈现出一幅幅图画，在每一个人心中激荡起自然的联想。

坡下一路东去的河流，被草地染成汤绿，阳光下静静地奔流。朋友说，它就是多瑙河。惊讶之余，我竟有一种他乡遇故知的感觉，眼前的森林与草地突然在视线里变样：它们显得亲切了——仿佛从遥远的曾经有过的想象里打开——那是我想象中的山水。眼前的风景像它吗？尽管它虚幻，影像朦胧，但在我内心里却有无比清晰的意境。

森林在大地蔓延，满眼青黛，蓝天纯净如洗，堆雪的白云，悠悠然悬于头顶，它的暗影都是青的，大地上宽广的河流舒缓前行——这是我所见到的风景。它似乎在向着我的想象靠过来，又似是而非，那些在想象中出现过的山坡呢？

多瑙河两岸地势平缓，几近平原。河水就像从平地流过，两岸没有堤坝，也难见人烟，疯长的野草和树木蔓延到了水边，直到树干和草叶与水波相触，一边是流动的汤绿，一边是凝固的青黛，荒野、空旷、沉寂又庸常。它让我想起了自己家乡的河流，那是水边有水草摇曳的河流。我想，诗意是因为人的情感投射，那是生命的回味。

《蓝色多瑙河》《维也纳森林的故事》《春之声》，像来自大地的语言，声音饱含了土地的希望与喜悦，它宽广、舒缓、柔情，像春天散发的气息，在一片片薄如蝉翼的阳光里飘飞，像幽蓝的鸟语，唤醒了蛰伏于季节的诗意。在辽阔而轻柔起伏的大地上，我向着作曲家小约翰·施特劳斯真实的感受靠近，体味着激发他灵感的这片土地——大地与音乐的联系是神秘的，是什么使得生活于它上面的人创作出了这么多优美的旋律呢？这些旋律跳跃、波动，一如波涛的回旋与大地的起伏。像斯拉夫民族手风琴拉出强弱对比夸张的节奏，奥地利人用弦乐拉出了如此多的圆舞曲，它们优美、舒畅、欢快、透明，像清风拂过大地。

我从高速奔驰的车里感受到了大地的韵律，车的微微起伏，如浪的轻抖。圆舞曲，热情、善良、好动的民族才拥有的音乐，它是奥地利民间舞蹈曲体，鲜明朴实，真挚自然，它表达生命的赞美，还表达和谐、亲密和友爱的人际交流。

二

奥地利仿佛天然就与音乐结缘，人们热爱音乐，几乎生活中的每一个细节都流露出音乐的意味。音乐不只是回旋在音乐厅，在每个家庭、每个村庄都有民间音乐与歌声响起，约翰·施特劳斯、莫扎特、舒伯特、海顿等音乐大师相继诞生，音乐就像大地的第五季洋溢着田园的诗意，每个人的内心都有一种流畅、欢愉的情绪，是它们让奥地利人乐观、热情、友善和风趣,还是乐观、友善、好动和风趣的奥地利人让音乐具有了相同的品性呢?人们从自己的音乐大师的旋律中找到了共鸣。一个民族的趣味从音符中找到了最佳的表现载体。

维也纳,奥地利首都,一座古老建筑保存得最好的城市,当年施特劳斯、莫扎特、舒伯特走过的地方,几乎还是从前的原貌。城市里许多地方竖立着音乐家的雕塑,每年举行新年音乐会的金色大厅,它的对面广场就有勃拉姆斯的塑像,城市公园有约翰·施特劳斯拉小提琴的雕像,贝多芬、莫扎特、舒伯特的雕像也塑在这座城市,他们死后被葬在维也纳中央公墓。

欧洲其他国家城市,人群聚集的地方,乞讨者扮成雕塑,向路人行乞,当有人向他们的帽子或小桶里丢钱,凝固的雕塑就活了,他们向施舍者致意。这一路几乎都能看到这样的情景,我常常被吸引。在维也纳的旅游景点,却是身穿民族服装的少女与小伙,他们一个个温文尔雅向你推销晚上的音乐会票。他们笑容亲切、温和,像老朋友一样走近你,热心地介绍上演的曲目。这种热情并非是出于生意上的考虑,你在维也纳街头随便向一个年轻人问路,他们都会露出同样亲切的笑容,热情地帮你找到你要去的地方。我至今还记得那个小伙子把地图摊开在车头,帮我们找一家合适的旅馆,他标出地点,还告诉我们行车路线,在下班车流高峰的马路边,站了足足半个小时之久。这种发自内心的友善,让你觉得自己也是这座城市的主人。在现代艺术馆,与一群年轻画家相遇,他们快活地与我开着玩笑。在金色大厅一侧,两位女孩走过,她们有茜茜公主一样姣美的容貌,当询问可不可以合个影时,她们的脸上立刻露出阳光一样灿烂的笑容,笑声嘻嘻,十分快乐。

同行的范小勤,一路上都想试一试自己的勇气:敢不敢在大街上卖艺。在欧洲城市,街头演奏是最常见的一景,卖艺者没有任何羞愧,给钱的行人也没有施舍的心态。艺人以他的表演获得报酬,是最正常不过的。但她一个个城市走过,甚至在德国一个小镇悄悄练习了一晚,就是没有胆量上街表演。到了维也纳商业街圣史蒂芬大教堂,她突然有了勇气和冲动,一出教堂,就在一家商店门口吹起了口琴。她一脸通红,手在发颤,口琴声小得几米外就听不到,但她还是继续吹着。一个男孩走到她的面前,礼貌地在她脚下的太阳帽里丢了一块硬币,半个欧元。一曲吹完,她收起帽子,激动得喘着粗气。就在街边一条长凳上给女儿写信,她要把自己的快乐与女儿分享。

维也纳旅馆可以还价,我跟服务台的人说优惠一点,他就真的少收了10欧元。这在其他城市是很难想象的,尤其是德国旅馆,报出的房价是不容商量的。

这一切,对一个异乡人无疑在情感上有着巨大的作用,在这座没有一个朋友的城市,我觉得自己是那么轻松、随意,变得乐于与人沟通、交流。我想,这是人们喜欢音乐的基础。音乐就是一种心情的交流与共鸣,一种感受的共享。是我们大家心里一条共同的河流。它轻快活泼,轻盈跳荡,波涛起伏,一路依着节律往前流动。蓝色多瑙河就把这种诗意生活的赞美——音乐之波,流淌到世界各地。

维也纳是最不孤独的城市,你能感受到另一条河,它是善的美的河流,在人们心里奔涌着。维也纳人热爱自己的城市,想让一切都能保持下去,让生活永远像优美的回旋曲一样周而复始:人们每年都兴致勃勃去听新年音乐会,每年的音乐会都是保留曲目;人们不愿城市改变,几百年依然保持着原貌。像河流一样,水在流淌,一代一代人在生活,一种恒定的美好心情长流不变。

第二天上午,离开维也纳之前,我特地从住地横穿过古老的石屋,绕到多瑙河岸边。石堤下,一条木船泊在石级下,我坐到船上,用手掬起一捧一捧江水,任它一丝丝一滴滴从指缝间滑落河中。清晨的阳光照在米绿色的水面,奔流中的水涌起微波,有被阳光照亮的曲线在石坝边荡漾,反射的光亮令人目眩。河上没有一个人影,石坝上的绿草坪上也没有人影，只有绿草坪上的马路，一辆又一辆车快速驶过，那是城市的真正流动的河。多瑙河在维也纳就像一个过客，与我一样匆匆而又孤独地走过。也许，这正是维也纳人对它的爱护——它在这座城市里流淌就像它在阔野里流过一样，带着自然的气息，没有受到半点污染。

三

萨尔茨河是多瑙河上游的一条支流，五月里，它从阿尔卑斯山的雪峰流下来，被春天葱茏的植被染得碧绿。流经萨尔茨堡时它仍然那么清澈，就像仍在山涧，阳光下银光闪耀，一派纯净、稚气。遥远的阿尔卑斯山雪峰倒映在水里，一座高高的古堡亦如雪峰似的立于河岸山峰之巅，与远处的雪峰倒映在同一条河里。这座萨尔茨堡的古城堡成了这个城市的标志。这座城市还有一座看不见却能听见的"标志"，那就是莫扎特。萨尔茨堡是他的故乡。

我走过城内马卡特广场莫扎特的故居，走过萨尔茨河上的桥，到了对岸粮食街他的另一处故居，像他四处迁徙的人生一样，这座他出生并成长的城市，最后也只是成了他人生旅程的一个驿站。萨尔茨堡人笑说，是大主教一脚把他踢出了萨尔茨堡的大门。这位培养过他的主教，传旨莫扎特与他一起去维也纳演出，莫扎特未予理会，主教不能容忍他的"清高"，于是，莫扎特"被一脚踢开"。他在大主教宫廷中不再受到任何重用，这位音乐神童被迫去维也纳。他在外风光过、潦倒过，人生的酸甜苦辣似乎都尝到了。但他的音乐却永远是那样轻快、跳荡、透明，有时不无揶揄，像一个成熟的大男孩，又像一条明澈欢快而不羁的河流，一切是那么自然，只要拿起笔灵感就会奔涌不息——这条萨尔茨河，几乎就是他音乐品性的象征。

萨尔茨堡偏于奥地利西南一隅，与德国、瑞士接壤，随萨尔茨河隐入阿尔卑斯山麓,它是欧洲的一处世外桃源,充满了世上少有的悠闲生活情调,空气里似乎也散布着一种透明、散淡而不无讽喻的意味。看看这条静静流淌的河,就像触摸到了城市的脉搏。它是小步舞曲一样流淌的河。

在这里,一切难以想象的事情都在发生,从来没有停止过。主教可以找情人,躲在古堡的迪特利希大主教就曾跟情人偷偷生下过10个小孩,而且为博情人欢心,为她修了一座阿尔特宫。直到被囚禁在古堡,主教的风流韵事才落幕。又一位叫西提库斯的大主教,在山下设计了一座最有创意的游乐宫——亮泉宫,往往严肃的场合,他悄悄打开隐蔽的喷水口龙头,弄湿客人的裤裆,他的快乐是看那些正襟危坐的客人装得跟没事一样。一位石匠,他先后娶了7个妻子,每个妻子都是由于他的胳肢,奇痒难耐,哈哈大笑,直到笑得喘不过气来而笑死。莫扎特4岁能弹琴,7岁就能作曲,一首《小步舞曲》流传至今。莫扎特的死也充满着神秘,两百多年前,35岁的他在维也纳死于粟粒疹,后人有说他死于吃了半生不熟的病猪肉,他的家乡萨尔茨堡人更愿意加上自己的想象,一位在莫扎特故居工作的中国台湾人悄悄告诉我:他死于梅毒,莫扎特跟着他的朋友去嫖妓染上了这种病。又说他有同性恋倾向。粮食大街的故居摆放了莫扎特弹过的钢琴、拉过的小提琴,还塑有一组歌剧《唐璜》《费加罗的婚礼》中的人像。我对中世纪的圆筒裙好奇,撩开裙边观看里面的支架。这位来奥地利二十多年的同胞,跟我大讲印度的一种玉石,说是可以护身,萨尔茨堡人对它深信不疑。还说中国的气功、风水和《易经》成了这里的三件宝贝。

去古堡是在黄昏,爬上山头,城堡已是人去楼空,堡内一半的房屋落锁。在这些幽暗又神秘的空间走过,道具暗示着全然不同的古代生活,想象就在这些过去是司空见惯而今却踪迹难觅的遗物上闪烁。尽管房子空空荡荡,用途要靠揣度,但我感到城堡外那个夕阳下的世界已经十分遥远了。我悄悄推开一扇又一扇厚重、古老的木门，吱呀作响的门轴、木地板嚓嚓响动——想了解古堡的强烈欲望战胜了恐惧——我钻过一个连着一个的空间，害怕门合上，想办法让门掩着，边走边记忆走过的房间次序。数百年前的歌舞厅、餐厅、小教堂还在。感觉那个遥远的中世纪就在面前。石头墙上小小窗口失去了最后的光亮，我开始逃离这个风流主教住过的空间。

入夜，萨尔茨河谷上空飘着星星，飘着音乐，女高音与乐队在山下的露天音乐场演出，声音传到山上。山下大教堂边一副国际象棋盘，篮球场一样大小，不少人正在下棋。咖啡馆的灯放射出的柠檬色光，让那片石头房屋渗透了脉脉温情……

在古堡露天咖啡座看落日直到天黑，夜里下山，吹着清新的山野的风，情不自禁唱起了歌，唱得少有的兴奋。一位老人跟在身后，等我们停下不唱了，他跑过来向我们伸出大拇指。两个来自东欧的游客，在歌声里会神地一笑，就朋友一样邀我们明天同游鹰巢。

夜深了，开车去找旅馆。看到夜色中的萨尔茨河，脑海里飘起的是《小夜曲》的旋律，若有若无，我分不清是自己的幻觉，还是真有人在拉。旋律有一股压抑着的激情，一次次冲击有如泉涌。四周变得安静了，房里的灯一盏盏熄灭，路上的车也稀拉下来，夜色中的河水仍在奔腾着，一会湍急一会轻柔，在星光下悄悄地却又是有力地前行。再次想到维也纳，两座城市，两条河流，却是同一条河——多瑙河——音乐之河，奥地利人心灵的歌唱都在这条河流的波浪之上，只要倾听一下深夜里奔流着的河水，就觉得听到了这片大地的脉搏——它是那样轻盈，如天空一样蔚蓝，它又是那样饱含深情，像宽广的土地那样深邃。

东方的气息

不知自己为什么对东方的东西会变得如此敏感。要问我什么是东方的，一时又无法说得清楚。是一种随意的心灵自由的表现？相对于西方理性，它的逻辑性、科学性，我的确能从欧洲的一切物件之上嗅出东方的气息。意大利米兰的史佛萨古堡，幽暗长廊里摆出的文物、花瓶、餐具、衣服、挂毯……那毯子的图案使我闻到了嗅觉里的新疆和田，那条沙漠之南的丝绸之路是有它浓浓的气味的；那餐具中的瓷盘，蓝色的植物图案，在我脑子里勾起的是南方古老青花瓷窑的想象，它们可能经过了南非的好望角，从大海上一路漂来；还有香炉、牙雕、丝质的长衫，有一种古怪的半是生疏半是熟悉的感受。我一路转过去，竟都瞪大着眼睛。看几百年前意大利人的遗物？不对，我在仔细辨别、寻找自己熟悉的那一部分。

长廊外大雨滂沱，感觉里像听粉墙青瓦外的一场春雨，那可是江南三月长长挑檐下挂着的雨丝！找到一处开着的窗，那雨的确是晶莹透亮的，一根根雨丝飘在空中，湿湿的混合着春天植物清香的空气，清凉凉的，猛吸一口叫人醒神。敢情全世界的雨有相同的情境？这个地中海的岛国，就在这场雨里，对我来说不再陌生。

但是，数百年前，如此遥远的地中海国家又是如何与东方那个古老的国度发生联系的呢？我知道明朝的利玛窦，就是从这里漂洋过海的。传教士们带着对天主教无比的忠心，怀着为耶稣服务的崇高理想，一批又一批，远远离开这个曾经强大的帝国，绕过好望角，走向东方，去想象中的东方古国传播上帝的福音。于是，东方古老的文明也经过他们而传到了西方。意大利人马可·波罗的旅行记描写了他的中国之行，这是一本最早对西方产生过深远影响的著作，里面记录了他是元朝时期从陆地上的丝绸之路抵达中国的。

这种文明的交流一直延续着。到了清朝，又出现了一位在中国有影响的传教士、画家郎世宁。他就是米兰人。更多的不知名的传教士，他们把东方的文化带到了这里，让我这个后来的中国人，在遥远的异国他乡闻到熟悉的文化气息，在一场春雨里滤去浓浓的乡愁。

中午，我在米兰商业街第一次吃到意大利本土的最普及的食物比萨饼，传教士把中国馅饼带到意大利的传说，有了实实在在的物证，只是这馅从饼内到了饼外。直露而刻板的西方人就没法学到中国人的机心与巧智，难怪佛罗伦萨那位中国导游不停地嘲笑意大利人，他在当地钻政策的空子不用费什么脑子，只是他的做法我不敢苟同。但是，意大利人的确笨拙得可爱。

下一站是荷兰。这个位于欧洲大陆北面的国家，十七世纪曾是世界强国，水上舰队远征到东方，台湾曾被它占领了，明朝的著名将领郑成功率领兵将浴血奋战才将它收复。

这天下午，我进入阿姆斯特丹的国立博物馆，一幅油画刻画了荷兰从前的强盗行为：空阔的北海，乌云低垂，海风劲吹，大浪涌起；浪头上一队帆船正在起锚远航，海滩上男女老幼挥动手臂……他们这是去哪里呢？去遥远的东方掠夺财物吗？画家是无意的，这种抛家别子的远征，在那个年代应是常有的情景，画家只是记录下这样的场面，表现得似乎还有几分凄然。画面的凄冷、阴郁，也是荷兰绘画常有的色调。博物馆中伦勃朗巨大的《夜巡》图，若不是画家在画的中心引来一束灯光，真的就是漆黑一团。这座博物馆最吸引我的同样是东方的气息。

美术展馆，人头密集，我匆匆看过，就找到人影寥寥的工艺品展馆。我觉得工艺品展览最能反映一个民族的心理、思维、趣味和审美。从过去西方人的眼中看中国——新奇又熟悉的感受,那简直就是一种刺激。工艺品展馆就埋伏下这样一种视角,一个陌生而又传奇的时空在这里若隐若现：500年前的中国,在这片土地上传为奇谈,许许多多现在已不知埋入何处的人,做着非常稀奇古怪的东方梦。从一些不多见的西方史料里,我知道那时的西方人到处都在议论着东方,人们对东方人既尊重又好奇,是不是两只眼、三条腿,可以由着想象去描述。哥伦布就是在这样的议论中上路的,他的目的地是从海上远航去中国。因为走错了方向,才发现美洲新大陆。

随着葡萄牙人开辟的东方航线,驾着坚船利炮的荷兰人,也加入了征服东方的行列。于是,神秘东方的文化随着侵略者的脚步,传到了这个寒冷的泽国。中国文化在荷兰人生活里留下的印迹,远胜过意大利史佛萨古堡所展示的。

站在一幅挂画前,感觉这个空间也变得熟悉了——这幅画确证无疑画的是中国南方：它用线来勾画,颜色是青花瓷上的那种青。除了画面引入西方的空间透视与构图,几乎就是一幅地道的中国画。地上的肥大草叶半是工笔半是写意,中景的椰子树、松树,证明这是南方的风景,也可能是台湾风景。树木后面是浩大的水面,远处的岸上有八角重檐宝塔、城墙与角楼。画中人物,妇女梳的中国古代仕女头,男的戴乌纱帽,服装像中国古代的长袍马褂,仔细看又不尽一致,中国何曾有过豹皮斑一样的衣饰图纹。特别滑稽的是,画里的人全是白皮肤的欧洲人,狗也是西洋种,他们有的在玩中国的杂耍,有的用剑刺穿树墩,有的爬树采椰子,有的在划船,船是海边渔民那种两头翘得高高的挂了帆的小木船,颇有一点《清明上河图》的味道。

这是荷兰人画的中国画吗？按理说中国人不会画出这种半中半西的东西。尽管西洋画家带着他们的色彩和透视法进入中国,甚至取得了皇宫的赞赏,但它对中国画家影响极小。东西方画家的交往更是鲜见。西方绘画直到一百年前才在岭南造成影响，出现了中国画的岭南画派。那么，留下这幅笔墨的人一定到过中国的南方，并在那里生活过一段不短的时间。中国南方的生活，那里的亭台楼阁、服饰、人群，一定在他的脑海留下过深刻的记忆。这是一种与荷兰完全不同的眼光和趣味。

让我吃惊的是一幅屏风，它摆在一间小屋里，用绳把观众隔离。虽不敢肯定这是东方所特有的家具，至少在西方是不多见的。中国人讲究空间的隔而不断，这种趣味与西方规整的几何体是不相融的。中国的园林，楼台水榭，曲水回廊，引起荷兰人的惊奇是一点不奇怪的。我惊讶的是，如此地道的绘有中国园林的屏风，是怎么会来到这里的？屏中亭台楼阁用的是界画，树木是典型的中国程式化的画法，扛芭蕉扇的仕女神情惟妙惟肖，四周龙、云、马、草的图案，很难想象会是一位外国人所绘，它们不但形似而且神似。

它又是如何到达荷兰的？究竟是来自那个遥远的东方，还是谁的手画下的？是一桩买卖的结果，还是一次强盗的行径呢？

小屋只有我一个人，独自面对，我像脱离了现实的时空，进入一段神秘而幽闭的历史。尽管馆内不许拍照，我还是偷偷按下了快门。

散发出东方气息的还有木床的造型，一些家具上植物的图案，它们特别有人的气味。这跟充满了"数"与几何体的西方是气质完全不同的东西。

像主人似的，在各个房间细细察看、对比，我不知什么时候变得兴奋起来。展厅像迷宫，在这栋古老的大楼里穿来穿去，一个展室时时只有我一个人，我像被遥远的时空所控制。思想在不知年代的幽暗时空飘移。偶尔出现的窗户，外面稀薄的阳光把我拉回到现实。

西方人对于罗马柱式的爱好让我惊叹。在罗马，我曾在两千多年前的废墟上看过它兀立于时空的造型。罗马帝国把它带到欧洲的每一个角落。在奥地利维也纳的香宫花园，山脚下，一座快塌陷的拱门，我以为只是一座普通的建筑，想不到它也是罗马帝国时期的建筑，那石筑的柱子差不多有两千年了。柱子几乎就是罗马的符号。博物馆如此众多的家具上，意大利人的柱子同样被普遍应用，简直像军令一般，让人迷惑、震撼。不管是什么风格的家具，不管这家具是床、椅、门或者是柜，几乎都能找到被改变了外形的柱子。这说明什么呢？是当年帝国的威严所加？是教化的力量、传统的力量，还是艺术的力量？一种趣味被如此广泛认同，成了西方人的永恒母题，也许，读懂这根柱子就能读懂西方。

出了博物馆的大门，桥下一条运河，海鸥飞翔，游艇快速穿过桥洞，把映着晚霞的水面荡成一片碎银。有石柱的古老小楼也被揉碎在波光里。突然想起一句古诗"夕阳西下，断肠人在天涯"。当年那个荷兰画家站在中国南方的水边，对着夕阳想起过什么呢？他同样会想念遥远的故乡。我们都走得太远了，但我却不觉得阿姆斯特丹陌生。当年那个站在中国南方水边的荷兰人，把东方的气息带到了这里，他没想到自己所做的，会在几百年后慰藉一个人的乡愁，这个人来自他画过的地方。文化的力量是如此强大，数百年前古老东方的文化就影响到了这个遥远而陌生的国度，也影响到了我此时此刻的心绪。

比起其他城市，阿姆斯特丹的确亲切了许多。

寻找乡村

从芒什省往伊勒-维莱讷省，完全是因为一条乡间公路。我们回巴黎本应朝西的，却顺着这条公路往南了。因为什么呢？真的找不到理由，只是一种说不出的情绪吧。看着原野上那些几百年也不曾改变的石头小屋，以各种造型和角度出现，它们被雨水淋过后，有着幽暗的色彩，就像是从泥土里生长出来的，与一棵棵树或一片片树组合成大地上的风景，勾起人寂寂的情绪。几乎看不到新楼。叫不上来名字的树木，外观有点像樟树，它们一身新绿，或立于平缓的山坡，或聚集低地。

阳光、雨和蓝得发黑的云，互相变着戏法，交替着出现。这是五月的法兰西最常见的气候。即便晴空万里，也得带着雨伞出门，突然而至的雨会把你淋个透湿。除此之外，手里还得拿件外衣，一旦太阳离你而去，寒气就会逼面而来。我查过纬度，巴黎竟然比哈尔滨还要偏北。这就是为什么法国的绅士形象总是手里撑着一把长柄伞，手肘上还挽着一件外衣的样子。

但是，在伊勒-维莱讷省乡村你别想看到人影。仿佛法国农民已从土地上消失。想看看今天法国农民是个什么样子，还不是一件容易的事。奶牛是有的，羊也成群成片的，但没有放牧的人，它们自由而悠闲地在草地上吃着草。百年老屋难以聚成村落，它们散在各处，三三两两，也不见人进出。碰到过两三台拖拉机在路上走，显得很稀罕，有的后面挂了耕地的铧犁，有的拖了高高一车厢扎成桶形的草，让人找回一点乡村的感觉。每次我都想看清楚拖拉机上的人,但都面容模糊,一晃而过。我想,他们一定是农民了。

　　记得去枫丹白露森林边的巴比松,那可是米勒画过《晚钟》的地方,19世纪中叶的农民与土地是浑然一体的,像梵高说的,他们是泥土的两种形式。那个低头祈祷的妇女与站在她身边静默的男人,与大地一起融入暮色之中,他们与泥土的那份亲切和谐真的令人感动。那情景散发出浓浓的乡土的诗情。柯罗《蒙特芳丹的回忆》画的也是那里的风光。在巴黎奥赛博物馆,曾面对这幅画:湖面与树林弥漫着银色之光,像薄薄的晨雾轻颤,母子仨在树旁采集着什么,自然的灵性散发出淡淡诗意。但是,眼前的巴比松,再也没有《晚钟》里的妇女了,房屋变成了一间间画廊,展销的画没有一幅与巴比松有关;街道也是干干净净的,停满了车。进入村口的森林,古木依然苍郁,但柯罗的那份亲切与热爱,就像从空气中蒸发了。一切都离开了泥土,人与土地远了,再也没有了那样的关系。那使异乡人也不会感到孤独的泥土一样的质朴品格,我不知道上哪儿去寻觅。想寻找农民,想寻找土地,但大地上空空荡荡。

　　从巴比松回巴黎,大片又肥又壮的油菜花、小麦和菜地,一眼望不到边际,但视野里见不到一个人。只有路面上跑着的车。谁能把这片土地拉得近一些呢?我被一种荒芜又无助的情绪包围着。

　　我们宁可迷路,也从大路往小道上开。但路边出现的房屋也与巴比松一样,你无法找到泥土的痕迹,以及农具的踪影。

　　德国南部之行,从慕尼黑去阿尔卑斯山的天鹅堡,途中,夕阳如染。丘陵上的村庄分外迷人。经不住诱惑,我们停车,走进一座村子。一栋一栋被树木与鲜花环绕的木屋,稀疏地散落在草地,像别墅一样,哪有半点农村的气味,就连国内许多度假村也没有这样的诗情画意。但是家居生活的气息,依然让人感觉到一种自然与亲切。

　　在马路的一边,我看到了一个敞开的大院,看到唯一的一台拖拉机停在那里,齿轮上还带着泥巴,修理间、堆草的房、农具房,还有院子里三个正在嬉戏的孩子。我感到了这个院落与土地的关系,那份共同的青草味、共同的泥土的气息,它是与某一片山坡地相维系的。我没有犹豫就走到了他们中间,我与站在院子里的那对中年夫妻打过招呼,就自个去看那些农用房了。

他们全家注视着我。刚才的那份从容慢慢地在消失。我想解释一下自己的行为,光靠手势无济于事,我举着的手本能地变作了挥手告别的动作,只得退了出来。

想起朋友跟我夸耀过的话,他可以随便去人家家里坐,去别人家里吃饭,就因为这,他隐居到了乡村。可那是在中国的乡村。他的那份幸福到了遥遥的西方我才感受到。

只有路不会拒绝人,虽然走得有点寂寞,却可以依着性子,任由它带领,悠闲自得地走下去,走向不可知的远方。

伊勒—维莱讷省的丘陵地貌只有微微的起伏,视野依然开阔无垠。道路就像土地的一部分,随坡地起伏着。内心觉得亲切。也许,大西洋的花岗岩海岸会突然出现,也许,我已经进入了布列塔尼半岛。我想象着古老的法兰西的生活场景,感受与猜测着一个民族的性情与地理上的关联。

一座中世纪的古老城堡出现了。它离公路是如此近,像迎面撞上的。抬头仰望,那紧挨在一起的两座塔楼,仍看不到它的顶。迫不及待把头伸出窗外,那高耸的塔楼,立于陡峭的花岗岩之上,岩石的下面是一条河流。连接两座圆形塔楼的城墙有四层楼高,它依河流形成自然的曲线。塔楼顶又建了两个小的石亭,一大一小,像打开的伞,圆锥形与八角形的顶反射着天空幽蓝的光。塔楼与城墙布有一个个瞭望孔。下车才发现,城墙顺着河流伸向更远的地方,那里方形、圆形的塔楼林立。河流绕城一圈,入口是一个拱状的单门,进城堡只有一座桥,由双吊闸和壕沟保护着。桥下三驾巨大的水车在水流的冲击下依然咿咿呀呀转动着。在漫长的中世纪里，冷兵器时代，这样的城堡谁能攻下？

千年之前的欧洲，大片的土地还只有流动迁移的自由民，没有什么国家。漫长的中世纪，依然是林立的小国，相互间的交战几乎从没停过。古堡把那段遥远的历史拉到了眼前。它的每一道缝隙里都深藏了厮杀声、呐喊声，隐含着胜利的狂欢与失败的哀号……

找到了地名赋雪（Fougeres），又急着翻地图，在布列塔尼（Brittany）、梅因（Maine）和诺曼底（Normandy）交界的地方找到了它的位置。这里果然是中世纪布列塔尼公国东部的边境，一个经常爆发战争的地方。1166年，英国人占领了布列塔尼，法兰克人要夺回它，于是，英国人开始修筑城堡，先从入口开始建起，竟建了300年。建到最后，出现了火炮，最后兴建的拉尔夫和苏瑞尼塔楼，它的基部墙厚达到7米，墙上修有无数个碉堡。1373年，英法百年战争，法国又征服了布列塔尼。

想象那个纷纷建立城堡的年代，村落之间，农民们只要抬头就能看见它们巍峨的侧影。农民在土地上耕种着小麦、土豆，像谈论着他们生活中的日常事物一样，传说着城堡里发生的故事。它们依然是乡村的风景。直到坡地上的钟楼建起来了，高大的教堂也成了一道风景，每周都吸引着农民们走进那个封闭而神秘的空间。于是，它们开始与土地构成另一种不同的关系。由于商业与后来的工业，人们抛下土地，向城堡集中，房屋渐渐密集起来，形成了城市。但欧洲的城市依然没有完全舍弃乡村：低矮的石头房屋，大片的树木，广场不用水泥与泥土隔断，而是保留了沙土，让它散发着泥土的气息，还有花园、草地、河流、喷泉……

在赋雪，农民们把自己种养的谷类、家畜送来这里交易。走私贩子在这里贩卖食盐。人们又用皮革代替毡，开始制造鞋。工厂越建越多，进城的人成千上万……赋雪就这样从一个城堡变为了法国的一个中型城镇。

农民就这样一批一批进入了城市。辽阔的土地也不用人力去耕作了。农民，成了一个职业，而不是身份——生存和命运与古老的土地联系在一起。不变的只有土地，还有几百年前修砌的石头房屋。

我想起那年穿越西藏无人区的情景，那些形同南方的山水，让人眼里不断产生幻觉：湖的岸边、山的垭口，人和村子不时出现；事实是那里没有一个村落一个人。当我面对大片的庄稼、成群的牛羊，却突然找不到人时，我的感觉同样难以真切：它怎么也没有人了呢？19世纪的乡村绘画，悠远年代的城堡，就不仅仅只是艺术与历史，它们是另一种生活现场，是证明。

一种简单却充满了温情与诗意的生活已经或正在离我们远去，我想。大时代也是梦想一样的时代。

离开赋雪继续西行，阳光灿烂。脚下是无边无际的平坦土地。疯长的庄稼，几乎把车淹没。道路弯曲着，犁开滚滚绿浪，我们就像跟随它深入一个荒凉的大草甸。不禁感叹：法兰西，好美好不寂寞的世界！

海滨墓园

> 这片平静的房顶上有白鸽荡漾。
> 它透过松林和坟丛,悸动而闪亮。
> 公正的"中午"在那里用火焰织成
> 大海,大海啊永远在重新开始!

法兰西诗人保尔·瓦雷里(Paul Valery)最著名的诗歌《海滨墓园》描绘的情景正在我眼前呈现。他诗里的白鸽指的是白帆。但我看到的海却是空荡的,既没有白帆,也没有白鸽。正是中午时分,诺曼底如此宁静,一片广阔的墓园,四面是松林,而大海在松林和坟丛间悸动和闪亮。

世界只有一片空阔。

瓦雷里诗中生与死的情绪,八十年后像生命传递一样,在我的体内复活。

风吹过,从广阔的海洋上面,从同样广阔的蓝天。风吹头发草一样起伏。云在跑,浪涌起,却一排排跌落下去,也像草的起伏。远处那条海平线上,"太阳休息在万丈深渊的上空"。"死者的住处上我的幽灵掠过,驱使我随它的轻步,而踯躅,徘徊。"

我踯躅徘徊的海滩,海岸低缓,但这是由于海岸线尺度巨大产生的错觉,岸其实很高。绿色灌木丛中生长着大树,树木中还掩蔽着钢筋水泥的地堡。从地堡炮口看海滩，褐色沙滩异常开阔，蓝的海水只有一线，跳动在这片色块上面，"微沫形成的钻石多到无数"。

远处，晃动的人影，两匹马各拉着一辆有两个轮子的车在沙滩上猛跑。

瓦雷里在海滨墓园由死感受了生，我从死感悟到了六十年前年轻而鲜活的生命——

沙滩上四处抛下的三角形水泥路障、海水上浮动的钢铁舰艇、伸出炮口的炮筒与一枚枚呼啸而出的炮弹、海水升起的冲天水柱、海滩飞起的成吨沙石、岸上夹着泥土倒下的树木、弥漫的硝烟、奔跑的脚步、凄厉的嘶叫……几十公里的海岸血肉横飞！三百多万身穿统一制服的战士，突然展开一场大屠杀——这是一个幻觉！

海岸线静谧无人，令人恐惧。

白色十字架的方阵也不见了。它们在这片蓝色海洋之上，与我脑海里的幻觉发生着神奇的关系，它们发动起一次又一次视野里的海市蜃楼。

诺曼底登陆战，盟军冲上来的士兵与空降兵，向着法国内陆腹地深入、扩展，在这片土地上与德军展开了一场殊死的战斗，这是一场决定二战胜负的大较量。新开辟的这一欧洲战场，把平静安宁的诺曼底变作了一个火药桶、一座大坟场。几十万双眼睛放射出的绝望、迷惑、痛苦的目光，都熄灭在十字架下幽暗的泥土里。

五月，法兰西西海岸的阳光艳丽、灿烂，每一朵疾行的白云都在大地上投射下了同样疾行的阴影，它们扫过平整的绿地。时间在这样的扫射中一阵一阵跑过去了。半个多世纪的时光，诺曼底已恢复了它乡村的原貌。那些数百年的石头房屋，留在石头上的弹眼永远喑哑了。偶尔，一座乡村教堂把它尖尖的塔楼指向蓝天，代表着这片土地上的人对于天堂的幻想与期待。人们生活在现实的土地上，心却在遥远而虚幻的天空。像我，眼望着的是诺曼底的春天，脑海里活跃的却是那一场像风一样刮过去的战争。时间深处呈现出来的土地，是亘古不易的缄默和宁静。茂盛的植被下，你分不清哪些深沟与低地是自然形成的，哪些是当年挖掘或者炮弹炸出来的。人们早已忘记了战争，和平在日复一日的庸常生活中成为了自己的一剂麻药。

墓园，一批来自美国的老人，在纪念雕像前围成半圆，哀乐响起来了，他们手在胸前画着十字，表情悲伤。他们是二战的老兵？是烈士的亲人？我想，他们眼里看到的不只是面前宁静的一幕，那片喘息声、脚步声、枪炮声，半个多世纪里，会不断在他们的脑海里出现，他们在忍受失去战友与亲人的漫长岁月里，把当年的惊悸一直带到了今天。宁静的被人装扮得美丽的墓园，对他们也许只是一个梦境，当年的一幕才是真实的世界。

一群小学生来到海滩一座小小纪念碑前，一个中年妇女娓娓叙述着，他们有点兴奋。这片墓园对他们是遥远的历史知识。他们想通过战争理解和平。

一个美国老兵却把当年的一幕带到了今天，战争对他不是历史而是经历，是忆记，是生命的一部分。他最好的战友，诺曼底登陆时死在他的怀里。他对老兵说，他害怕死，害怕孤独，问老兵能不能陪他。老兵答应了。他在这片墓园里一直陪伴着战友，从一个年轻的士兵守候成了一个老兵。

美国总统也来到了墓园。布什总统也来了。他从这里走出去，就在阿富汗、伊拉克发动了新的战争。他从墓园读不到死亡，读不到瓦雷里诗中的思索，读不懂战争。他从诺曼底晃过，人们关注的目光便盯上了新世纪年轻的士兵，盯上了阿富汗、伊拉克那样贫穷落后的国家。那里新的墓园又建起来了。和平是一块遮羞布。只要有新的利益纷争出现，强权受到挑战，和平就要被强者、弱者齐声呼喊。

作为历史名词的诺曼底战争，它不再是新闻了，商业电影中导演可以按照自己的意图改编，它在屏幕上又变成了娱乐名词，变成了消费时代的商品。随着死者亲朋好友的故去，伤亡已不能令人心疼。屏幕上杀人的游戏晃过，流血以及心灵的苦难再也无人能够看见。

这是我们现在和平的生活：从南联盟的科索沃，到阿富汗，到伊拉克，到黎以之战，战争进入了新闻转播。这个地球上浓烈的火药味闻不到了。当一个巴勒斯坦少年冒着生命危险，以手中的石头掷向开进自己家园的坦克时，仇恨和愤怒已经扭伤了他的面容。但跟在他后面的却是一条宠物新闻。

从海滩再爬上海岸，一棵歪斜的树，孤独地立于岸上，浩大的海风只能在它稀疏的树叶上找到自己寂寞的声音，浩瀚的海洋也只与它构成一次眺望——一次漫长的眺望。它的头顶云在奔跑，它的脚下浪在涌动，仿佛因为它，大地凝固，一条长长的海岸，伸进无尽的冷寂的感觉世界。

我在起伏不定的海边土地上寻觅另一片墓地。阳光灿烂，海风劲吹。一个乡村兵器展览馆，拱形的大房内，收集了众多二战遗弃的旧兵器。外面地坪摆满了坦克、大炮、三角架形的钢筋混凝土障碍物、铁丝网，这些都是那场战争留下的遗物。物还在，痛还在。这位农民把战争永远留在了自己的家里。他以自己的方式在祈祷和平。只有记住战争，才可能拥抱和平。

好像与大海捉着迷藏，从展览馆出来，我痴望着屋后的一片青青麦地。看仔细了，发现它的远处像被切断，天空就像藏到了或者掉落到了土地深处，风景平常却又奇异。我沿着有篱笆的水泥路往前走，直到又看到从土地深处露出的那片蓝色海洋。她真像迷人的蓝色眸子。她是那么巨大，却藏得不露半点声色，就躲在这片青青麦苗之下。

那片埋葬了几十万德军的墓园，却怎么也找不到。开车的朋友来过，她很有把握地沿着村间小道走，转来转去，迷了路。问人，竟都说不知道。等找到时，已跑了很长冤枉路。

同样是壮观的十字架方阵，绿色的草地，但十字架是黑色的，窄窄的一道门进去，就像进入地狱。一座人工堆成的土山，上面一个巨大的黑色十字架，十字架下直挺挺两个人像，像吊在十字架下。在墓园里走，竟有几分恐怖。这些埋入土地的年轻人与那些埋进土地里的年轻人有多少不同呢？他们难道就没有过爱心、没有过正义、没有过良知？他们就没有爱情与友谊、没有善良与同情、没有过幸福美好的生活？他们同样害怕死亡，同样有一颗多愁善感的心，他们死去时同样流着血、想念着亲人，最后在痛苦中闭上双眼。难道死亡有区别？痛苦有区别？每一个逝去亲人的家庭，不幸是相同的。

走在德军墓前，我不知该以怎样的感情去面对死者，面对这些曾是遭人痛恨的德国鬼子。从死亡的角度看，生命对每一个人都是宝贵的，惨烈的死同样的触目惊心；从感情上，我们却不能把他们等同于那些为正义而牺牲的烈士。人们不愿来这里，甚至附近的人很少有人来过，只有一些义工，为墓园来栽一些树。这些亡灵，每一个躺在黑色十字架下的青年，他们知道自己做错了吗？他们被法西斯的教育蒙蔽了眼睛，他们被人操纵着，一批批走上战场，走向死亡。野心家阴谋家把他们当成了工具。他们也许到死也不明白自己的侵略行径是怎样造成了世界性的大灾难、可怖的大灾难！不知道他们死后埋葬在异国他乡，受到世人的唾弃与冷落。毕竟通过他们的手制造了人类历史上的一场空前的劫难！仇恨，改变了真实世界的面目。

在墓园外的展览厅，照片上那一具具裹着的尸体、刚挖开的泥泞土坑、哭倒在坑边的母亲、担架上的伤员、被人扶着的妇女、行进的队伍、衣衫褴褛脸上满是泥土的士兵、枪口下诉说的嬷嬷……那在硝烟中的石头房子、泥沟、庄稼、积水的路面……这片土地与战争结合在一起时竟是如此的景象，那真是噩梦一样的世界！时间遮蔽了一切、埋葬了一切，把前人的鲜血与悲伤也擦拭得干干净净。让后人难以发现大地上曾经发生过的苦难，让人类对战争的幽灵缺乏了应有的警惕与防备。

谁能保证未来世界，拥有核武器、化学武器的人类，不会有更惨烈的大悲剧发生?！像瘟疫，杀戮一直伴随着人类一步步往时间的深处走。和平，这朵善之花，在恶的土壤上开放，是那么娇弱。它像沙漏，当我们拥有它时，也许它正在悄悄流逝。只有当每一根手指都攥紧了，我们才能留住它。人人都须驱除心中之恶，把善一点点积聚起来，这朵花才会长开不败。

被虚拟的行程

一夜没有合眼,不是因为害怕,荧光屏上的一条线,十几个小时里一点点往前蠕动,极其单调的运动,我却无法不看它,疲惫中总是本能一样睁开眼睑,一次漫长的抵抗,一次次掀起的沉重,几乎是一场毅力的较量。我的睡眠被这根线条穿越!

一个电视画面,正显示我走过的位置,它在直接虚拟我的行动。我看着自己,看着一个行动,因为被虚拟而呈现出真实的处境。睡意沉沉,我离开了地面,却开始真切感觉到地球,急速打开的想象之纷纭把我的脑子弄得疲惫不堪。

嵌在座椅靠背上的荧光屏,有一个地球影像,从泰国飞往南非的航班在地球上画出了一条线,深蓝之上的浅蓝色线条,由全球定位仪精准画出,这正是我在地球上走出的路线。心中一个意念在不断提示,这个线端是我。它不只是我的象征和比喻,甚至它就是事实本身。

当一个大洋浓缩在一方荧光屏内,穿越印度洋的速度因此而变得不再真实。我既在飞机呼啸而过的速度里,也在线条比蜗牛还要缓慢的延伸中。在印度洋上的飞行此时此刻反倒显得像是虚构,真实的印度洋呢?尽管就在我的脚下,我却只能想象。我只能感觉自己的想象与印度洋逼近!

四周寂静无声,飞机的引擎发出均匀的声响。我不知道是因为恐惧还是飞越巨大无比的印度洋的刺激,我想象自己在万米高空穿过云层之上的空间,想象大海扬波,那是令人绝望的没有止境的波涛,印度洋无边无际的海平面像天空一样开阔。巨大的不知名的动物正在飞机下的深海中畅游，我不知道它的存在，它也不知道我的存在，幽蓝的天空，有众多的星星闪耀，只有一点微光划过，如同流星，那就是海洋动物眼中的我。

一切发生的正在发生，在我却只有想象。

躺在卧室的床上，这样的想象也是可以发生的，但我不会感到恐惧，不会感到自己的生命如此渺小！线条无声描述着的是这个世界正在发生的一个事实。我就在这个线头上，但我却在线条之外注视着这个线头。我看着我自己从一个虚拟的影像中飞过，我看见此刻自己与地球的关系，但真实的我却排除在外，自己成了自己的旁观者，像四维电影院的观众，座位还可配合以真实的抖动。

地球一直在缓慢自转，但我感觉不了它的转动，面对如此伟大的存在，人的存在实在太渺小了。要说明事实真相，人类需要描述的图像，更需要想象。巨大的真实常常只能在想象中呈现。

几天后，站在两大海洋印度洋与大西洋交汇的地方，一个冷流，一个暖流，对于呈现在我面前的印度洋和大西洋，我仍然离不开想象。要把这水天一色与别处同样的水天一色区分，人的眼睛是办不到的。我的视力相对于海洋，我的短暂生存相对于亘古的地理，不过如蜉蝣一般速生速死。在乌云滚滚、风吹雨斜的天空下，我爬到好望角的最高处，五百年前，葡萄牙人的船队从这里驶过，去寻找东方的大陆。地理大发现从这个海角出现了重大转机——东西方终于在海洋上连接起来了。冷流与暖流交汇形成的风暴，把船队打上了好望角的海岸。这个最初被称作风暴角的地方，一次改变世界的伟大航程，如同一个海浪消失，沙滩上并无半点踪迹可寻。与别处海滩不同的是，它枯藤一样缠绕的海草在石头的滩涂上腐烂，密集的虫蚁快速地钻来爬去。烟波浩瀚处，一座暗礁，在视野里激起雪浪花，一圈一圈生了又灭。

历史于是也只能虚拟：澳门博物馆的一只船模，就是那些绕过好望角的船。那片玻璃柜内橘黄的灯光,像探入时光深处。它与这片海域联系起来了。那条首次踏上中华帝国陆地的船只正是从眼前的海面驶过!中国是它的目的地。澳门同样是个伸进大海的半岛,四百多年,东西方文明在这个弹丸之地交融,直到鸦片战争炮声响起,震醒国人,一个不寻常的半岛才被人记起,刮目相看。

荧屏上的大海,它的蓝一点点驱逐着绿,那是南亚次大陆,直到蓝占据了整个荧屏,绿色陆地再也漂浮不回了,这飓风生成并肆虐的大海,这葡萄牙人航行数月也看不见陆地的大海,在这时却成了一个虚拟的世界。

地球的图像是冷色调的,蓝色和绿色从西面旋转过来,但它们很快就被灰暗的阴影吞没。黑夜像个流浪汉,在地球上飘荡,它乌云一样覆盖过非洲大陆,蔓延到大西洋上空。它缓慢,但坚定不移。谁也无法阻挡,像一种淹没。发光的蓝色线条闪动着湖蓝色的光,像一把刀,试图切开这个冷色调的球体,它已经由东北向西南横斜地切过来了。我像一个固执的儿童,要在一个球面上刻下一道划痕。

我紧握遥控器,不停地按着放大键,那个被迅速拉近的线头现出了一架飞机。它是我乘坐的大型波音客机。海洋变得更加深蓝,像真正的大海一样,出现了小岛。岛是真实的小岛,方位准确,形状无误。但世界充斥虚拟。我看到飞机座椅上的人,幽暗灯光里,全都进入梦乡,黑暗的影子凝固不动,时间停滞,生活似乎在经历一次次死机,只有飘在外面的鼾声不受约束地一阵阵冒出,像一个虚拟的世界有了真实的配音。

望望窗外漆黑的夜空,觉得那条线在这漆黑的夜空画动,正如电视荧屏上画动的,在它被我无限放大的某个时刻,也许它们会重合到一起,虚拟与真实从此没有边界。

高速度,程式化,或者封闭、隔绝,真实的经历也不再真切,这是现代社会的新征象。行动已经交给了机器,肉体从没这样显得多余虚拟与真实的生活早已混淆。

引擎声、偶尔遇到气流飞机产生的抖动，让我从巨大的虚拟中找到身体，一个无法摆脱梦幻的身体。

真实到底有没有或者怎样发生了？当荧光屏上黑夜的边线移到了线头之上，我开始盯着舷窗后的黑暗，我要看着白昼追上飞机，看我怎样从夜色退到白天，怎样从虚拟抵达现实。巨大的被虚拟的世界，它的黑暗与光明飘移的界线如期呈现——窗后一条光线划开了漆黑的夜空，从下方的朱红到上面的靛蓝，七彩色谱艳丽饱满，像眼睛一样缓缓睁开，光芒如神秘的魔法，让头上的沉沉黑暗冰一样消融，大地变成暗影的深渊——夜色粉尘一样沉落下去。七彩之光越来越耀人眼目——白昼的确已经追上了飞机，黑暗已经前逃，比飞机更快，荧光屏上的机身已被阳光照得雪白。脚下黑沉沉的不再是海洋，而是非洲的大陆。

从一个朦胧早晨的降落开始，非洲大陆，像一个不真实的事件在我面前发生。非洲南部赞比亚、津巴布韦、南非，从城市到稀树草原，再到海滨，我在它的大地上面行走，像风一样刮过。匆匆十日，一辆封闭大巴，在不停地飞奔。

荒凉的大地，黑人的村庄像流浪的吉普赛人，泥土与茅草筑成的草寮消失了，红绿蓝的塑料板、纤维板拼凑的平屋，像儿童游戏临时搭建的积木，像城市遗弃的垃圾。光秃的树枝与枯黄的草地上，偶尔一现，一个部落与一个部落间相距遥远。有黑人高举双手，在一辆小面包边点燃一丛枯草，他们发出欢呼，一片火苗就让他们感觉快乐。

小面包是黑人的交通工具，车上是不会有白人的。大片大片的荒原是黑人与动物的世界，白人只属于城市。而城市，私人小面包里也只有黑人，大街上没有公交车，小面包是专为黑人准备的，白人有自己的私家车。

我想把车开进稀树草原上的村子，当地人害怕遭到围观劝我放弃，就像一百多年前白人深入非洲陆地害怕进村一样，恐惧仍在肤色之间充盈。一个小村外，两个黑人坐在地上，兴奋地站起来，朝我们大声喊话。我只看到张合的鲜红的大嘴唇，急切挥舞的双臂，一瞬间他们从近退远，化为黑影。

一天晚上，从南非开普顿机场出来，高速公路上，大巴车窗映出了我的面庞，我看到了自己黑色的眼睛、暗红色的嘴唇，也看到了黑压压的房屋，它们延绵几十里，没有灯光，或者说偶尔昏暗的灯光，无法照见夜晚的黑；没有声息，或者说没有可以发出声响的东西，默片一样。我又找到了观看荧光屏的感觉，眼前的一切突然遭到了虚拟——在我内心里，它变得遥远而不真切。一个人出现在面前而不觉得真实，这世界变成了一个符号的世界！

黑人棚户区，简陋的纤维板搭建的棚子，从荒漠涌来，密密麻麻，像城市的垃圾场，没有电器，没有像样的家具，破烂的衣服挂在草地铁丝上，如拾荒者。甚至面包也紧缺……这是现代化城市开普敦冗长的前奏？我看到，我感受，一个人的感官、情绪、良知被隔离的状态，如何让活的现场失去了真实的感受。速度、节奏、画面的切换，让人麻木。像电视进入生活，生活也进入了电视——只有视觉，没有感觉。

我是一颗子弹，两边是如铁一样的黑，沿着高速公路的枪膛，射入城市：闪亮墙壁的高楼，室内奢华的设施，灯火通明的街道，穿梭的高档轿车……仿佛另一个星球的景象。这里是白人的天堂。是一个虚拟的游戏软件的天堂。

一种对比，像换上了另一个频道，一条公路串联起来的、一个国家包含起来的、一个黑夜笼罩起来的——对比，不能如期产生罪恶感，我像熟视无睹的南非人。

五百年的风暴角，最初东西航线的补给站，开普敦开始成为航船停泊的港湾，西方人大批来此种植蔬菜，黑人成为雇工，一座城市慢慢建立。从黑人被白人统治，再到黑人当家做主，所谓文明的世界可曾改变？

去海豹岛的一天,先晴后阴,桌山罩着厚厚一片云。穿过山脚海滨别墅区,在游船码头,一个布尔人自言自语,他走过那些旅游工艺品地摊,旁若无人,有时狂笑,有时面部呈愤慨状,海风把他敞开的红色衬衫吹得东摆西荡。他是一个疯子,沉浸在自己的臆想中?

他向我靠近,我看到了他隐蔽得很好的一根线,他有一个耳机。是这根线救了他,我与他一样都想象到了另一个人,一个被手机虚拟的人。于是,他所有的行动都变得符合逻辑了,那条线是一条现代科技的逻辑线,他又变回了正常人。

第一次看到手机的魔力如精神致幻剂,看到它所象征的一个真实又虚拟的世界!人不能再被时空所限定,我们随时可以丢开身边的人去与手机交谈,可以随时进入遥远的世界!一个虚拟的世界出现并伴随,一个与想象形影不离的生活已然展现。我们关注手机的动静,我们随时准备着与手机包含的广阔世界发生即时的联系。与此类似,我们回家,围绕客厅中央的电视,让电视来告诉我们生活,告诉一个虚拟的世界就是真实的世界,我们为此流泪,为此狂喜。或者,坐在电脑前,进入网络,那里是一个不受空间制约的世界,世界扁平了,没有了远与近,生活也真正进入了虚拟时代。

而面对真实的非洲,我像是换了另一个座位,对着大玻璃,一天又一天,浮光掠影。我不明白细部的、缓慢的生存,甚至不了解它的苦难与不平。我看到一切事物的外表。在一个全球化的时代,我像一根线条在上面游走。带着我行走的是南非最具实力的旅业集团,超豪华的安排,赤贫之上失去的真实感,让心一丝一缕释出不安。

对于非洲的苦难,黑人的苦难,我是否要付出感情?忧虑与愤怒是否应如期奔涌?它们是真的忧虑与愤怒吗?用汉语表达的忧郁对于一座大陆是否不如风吹草动更有意义?

愤怒,在我或许是一种虚拟——想象中生成;我的精神世界,或许也在遭遇全方位的模式化。

荒凉的盛宴

非洲大陆展现的曲线,深远、流畅、抒情。白纸一样的天空,无止境地、任意地让大地画下去。一曲交响的旋律,隐然于人类的耳外,在天地间回旋。

如人的不断延伸的目光,公路前行,我看着两侧低矮的山峰经过漫长的坡地升到了天边。坡地下,平坦的草原,在非洲被称为稀树草原,瘦小的树木虬枝如铁,叶如金钱,严重地焦渴、干旱,土地几乎没有了水分。草,却在疯长,冬季的草地枯萎,风中的摇晃显得脆弱又坚韧,金色却在这摇晃中大片呈现,夕阳下闪现一片辉煌,如铜管乐和弦的强音。然而,耳中一片寂静,静得只有风的微响与虫鸟的唧唧。非洲大地,多么虚幻的声音的盛宴!

一进入比林斯堡,就感觉到一切生命都受到了钳制,这里树木低矮、稀疏,因为缺水,水控制了所有生命的形态:水分充足的地方,植物茂盛如同热带雨林,那是太阳城人工浇灌的树林才有的气象,而眼前触目皆是细瘦的枝丫,零乱如挣扎的手臂,风中嗦嗦抖动;枯竭的叶片像燃烧后的灰烬,闻不到一粒水分,枯焦之气蔓延到了空中。这个看不见的隐匿于泥土与天空的水,在冬季南部非洲高原,制造出了大地上异样的景观。也制造出了人难言的心境。

非洲的动物,犀牛、象、长颈鹿、斑马,都是稀树草原喂养出来的庞然大物,它们在大地上走动,显得惊心动魄,就像那些山坡遭到了分裂,那些山石改变了一次地形,巨大的力量在草原上集聚、运动,没有什么能够阻挡它们。而另一类动物——狮子、非洲豹，它们像闪电一样划过草原，神奇而英勇，如同神话，以一种迅猛的攻击力，让大地颤抖。它们出现在稀树草原而不是大森林，正是稀疏的树木才利于草的生长，利于它们庞大躯体的行动，利于狂风闪电一样的袭击。

七月，是穿着厚厚冬装的天气，敞篷车上坐着的人，来自几个国家。比林斯堡狭小的公路处在南非北部与津巴布韦接壤的土地之上。黄昏的风卷起草原上的股股清香，特别的香气却来自枯竭的植物，一股股从不同的方向袭来。隐秘的寒意聚集、谋划，显示了匪盗一样的本相，让人脑子里想起图穷匕首见的词句。等到太阳开始落山时，它终于伸出无数只手指，在身体上搜刮、抢掠，如嗜血者寻找出体内的热量，把它抛进汪洋一般的旷野。旷野就像南极舔人的大海。辽阔的空间在同一种冰凉里走向一体。落日，疲乏了天上的逡巡，浸入冰凉之境，散发出了远古无限的苍茫。

犀牛是一种神秘的动物，它见不得火，更不能容忍人的窥伺，它会箭一样冲来，向你发动攻击。它常常成双成对或以家庭的方式出现。在左面的一座山坡上，犀牛庞大的躯体与草色融为一体，它一走动，才把庞大的躯体从草丛里分离出来。狭小公路边，水塘边的河马、白色的鸟，山坡树林中的狒狒、猴子，一一从眼前或远或近地闪过去了。犀牛的出现虽然庞大，到了近处才被发现。

柏油路面是人忠诚的伴侣，黑色的线条直指北方坡地，它于山的一侧消失后，飞转的车轮又逼迫着它出现，那是又一片平坦之地。不断地躲藏与显现，展示出了稀树草原起伏不定的地貌。犀牛就在车与道路的游戏中出场。它慢慢靠近这条黑线——这颇有点人类辖地的味道。而公路另一面，也有一大一小两头犀牛正在吃草，它们抬头回望了一下路的这边，又低头吃草去了。

大犀牛缓慢地迈动四条粗壮的腿，靠近了公路，向着那一大一小两头犀牛走去。

车速慢下来了，缓缓地前行，让大犀牛走过马路去。但犀牛却停了下来。它不能容忍人类靠近？它不是过马路的行人，与车有着默契。它也不懂得人类社会的生活节奏在这几十年间突然加快了。它们一万年也不会变。它的无畏与勇敢永远都是王者的气度。它毫不犹豫地向我们走来，仍然以它极其粗的短腿，迈着缓慢、笨拙又坚定的步伐，像绅士一般，但它身上的愤怒正在聚集，在距离只有几米的地方，它停下了又短又粗笨的步子，长而巨大的头，向前伸出一把弯刀一样的角，抬起来，弯刀指向我们。

气氛骤然紧张起来。一切行动都停止了，双方陷入了沉默。

大地的曲线在这一刻凝固、寂然。

远处的两头犀牛在向这边张望，只有它们踩踏草地的声音，像寂寞的气球随风飘走。

大犀牛为何愤怒？！

我盯着它的一双小小的圆眼睛，那里是它全部信息的来源，它那厚如石头一样的皮肤，如果不动，就是一面岩石，刀枪不入，更难流露些微的表情。它那眼神里有警告、威胁，我想，它是不希望我们走近那对犀牛。

这双庞然大物的小小眼睛让我紧绷的神经放松下来，因为它透露了食草动物善良的本性。

对峙一段时间，我不明白这如岩石一样粗笨的动物，是如何明白我们已领会了它的意图，它又是如何肯定我们会信守承诺？它放心地掉转了头，把一个圆石一样的屁股转向我们，昂首阔步从路面走过，好像我们已经不存在了。看到它枯树一般的皮，皱褶一圈圈堆积在腿部，像风箱一样缩放着。我忍不住笑了起来。我在想，它凭什么如此信任我们？

三头犀牛团聚到了一起，结伴向草原深处走去。从它们的熟稔与亲近，我明白它们是一个家庭。亲情在彼此的顾盼与担忧中流露。如此粗壮的动物有如此浓厚的亲情与温馨,不明白这情感是如何与石头一样的躯体结合的。

等到犀牛一家走远,我们才启动敞篷车。

公路折向西面,一片平坦的草地,夹在两条山脉之间。远处低低的山脉下,一队角马正由南向北迁移。它们在山脚拉成了一条直线,有近十里路长。这是一次大迁徙?它们要去更远的草原?

而在草地中间,象群也在朝相同的方向行走,在某个遥远的地方,也许,真有一个动物的聚会,或者狂欢节,那一定是它们交配的季节或者生育的日期;也许,春天快要来临了,雨季在向它们召唤,隐隐的雷声已在非洲大陆某个纬度响起来了,大地上最早万物复苏的地方,嫩草又将绿遍天涯。比起角马的急迫,大象慢吞吞的样子好像从不知道什么叫着急。它们在年老母象的率领下,边走边吃着草。整个世界就像是它们的后花园。

几头年轻的大象离开象群,停下了脚步,在一边做游戏。它们用长长的象鼻缠绕、相拥、摩擦。几乎是在一片平静中,一头大象突然吼叫起来,用头顶开了两头象,骑上了一头母象的背,它的生殖器已像树棍一样从肚皮下伸了出来。身体内勃发的力量突然间爆发!我这才明白大象们站着不动是在表达彼此的爱意,而不是在小憩。巨大躯体的柔情只有依靠一条长鼻子表达。亲昵的动作也只是把头靠了靠,像耳语一样,大象无法发出呢喃软语。如同石头般的皮肤能够接收到身体的信息吗?能够在碰触中战栗?它们在沉默中传递了怎样的情愫?空气中也许有异样的不被人知的电波激荡。大象哪怕相距遥远,也能捕捉到对方的信息,它们是否有一种神秘而敏感的生命器官?

被顶开的一头象,它昂着头,长鼻子和短短的尾巴都像树干一样直了起来,指向天空,一声又一声吼叫着,像吹起了长管,激烈的情绪在它庞大的躯体内涌动,它的愤怒使它缩成一团,改变了身体的模样!声音震动着草原。空气也随着气流波动。天地之大,只有它在破坏这永恒的宁静。

发泄之后，它仍然竖直着尾巴，低吼着，无可奈何地向前面的象群走去。

年轻的象群，又恢复了刚才的平静，仍在一边站着。夕阳快贴近地面了，低矮的树木在草地上投下了长长的蓝色阴影。一次黄昏的交媾完成于黑暗来临之际。象群静静站立在这朦胧的光影中，像在倾听，像在等待，偶尔勾起鼻子，摇晃一下尾巴，那勃起的"树枝"在向着体内慢慢退缩，泥巴色的象身飘浮起了一层金箔。

在一头大象抬头的一瞬，山脚下的角马群一阵骚乱，这时角马已经走向远方，一条直线指向了天际，只有队伍后面的线条断了，散开了。藏身草地的狮子在久久的隐忍之后，发动了攻击，它们在追捕中，死死盯住一只角马，先打乱角马的阵容，把猎物隔离开，然后一起向它发动进攻，最终咬住了它的喉管……一只角马倒了下去。

食肉动物在太阳落山时分开始了袭击。大地仿佛晃动了一下又恢复了它的平静。只有枯草丛中的一角，看不见的热血正在喷涌，血腥之气飘摇在原野之上，一个生命无济于事地挣扎，继续着死亡前的恐惧……一群鸟，从头顶飞过，鸟翅高空中的黑色到了山影之中转为白色。它们沉默地飞，翅膀扇动的空气与风吹草叶的声音一样微弱，混合在了一起。而大象一动不动，静静站立在越来越暗淡的光芒之中，像哲人陷入了沉思。

所有山峰分出明暗两块巨大的光斑。背光的暗影像流言和恐慌，向着草地疯狂蔓延，把金黄色的色块划成了碎片，像一个打碎的金盆，顷刻之间光芒褪去。幽蓝的暗影在大地之上串通、汇集，汪洋如水，所有的光芒熄灭，淹没在梦魇一般的晦暗幽冥里。

一座金字塔一样的山头闪耀着最后的金光，好像这金质之光来自山体的内部，是它自己照亮了自己。山头下面，树木像墨迹一样浮在山腰。

黑暗好像来自大地，它最先暗淡下去，像曲终人散的舞台。夜间动物开始登场了。这个没有人烟的世界，大地亦不闻炊烟。没有人类呼喊的土地，就像沉入到了无古无今的荒芜时空之中。我在四面观望着，想寻找触动我昔日生活回忆的场景，只有黄昏之迷离是相仿的，诗意的不可召唤，让我陷入原始洪荒的孤独。

一只土狼从墨迹之中走出来，它停一下，走几步，犹疑不定，显出食肉者的狡黠。这是我从没见过的丑陋的动物。

敞篷车近了，它在犹豫中不情愿地沿山脚向远处跑去。那是一个孤独的影子在昏暗的夜色里跃动。这种非洲土狼，狮子也敢挑战，它比豺狼还凶狠，有着顽强的斗志。但土狼喜欢成群结队，很少单独行动。

寒冷从天空压下来。天地与生命之间，也许总有相契合的意境。我的孤独的情绪像弥漫了天地，如肆意的黑暗，这孤独是我从未曾体会过的一种。心中愁绪千山万水一样阔大，却空洞无物。这一切真的来自于小小内心？还是眼前的景物？还是更伟大的存在之物使然？幻想冥冥中的造物主，内心却涌起悲悯情怀。

侧目逼近的山坡，斑马群暗玉一样的光浮在矮树间，像一缕缕飘渺的薄雾，几乎分辨不出的暗影是角马群，它们挤在一起，因胆怯而警惕，低头的动作仍是吃草。怜悯之情涌向了全身。荒野之上，与人类隐秘、伪饰的行为不同，弱肉强食的铁律毫不掩饰，自然的法则笼罩于一切生命之上。爱欲、性欲、血欲……大地呈现的只有亘古的包容。

紧紧抱着胸口的大衣，身子仍在风中冷得发抖。那座遥远的在荒野孤立的太阳城，这时，它的奢侈对我不只是一种诱惑，而是救赎了。那橘黄色温暖的光芒照亮的衾被高床只在幻觉中出现。

越来越重的夜色，乡愁的烟幕，生命别样的感受——皮肤冷风中收缩、干燥，生出轻痒，情绪冷凝、郁积，苍凉如霜，渗入肉体，身体突然释放的焦味在鼻息之间飘荡……

  抬头，天穹仍然亮着。这张白纸已经抹去了所有生动的曲线，所有的交响这时走向了阒静，世界真正安静下来了，夜云，凝固而诡异的表情高挂在天上。

会吼叫的烟雾

一个黑人，走向一条黑色柏油公路。他的身后，几栋坡屋顶的平房，懒懒地散开，像果实一样撒在大地之上。不像我在广州看到的黑人，他们走在喧哗的大街上，背景是高低错落的楼房和黄皮肤的人群，无数条水泥的道路在他们面前展开。

现在，世界很安静，没有一丝声息。这是黑人的家乡，牛皮鼓在遥远的想象里，像空气一样没有波动。柏油路像唯一的树干在原野上伸展……

闻得到植物的芳香，它们淡得近似于无，一座大陆的气息，与蓝色天际、半枯树木呈现一个季节的清冽。

我成了一个异乡人。起伏的草地上，有我黑色眼睛寻觅的故国草地记忆。从广州、曼谷、约翰内斯堡，到赞比亚小镇李文斯顿，时空的转换只在昼夜之间，天空随铁翅降落，地面稳固，不再晃动，抬头已是非洲的旷野——一片坚实的草地联结了一座大陆，我从草地上望见非洲，它在草地后面，低矮的树木把它遮掩起来，与想象一样深邃。

赞比亚之南，一个平静又平凡的下午，与昨天广州的那个下午，相隔一个夜晚和一个上午，一个在冬天，一个在夏季，太阳把同样西斜的树影投射在大地之上，时间呈现了同等流逝的属性。这个世界并没有什么发生，事物在按照自己的逻辑发展着，而我到了一个一生也不可能与我有关联的地方，这似乎成了这个世界最寻常的奇迹——人生总是充满着从无关到有关。一种速度正在改变人与世界相处的方式。

走在大地上的黑人就这样突然出现在我面前，与我毫不相干，我来不来到这个地方，他都会一样出现，好像很宿命一样。让人想起时光旅行，我只能看到而不能改变——这也与速度有关。我看到了他与家的关系、与土地的关系、与他自己国家的关系，这一切都在他走动的姿态里呈现。他举手投足，自由、懒散、自然，这一切又都指向他身后的家——只有出生地上生活的人才有这样的随心所欲。我仿佛看得到他祖先在这片土地上生活的踪影，看得到他眼里的世界越过瞳仁中呈现的景色不再延伸，想象就停泊在远处山影的淡蓝色中。树木在他的眼神中变得松散，大地因他的不经意的瞥见而舒展。

他走过的树冠，不比房屋更多；房屋伫立草地，位置与树木一样没有经过人的选择，都是它们自己生长出来的。这个在房屋与树木空出的巨大地坪里走动的人，头上是冬季的太阳，所有高出地面的物体都投下了浓重的阴影，他自己拖着沉沉的暗影，拖过了微微欹斜的土地。

昨天，我在广州炎热的酷暑里，用眼睛消化着高楼大厦。现在，我清晰地看到了自己走在非洲的土地上。眼前的情景平常、异样，却无法想象，闪动着寻常又非凡的色彩。经常的妄想让我找不到真切的感受。时空交错的力量作用于心，心即扭曲，生出幻觉，虚幻中的脸，颜色是黑夜，却闪动亮光，虚幻中的动作，可比舞蹈，更触动人的心灵。我没见过这样的行走，这走动把人与大地的关系走出来了，把人在大地上走动的本来样子走出来了，就像风一样自然地刮过，吹过山冈、河流；云一样飘动了，在天空自由地游动，没有施加任何意志的阴影。空气都是透明的。他无所用心，他安宁、自足，让人觉得世界都是他的，世界原初就是这样的，属于每一个人，人是这个世界和自己的主宰。

此一刻，只是在这个午后，只是在大地上挺立的物体和涂抹在大地上的阴影中。

汽车快速行驶，沿着大地上的一条黑色枝干，刚才的一幕就是窗外一闪而过的瞬间。

矮树林间出现了越来越密集的房屋，那里是李文斯顿镇中心，是另一种生活的形态——非洲城镇生活。

红色的坡屋顶巨大如盖，与浓重的阴影一起覆盖了分隔世界的墙，白色的粉墙或者红砖的清水墙，在一片荒野里竖起来，窗户是光和空气的通道，像时间一样侵入，里面的黑却顽固藏匿，像一个个羞怯者，像这片大陆的历史，无法照见。

墙在靠拢、集中，横排成两列，一条街出现了。街上的墙高过了屋顶，长方形或者三角形的白色块面，英文的字体显赫、耀目——可口可乐、柯达、柯尼卡……它们仿佛来自空气，从全球化的空气里跳出来，跳到了墙上，地球上任何一个有墙的地方，都有可能是它的符号——无处不在的商业品牌，在每一个角落与人遭遇。

可口可乐、柯达、柯尼卡鲜艳的彩绘引导下的视线，看到了它们下面低矮的走廊，与岭南骑楼一样，沿街人行道进入廊内，走廊给行人遮阳和避雨。廊内橱窗偶尔一个塑胶模特，穿着色彩艳丽的时装，却被铁条的护栏锁着。它不像是用来招徕顾客，而是躲藏，深处的暗影让商业的气息处于窒息之中。走廊之简陋，砖砌的方柱，刷上白灰，上面盖着灰色的纤维板，如同临时建筑。

三个女人在走廊穿行，一个带头，两个紧跟，速度比横过马路的人还快，她们喜形于色的表情，只属于她们正沉浸的事物，商业的设计并没有进入她们的视线。她们的身体拒绝艳丽奢华的装扮，与橱窗里时尚化、模式化的模特毫不相干。

一个妇女走到一棵树下，抬头仰望起树和树上面的天空。她站在树下，纹丝不动，仰望的动作把她凝固了。她有橄榄般的黑色脸庞，牙和眼睛的白像一道雪光，手和裙子帘一样自然垂挂。或许她不感到自己在时间中的停滞，是我的时间出现了旋转——从一个遥远的时光疯狂地转动起来了。广州的节奏与李文斯顿的节奏在我的身上引起了激烈的冲突。当我从飞机场空降于南部非洲的小镇，我就像一次插入，刀光一闪，速度消失，不同的景象出现，我在自我迷失中观察一座大陆的具体物象，譬如一个人，一个人的脸孔和他的表情，一栋房屋的造型和它的历史痕迹。而我的脑子里还是飞行的景象，还是十几个小时前广州高速路上飞奔的汽车、即使遇到障碍物也决不停步的匆匆行人。记忆与现实交织，虚幻与真实混淆，前者让后者开始扭曲变形。

街头上，缓慢走动的黑人，大多是单个出现的，没有人与别的人牵手或者相拥，亲密的关系与大街无缘，或者它们在非洲的阳光下退缩到身体的内核，只有黑暗才能让人的臂膀与嘴唇彼此靠近，猛烈、快捷。没有交谈，语言没有进化到废话连篇的地步。一家商店大门旁，一个小伙子坐在斜靠墙面的自行车上，望着街头的汽车和行人发呆。在他旁边的是他的两个同伴，站在一边抽着烟，偶尔望一望街对面扛着布袋横过马路的一老一少两个男人。

路边一个小女孩，黑褐色的长发密密地织成了几十条小辫，小辫梳向脑后，像一道道溪流奔腾而去，高而尖的额头就是这溪水的源头，形态如此美丽，但我最先强烈感受到的是她花费的时间！十年前，我在西藏也曾看到过类似的装扮。在她们的世界，时间并不存在。

物质的欲望是会从时间上流露的，时间对人构成的压迫是物质追求的结果。而精神的美的追求却让时间变得宽广与沉实。我从小女孩头上看到了一种生存、一种时间沉静的美丽。赞比亚南方小镇，二十一世纪的生活，时间之河仍然依自然的节律流淌，仍然是静水深潜，波澜不惊。商业和资本的缓缓侵入，还不能改变人们时间的观念，改变的只是街头的建筑，不土不洋的样式——粗犷的罗马柱式、券拱的门窗，渐渐升高的楼房——在时间的积累中已非从前的房屋。

追溯变化，时间要回到一百五十多年前的某一天，一个英国人的闯入，他的白皮肤第一次出现在小镇的黑皮肤中间。一切的改化都从白皮肤的出现开始。这个闯入者，他的名字就是现在小镇的名字——李文斯顿。李文斯顿的建筑从草木走向了砖瓦，（小镇还没见识过钢铁、玻璃的房屋。）从前的蓑草屋，那种遍布非洲大陆的圆锥形的蓑草屋顶，砖或树木扎的圆筒墙，把黑暗也囚禁在白天。人们喜欢在阳光下生活，只把睡眠交给那个逼窄的空间。他们在地坪里一起看见这个走近小镇的西方人。而现在，蓑草盖到了最奢华的五星级酒店李文斯顿酒店的屋顶上，它是西方人为了怀旧而设计建造的。欧美的白人，源源不断从南非转乘飞机，飞来这里度假。而小镇的屋顶一律都换成了红瓦。

　　小镇成了殖民地后，像驯化动物一样，黑人卷着大舌头学习英语，用射箭的动作学习过圣诞节、复活节的礼仪，学会在半裸的身体上穿西装、打领带，从迪斯科一样激烈的动作中停下来，学习跳交谊舞，学习慢条斯理地吃西餐，不能弄出半点声响……从稀树草原生长出来的语言、习俗、穿戴、饮食……在时间中慢慢衰竭，像阻隔了雨水的植物一样枯萎。现在，小镇人表达对这一切的不满也只能靠英语了，只要他们走出小镇，他们发现面对外面世界时，自己的土语失效了；他们想抛弃圣诞节、复活节，却已经忘记了自己的节日。在雕塑自己的形象时，他们用一根木头，雕刻出一个穿西装、打领带、戴礼帽的黑人，他站在木雕市场所有的摊档前，张着厚嘴唇对着游客憨笑。他的身体那样颀长，像哈哈镜拉长的影子一样充满魔幻——他们连自己的身体也不能确定了。

　　赞比西河从小镇缓缓流过，这条非洲第四大河流，蓝色的河水像人的沉思默想，不动声色的波纹掩盖着长河奔涌的真实面目。大象、犀牛来到岸边饮水，长颈鹿、斑马把美丽文身的倩影投映到河心。河床深处，潜伏的鳄鱼、河马露出一点点它们的鼻孔、礁石一样的头和身子。两岸只有寂寞的水流声，不见房屋、人影与炊烟。平原上的河流像太阳的长镜，正午波光粼粼，晨昏如锦似缎。

李文斯顿正是沿着这样的河流深入非洲的腹地。他带着东非海岸的黑人和长枪，想找到深入非洲腹地的路线，几次驾驶轮船在赞比西河逆流而上，都在险滩前败退。

赞比西河阻挠着西方人深入的脚步，把神奇深藏在非洲大陆深处，它证明非洲是个呈现出其不意的地方。在李文斯顿镇——土著们怀着敬仰而称呼的"会吼叫的烟雾"，就是地球上的一个奇迹：

一条宽阔的河床突然从大地上消失了，远处起伏的稀树草原干涸得见不到一滴水，只有几股云雾向着天空升腾。如果乘船顺流而下，将是灾难性的：一条一百多米深的沟壑横在河流前，流水奔泻而下，深沟的长度正好是河床的宽度——1708米，白色闪电一样，河流在大地的直角从深蓝一变而作纯银的堆雪，如白色之光射入深谷，对岸几十米外，峭壁对峙，抵着峭壁升起来的不再是水，是云雾和密集的雨点，像从地缝之中喷射而出，冲向高空。

沟的中部，另一条垂直的深沟，像巨龙引水出关，继续沿着河流的走向，在地表百米深处笔走龙蛇，穿过非洲南部高原，奔向印度洋。

飞天的云雾寂静地升空，钻地的瀑布雷鸣般落下，这是津巴布韦与赞比亚两国边境都看得到和听得到的景象。

李文斯顿在冲下深谷前遇到了一个小岛，捡回了一条小命。

小岛上，看到流水从我的脚底直落而下，我震惊的是深处的水雾闪现的佛光——沟上的彩虹套着沟底的彩虹，地心深处，神秘的影像金光闪耀。

两个黑人在身后左右抓紧我的手臂，让我站到了大地的直角上。他们的手掌宽厚、温暖，第一次，黄皮肤的我与黑皮肤的他们紧紧把手握在一起，两座大陆的人种有一样东西彼此相通着——那就是关爱与友善，它们通过紧握的手掌和真纯的笑容传递，那握手的紧密不仅仅只是代表力量，而是内心的善良、纯朴和信任，是赞比亚人对于东方古国最信赖最向往的表达，这里传递的还有国家与国家的友谊。关爱能让乡愁在某个瞬间尽释。

李文斯顿回去了,在与小镇隔着一个大洋的遥远的英伦,那里的人们开始以李文斯顿的名字来称呼这个小镇。以他们国家女王的名字维多利亚来称呼"会吼叫的烟雾"。取名者正是李文斯顿。这个小岛也叫李文斯顿岛,那个看见彩虹的直角上,刻着他的头像。

白皮肤出现在黑皮肤间,英国人认为是他们发现了这个地方。也许,李文斯顿不是第一个到达小镇的白人,只不过那些白人对瀑布与小岛没有兴趣,他们感兴趣的是人,他们从这块土地上抓捕黑人,当作奴隶贩卖到了欧洲、美洲。一部记述李文斯顿非洲探险的书,称他为非洲之父,书中描写了他在湖边遇到白人押送黑人的情景,我在约翰内斯堡机场翻着这本书时看到了这一幕:在白人的长枪之下,黑人被绑在一起,正穿过树林。远处有凄厉的哭泣与号叫。

一个多世纪过去了,自然的景观没有变化,李文斯顿镇却不复有往日的模样。天主教的教堂高高耸立在一片平屋顶之上。白皮肤坐在小车内,以极快的速度穿过街道,或者是在游轮上,品着咖啡,喝着葡萄酒、啤酒,以极慢的速度,游玩在赞比西河上,黄昏拂面的晚风带有一丝欧陆风情。在豪华的房屋与酒店,黑皮肤的侍应生,穿上了统一的制服,在白皮肤间穿梭。殖民时期已经过去了,教堂成了一段历史的象征,而作为后殖民时期的教堂,钟声仍然天天响起,它们就像非洲的植物,西方的宗教、文化如森林一样在这里扎下了根。

这天黄昏,赞比西河北岸,一种奇妙的声音,它像自然的声息,譬如泉水滴落于深涧,石壁生出了回声;或者是陶罐里水的晃荡,木管里风的歌吟。它的节奏不紧不慢,像一个倾诉者,在一个角落里幽幽诉说。这是古老的声音,忧郁、空寂。它来自树木木板和倒挂的羚羊角。小小木板条依长短排列,木板条下倒挂的羚羊角也大小不一,形成了天然的共鸣。一个黑人青年在连绵不断地敲击着。他扭摆着腰肢,送胯的动作达到了极限,却是悠缓、忍隐的。在音符的流动中,一个个游客，踏着漫不经心的步子，从码头登上了豪华游轮。

码头的下游，别墅式酒店一栋一栋沿河岸一字排开，全开放的玻璃门窗，六星级的装修，床上大小枕头有十多个，雪白床单上撒上玫瑰花瓣，着意以极奢华的方式追求着贫苦与奢侈的对比。世界正在悄悄进入一种秩序，贫与富、贵与贱，不再与道德和良知有关，疯狂的对比反而更能激起富贵者的欢心。

这个孤独的打击乐演奏者，让他周围的空间染上了空寂而忧郁的情调，让我感受到了一种异样的力量——音乐里正呈现出一座大陆的神秘，在那些低矮稀疏的树木间，大型动物走过的身影在摇晃，如同山影耸动；猴面包树像大地的一个器官，高耸粗壮，强大的生命像一座火山喷向天空，把小的树枝与叶片举到了发青发蓝的天穹之上……眼前的清清河水，黑白分明的波影，视线却不能穿透，像天空一样变得扁平。远处象群的吼声隐约朦胧，悄悄传递，像在提示一种古老的秩序——神秘而神圣的自然生态。赞比西河两岸隐匿了铁一般的律令，与河流一般奔泻，与大地一样永恒、悠远。

重塑散文的文学品质
—— 熊育群答张国龙博士

散文概念的新界定

张国龙：不久前，评论家阎晶明在《人民日报》评论您的散文时，写到散文是最没有边界的文体。您是怎么看的？请谈谈您的"散文观"。

熊育群：现在的散文概念的确很混乱，几乎什么都可以算作散文。由于散文的文体特征不是太鲜明，还没有哪种文体像散文这样可以各自诠释一通。虽然散文极度繁荣，却也造成了淹没。评论家面对这样的乱局，认定散文没有了文体，我虽理解，却不能认可。这正是需要散文作家面对、思考的。不可否认，混乱局面也造成了丰富，总体来说是好事，就散文我们可以细分，甚至因此而派生出新的概念。

如果说散文仍然作为文学体裁之一种，无疑它要具备文学性。如果我们把散文限定在文学性上面，其他非文学性或者文学性不强的写作，则需要新的概念来命名和界定。

文学性，首先表现在语言上，它不是信息符码，而是艺术符号，范仲淹的《岳阳楼记》流传近千年，首先是它的语言美。语言上没有追求，就谈不上文学性，而语言美的最高境界是它的诗性，这也是历代散文共同追求并流传的一个重要原因。

第二，散文是建立在个人感觉、感受上的一种艺术表现，它把人鲜活的感觉带到了文字的现场，使文字具有了生命的特性与活力，是一个人与世界遭遇所激起的反应，唤醒了脑海中的感知、想象、情感、思考等精神的活动，散文再现并表现这样的精神活动，再现并表现作家眼里的世界，从而给客观的世界打上强烈的精神烙印。因此，它具有鲜明的独特性，它不是知识、历史等资料性的东西，甚至也不完全是经历性的记述，它的视角是极其个人化的，不是公共的，公共的东西永远都是文学的公敌，它是与心灵有关的，都是触动心灵的东西。一篇好的散文没有个人的灵魂在里面，它就不会是一种创造，甚至是虚伪的。文学是有机的，是生命的一种延续，其精神是有呼吸的，是不可复制的。

第三，艺术是讲境界的，中国文化所追求的天人合一，让历代文人创造出了许多意境深远的经典作品，让人类的心灵得到极大的安抚与提升，散文的高下也在于其境界的高下。中华文明在对待自然的态度上所取的诗意化追求，让人与自然达成了最富审美性的和谐。这种文化上的追求，让艺术在表现自然世界时自然寻求诗意的表现。它就像宗教，历代散文都在这样的意趣下去进行创造。这是散文的正宗，主旨是讲审美的，是人与世界诗意的相遇。也有因语言、思想、事件等某一个因素而流传的文章，这必定是某一元素发挥到极致的结果。还有因为历史、政治、文化等原因而流传的文章，它们不是文学意义上的作品。

张国龙："散文"的理论界说的确非常暧昧。按照中国古代的文学观念，"散文"即除诗歌（韵文）之外的一切文学或文章（即"广义散文"或"大散文"），既包括注重"文学性"的小说、戏曲等品类，又包括各种应用体式的文章。当代散文虽施行了一定程度的文体净化，但"大散文"仍旧风行。20世纪90年代出现的"大散文"与"小散文"之争，以前者的得势告终。随着"文化大散文"的兴盛，大散文更是位居至尊。

大散文观念造成的负面影响是：散文俨然成为文字收容所，任何不能归入他类的文章皆可冠名"散文"，使得从文学的角度谈论散文显得褊狭，甚至没有意义；对"散文"的界说难成定论，作者、读者只能按各自感觉中的散文模式认知散文，从而导致创作无序，理论批评失范。可见，大散文导致散文指称功能极度膨胀乃不争的事实。作为"文体"的散文负载太多，作为"文学"的散文遭到非文学因素的干扰，散文的本性（即"散文性"）难以在大家族里彰显。散文必须直面困境，发现自我，拒绝成为大杂烩。如果说大散文观念从外部围困了散文，那么"文学性"的偏离与"自我"的放逐，则为散文作茧自缚。尤其是"自我"的迷失，导致散文无"心"，乃散文的致命伤。

熊育群："大散文"与"小散文"之争，恶果之一就是文学性遭到了贬低，审美成为非常不重要的追求。审美是艺术的宗教，缺少审美意趣的作品能谈得上文学吗？写生活琐事如小女人散文，用文字闲聊，芝麻小事一箩筐；写历史人物、历史事件，如臧否民国人物、皇帝的权术、名人命运、正史野史秘闻，冠以文化大散文的名目，修辞常见的多是排比句的煽情，思想性或许有一些，文学性却从何谈起？其语言和文笔，好的历史书籍也能达到这样的水准；写现实如环保、底层打工等，与小说、纪实难以区分，主要靠与人利益切身相关的内容去引起关注。消费主义时代，主要追求眼球，艺术追求无关宏旨。

艺术，独特的形式是重要的。艺术就是有意味的形式。没有艺术形式的追求，艺术无从确立。

今天，有必要区分文学意义上的散文与大散文，不妨把文学性散文之外的文章称作随笔，前者必须看重语言与表达。重塑时代的语言之美，在这个年代显得尤为重要。

我个人的散文追求是：一、以有限的个体生命来敏感地、深刻地体验无限的存在，张扬强烈的个体生命意识；二、强调在场，就是写自己身体在场的事物，哪怕历史，也不是来源于书本，而是来源于现实的存在，哪怕只是一物一景，却是一个时空的物证，是时空连接的出发点，重视身体，身体生理的心理的反应是我得以体验世界、表现世界的依据；三、正是因为个体生命的短暂，才具有强烈的时空意识，才打通历史，连接历史，这里的历史不再是文字记载、不再是知识，而是从生命出发的一次更幽深的体验，如同从现实的层面打开一口深井；四、表现方式上重视东方式的"悟"，文字灵动，摒弃套话空话，语言是人的灵魂，像呼吸一样自然，像情绪一样起伏，像站在你面前一样真实；五、文字以最大限度逼近体验，因此，独特、别样是必然要求，个性是自觉追求。

这种散文或可称作新体验散文。（我虽写历史内容，但非历史文化大散文。）以自己的体验带来新的感觉和视角，刷新散文的概念，使这一几乎被全民写作淹没的文体得以重生，获得独立的文学体裁意义。

张国龙：散文是一种向内转的问题，您在《文学报》的《听从内心的召唤》答记者问时，说到您的散文是面向内心的一种新体验写作，这无疑是散文回归本真的必由之路。遗憾的是，在众多当代散文作家中，像您一样具有自觉的散文文体意识的作家寥寥。您早先写诗，后来写散文，我想了解您的诗歌写作经历、经验之于您的散文创作有何影响？

熊育群：诗意是任何文学体裁都在追求的最高境界。我进入文学创作是从诗歌开始的，这就决定了我的方式是诗人式的，我现在仍然在写诗，《诗刊》常有我的组诗发表。上面所说很多已接近于诗，注重感觉，情感，意境，尤其注重语言的凝练，它是一种湿润的有色彩的充满生机的语言。我的眼光、兴趣和思维方式都受到了诗的影响。

生命意识的新向度

张国龙：关注生命个体的存在状态，思辨生命本体，乃中国文学沿袭千年的传统。如此卷帙浩繁的经典文本中，从来就不乏浓郁、敏锐的生命意识。然而，中国文学在相当长一段时期内，公共空间遮蔽了私人空间，个体的声音被大时代的嚣声淹没。尽管新时期以降中国作家渐渐找回了自我，但具有一以贯之的生命意识的作家仍旧寥寥。您曾在答记者问时说到您的生命意识非常强烈，请您诠释一下您对"生命意识"的理解，以及其在您散文书写中的主要体现。

熊育群：生命意识简单来说就是死亡意识。当然前者的概念要大于后者，但它是建立在后者基础之上的。人对于死亡的敏感有差异，天才人物大多对死亡特别敏感，譬如莎士比亚、艾略特、瓦雷里；极端不敏感的人直到自己面临死亡才如梦初醒，这样的人是愚顽而没有灵性的。用一种死亡的眼光看待一切，会具有对事物宏大把握的可能，能够看清看透人生的意义，呈现生命的本相。庄子就是这样的人，他的所作所为都是彻悟者所为，他为亡妻鼓盆而歌，他的庄周梦蝶，他的逍遥游，所有的一切都是对于死亡的反抗。是死亡意识唤醒了生命意识，是死亡意识让人追寻生命的意义，对自己的存在产生极大的疑惑，感受时间和万物的节律。

我无法摆脱强烈的生命意识，对于死亡直接的感知与思考，我在《生命打开的窗口》和《死亡预习》中已有最直接的表现。如果把生命意识比作一种温度，那么我大多数文章都浸透了这种冰凉的体温。它在每个字里结成了霜。像历史文化散文《复活的词语》《脸》，生命散文《春天的十二条河流》，你用看透自己一生的目光看世界，世界呈现出的景象将是瞬息的、暂时的、变幻的，它们都带着强烈的时间印迹，历史也不再遥远，它与现实息息相通。

我在《哀伤的瞬间》中对这种来自身体的像时钟一样运行并自我校验的生命意识有这样的描述:"突然感到哀伤,像被子弹击穿,像被寒风袭击,绝望中几乎不能自拔。看看外面,天空并没有黑;阳光依然美好,树木间那些闪烁的光斑点燃秋日的妖艳;市井的嗡嗡声,仔细聆听,可以分辨出孩子的喊叫、老人显得冗长的交谈、车轮碾过大马路时的轰鸣……我却感到世界在瞬间改变,像面对无底的冰窟,像内心的黑暗淹没了一切。我看到了那种清醒,那种能把人的一生呈现出来的清醒,它让我战栗。这种情形就像一个人在黑夜里行路,突然的强光把一切照亮,但只是闪耀了一下,一切又都陷入黑暗,我却待在原地,怔怔地、惘然地,但我已知道自己的来路与去向,知道了自己周围的异样的风景。知道生命的道路在前方断裂"。

正是这些瞬间启示了我,让我思考如何度过自己的一生。

张国龙:您的散文中有不少"历史文化寻根"的篇章。但您对历史文化的书写,似与 20 世纪 90 年代以来流行的"文化散文"大相径庭。请简要谈谈您的"文化观",以及您书写历史文化的策略。

熊育群:我不太认可"历史文化寻根"的说法,这与我前面说到的散文观是一致的。我写历史,是因为我感受到了它的气息,它就在我生活的时空里,我感觉到了它的存在,历史文化在我只是呈现事物的一种工具,它不是目的,通过它我找到现实与过去的对接,把我们看不到的事物延伸过来,我在乎的是从前的气息,我感觉到了这样的气息、场,我要把这已经虚妄了的气息表现出来,把这种存在再现出来。我还在乎的是这一过程所表现出的时间的纵深感,也就是说,我还是不能摆脱生命意识,这是超越自身的更宏大的生命意识。人类在传递生命,当然还有传递中的文化,作为一个诗人我对此不可能不敏感。

这也许是一种生命现象,一个人当他过了不惑之年,他就像爬到了生命的又一个制高点上,他的眼光从自己的脚跟前伸展开来了,他看到的不再只是现实中活着的，还看见了远处消失的，那些过去认为十分遥远的，现在感觉逼近了。因为有了这样的感觉我才进入历史，才有历史文化题材的抒写，没有感觉我是写不了的。

文化只有与个体的生命结合才是活的，那些活在每个心灵之上的文化才是我能够感知的。否则，它就是知识，是脱离个体感知的抽象的文化知识，这样的写作是知识传播，而非文学的性灵抒写。

所以我的历史文化散文不会有完整的历史，它们是断续的、跳跃的，历史永远是跟随人的心灵意志的，或者是时空的感觉，或者是一个抽象出来的象征符号，我要表达的是心灵史，是消失了的生命的现场。我只要抓住自己的一种感觉，一切都会在这种感觉中展开。往往在写作中，我会重新发现历史，特别是民间的历史。这与行走和阅读有关。如果只是躲在书斋里，就很难有新的发现。人类活动留下的一切痕迹从广义上说都是文化。

张国龙：您在散文中执着地追寻历史文化记忆，对传统文化的迷恋甚至达到了全盘接受、认同的程度。而您似乎不屑惊鸿一瞥于当下的文化景观，偶有碰触，多流泻出失望与倦怠之情，竟无一赞词。加上您对当下生活的疏离，读您的散文间或有"生活在别处"之感。倘若您在缅怀、追索历史文化记忆时保持着更为公允的批判意识，倘若能以开放、多元的胸襟给予当下文化景观多一点关注，或许将使您的散文具有更为强劲的艺术感染力。不知您是否注意到了您散文中所呈现出的此种文化心态？

熊育群：谢谢提醒。怀古是文学的母题。就是美术也大多喜欢画古旧残破的东西，很少去画新的建筑。因为那上面有时间，有岁月。我的确对存在之物缺少敏感，反倒对消失的事物充满好奇。它不仅能调动我的想象，还调动了我的情绪。我可能是有很强怀旧感情的动物。人都有偏执，有自己的兴趣点，我对消费时代、物质至上时代的确热爱不起来。我们的生活正在发生巨大改变，我感到惶惑。我常常借传统的建筑——那种四合院、坡屋顶，自然紧贴于大地上的房舍——建立起的人伦的温暖，表达痛惜之情。大都市高楼隔离了这种人伦，把人类变得冷漠、孤独、自私，我无法对着给人压抑的千篇一律的城市高楼生发热爱之情。我认为它只是解决了人的身体的栖居，而没有安顿心灵。同样，中国传统文化所建立的恕、孝、礼、忠……被一刀两断之后，我们无法与传统对接了，也就是说，我们没有自己的来路了，我怎么能不希冀找到自己的来路自己的根？一个民族没有自己的传统，怎么会不混乱？我非全盘接受传统，譬如在《复活的词语》一文中我是反孔子尊庄周的。没有传统的滋养，心灵会是空落的。

伟大的传统是文人精神的皈依，这种来自岁月纵深的文化，它是作为一个精神整体才发出感召力的，一种情感的非理性的召唤，与全盘认可无关，这是生命意识在一定年龄段的反应吧。

我是一个悲观主义者，对于人类的贪婪有切身之感，而市场经济正在极力激发与鼓励这种无止境的物欲，生活变得越来越奢华，这会毁掉我们生存的环境。向过去追寻一种人与自然和谐共处的田园牧歌，我认为正是现实逼迫的结果，是我对现实的另一种表现。也可以说是内心的一种反抗。当年高更远离巴黎繁华的现代都市，去大溪地过原始人的生活，我这样的冲动越来越强烈。一切不过是生存，活，哪一样对自己好，它就是正确的。我们要拒绝文明的落后与先进之分。这才是愚昧的。

张国龙：您的散文有重"理"轻"情"的倾向，且叙事支离破碎，对当下生活情景的再现尤显"捉襟见肘"。但您对自然风物的描摹则细致入微，神形兼备。请谈谈此种落差生成的内在动机或其他。

熊育群：其实我认为自己是重抒情的，最初我的诗就是抒情性的诗歌。随着年岁增长，情感表现越来越内敛，也许是出于对煽情的反感，我几乎没有直接表明感情的文字，都是内含于行文之中的。直接说出自己感情的文字在我看来是肤浅幼稚的，其实感情也是不可能直接说出来的。《生命打开的窗口》是较重"理"的,表达的是我自己的生命哲学,但同时隐忍着强烈的感情,这种感情读者并非感受不了,许多读者跟我说,看了文章哭了。我并非希望读者哭,我希望的是他能与我一起感受生命的疼痛,一起面对生命的困境。这也许是一种冷抒情吧。

至于当下生活叙事的支离破碎,也许是我的一个缺陷。深思起来,与我个人的性情不无关系。以前我曾学习过绘画,自然地我画的是山水,对人物画没丝毫兴趣。在照相还很困难的年代,我曾为我的外祖父画过像,我并非没有这样的能力,而是没有兴趣。散文写作最初写的大多是游记,也是关于自然山水的。从我的世界观挖掘,社会性的东西我觉得是人类内部的事情,是各种关系纠集的结果,我更喜欢面对大自然,面对茫茫宇宙,感觉人类的渺小,她的真实的处境。我喜欢思考自然世界里的一切,对自然的变化十分敏感,对生命的过程更加关注。因为对来于尘土归于尘土的个体生命感悟永无止息。这样的思考纯粹,更加形而上,充满哲思与宗教的色彩。

我个人没有太多的物质的欲望,喜欢周游世界,忘情于山水。这也许是中国传统文化潜移默化的结果。魏、晋的文人就寄情山水了,宋朝的文人画抛开了人物,只画山水、花鸟。都是欲与自然对话。像庄子、李白这样的文人,我想也是不太有兴趣去关注周围人的生活的。庄子反对别人做官,过着半隐居的生活。李白活在名山大川之间,以酒为伴,写的都是自己心中块垒。我想,每个作家都有自己的兴奋点,我的兴奋点最早是自然山水,现在转到了历史人文上,对于当下生活也许会有兴趣,只是还找不到恰当的表现形式。也许这更合适于小说。我在2006年11月就尝试过小说,中篇小说《无巢》发表于2007年《十月》第一期,《小说选刊》同期转载,反响很大。《无巢》写的就是发生在广州的真实的事情。散文是主观性非常强的文体,更适宜于表现自然。当下生活,我可能会以小说的方式介入。

世纪之交散文取得了很大成绩。这主要体现在经过20世纪90年代散文进入全民写作后,一批作家不再满足于生活随感录式的写作,而把融合着生命、时空感悟、社会体验的深刻思想带入了散文。

张国龙:母语是散文最后的栖居地,寻找高密度的散文语言,必须依凭母语经验,刺激母语的活力,调动母语的所有表意功能,激活母语的创造力,最大限度地释放母语的能量,这是散文塑造语言形象的必由之路。由于汉语散文所栖息的母语有别于印欧语言:修辞强于语法,动词无形态变化,具有象形和表意功能,其演化过程悠远,每一个字皆有人文内涵,都能够刺激想象,因此,一方面必须对母语的惯熟化和模式化表达的运用游刃有余,另一方面还得与母语的种种凝固不动的意指相对抗,反抗语词的"经典性"所指的暴力。当下散文语言的流弊在于甜腻、琐屑、絮叨,缺乏张力。正如海德格尔所说,"语言的本性并非是在指称之中消耗自身,它也不仅仅是具有指号或密码特性的事物。因为语言乃是家园,我们依赖不断超越此家园而达到所是",此乃散文塑造语言形象所应达到的致境。所有伟大的文学家,无一例外都是卓越的语言大师。他们营建的经典的文本,皆不啻为一场场语词的狂欢,一种僭越庸常的生命的高峰的体验。您的散文对语词的精心打磨,的确具有穿透心灵的弹性、张力。许多散文段落,分行即为诗。即或某些长卷散文,亦为美文,阅读的快感随灵动的语词飞翔。请问,您如何理解、穷尽散文语言的弹性、张力?

熊育群:我们谁都不会怀疑,语言具有非凡的魅力和无法穷尽的艺术表现力。每个伟大的作家都有他自己的不同于任何作家的独特的语言,他作品的全部魅力都包含在其语言之中,这里是他的世界——语言的世界。他的艺术个性也是从语言中表现出来的。简单的音符创造出的音乐,能表现人类丰富的情感,每一个文字蕴含的艺术意味在不同作家的笔下会有不同的表现,这令作家们迷恋,这么多的文字该有多么丰富的表现空间!一个作家构筑自己的艺术空间,靠的就是自己对文字的感觉。一个民族在时间长河中生存发展，最终留给后人的最主要的也只有语言，只有语言能让一个民族的生存情景再现并得以流传。正如你所说，汉文字的这些特性，完全不同于西方的语言，它独立，能指丰富，象形表意，没有强的逻辑关系，文字之间组合十分自由、丰富，天然就具有诗性特质。如北岛的一首表现生活的诗，只写了一个"网"字，就有了无穷的启示力。又如温庭筠的"鸡声茅店月，人迹板桥霜"，词与词之间并列，没有多少逻辑关系，这才留下了无穷想象的空间。汉字偏于感性色彩，西文偏于思辨色彩，前者更含诗性，后者长于理性。正是这样的语言创造出了汉诗这一完全不同于西方诗歌的东方语言艺术。只有对汉诗热爱的人，才可能更多地体会汉语言审美的多样性与丰富性，它的令人愉悦的微妙之处。

我的语言是感觉寻找出来的，对文字的感觉经过了诗的认识与体会，每个字都是活的，带着我的体温，我希望它锐利，它就锐利，我希望它温润，它就像湿地一样，特别是有的句子，要求它具有无法穷尽的意蕴，辽阔、丰富、诗意，它依然那样完美地呈现了。我想这是诗歌锤炼的结果。语言最高的技巧在诗艺中。只有经过长年的训练才可能达到这种语言的境界。

我有唯美的倾向，对语言之美有特别的敏感，当它逼近我细腻的感觉时，语言就呈现出了我精神的面貌。散文的个性在语言中一目了然。

从对语言的运用也可以区分出文学性散文与非文学性散文，那就是前者把它当成艺术符号，后者则把它当成简单的信息符号。

图书在版编目（CIP）数据

路上的祖先 / 熊育群著. -- 武汉：长江文艺出版社，2023.9
（鲁迅文学奖获奖散文典藏书系）
ISBN 978-7-5702-3031-0

Ⅰ. ①路… Ⅱ. ①熊… Ⅲ. ①散文集－中国－当代 Ⅳ. ①I267

中国国家版本馆 CIP 数据核字(2023)第 053917 号

路上的祖先
LUSHANG DE ZUXIAN

| 责任编辑：胡金媛 | 责任校对：毛季慧 |
| 封面设计：胡冰倩 | 责任印制：邱　莉　王光兴 |

出版：长江出版传媒　长江文艺出版社
地址：武汉市雄楚大街 268 号　　　邮编：430070
发行：长江文艺出版社
http://www.cjlap.com
印刷：长沙鸿发印务实业有限公司

开本：640 毫米×970 毫米　1/16　　印张：17
版次：2023 年 9 月第 1 版　　2023 年 9 月第 1 次印刷
字数：223 千字

定价：45.00 元

版权所有，盗版必究（举报电话：027—87679308　87679310）
（图书出现印装问题，本社负责调换）